诗可以群
——中国古代礼乐文化语境中的审美交往诗学研究

刘衍军 著

POETRY FUNCTIONING
AS SOCIAL
COMMUNICATION

A STUDY OF
AESTHETIC COMMUNICATION POETICS
IN THE CONTEXT OF
ANCIENT CHINESE RITUAL AND MUSICAL CULTURE

社会科学文献出版社
SOCIAL SCIENCES ACADEMIC PRESS (CHINA)

前　言

中国古典诗学理论孕育于中国古代的文化语境之中，只有深入文化语境去阐释古典诗学理论，才能使理论本身变得立体、丰满，意味深邃隽永。正因为如此，理论还原是古典诗学研究的一种重要路径，探索古典诗学的生成语境、原初形态、发展演变，可以深刻地揭示理论内涵。

孔子"兴、观、群、怨"说是中国古代儒家诗学的元理论，四者之中，"群"这一维度通常被理解为"群居相切磋"，"和而不流"，这一简单的阐释无法彰显该诗学理论的内蕴空间和审美张力。本书对"诗可以群"的理解没有仅仅停留在诗歌功用说这一维度，而是转换视角，从存在论的视野将"诗可以群"看作士人的一种交往形态，一种诗歌活动的形态。从这个视角去探索，可以打开这一诗学理论丰富的意蕴空间。因此，本书对"诗可以群"的研究，以孔子的诗学思想为核心，但又不局限于孔子的论述，而是追溯前源，探寻后迹，以诗歌交往传统作为考察的对象，从先秦礼乐诗歌活动，到魏晋以后的诗歌交往活动，探索诗歌交往传统在各个时代的具体内涵及其逻辑演变关系，揭示其演变的规律。

先秦礼乐文化中有着丰富多彩的诗乐交往活动，如祭祀乐舞、典礼歌诗、酬酢赋诗、朝堂讽谏等，它们展示了诗歌交往活动多样化的形态，在礼乐诗歌展现中达到"礼别异，乐合同"的目的，实现社会秩序或人际关系的有序融合，建立社会共同体，蕴藏着丰厚的文化内涵。进入诸子时代，孔子大力弘扬仁礼思想，发扬诗教，其"诗可以群"的诗学理论倡导以诗歌交往来建构仁礼共同体，这是孔子诗教的重要目的和文化理想。在传承礼乐文化时，孔子重构了《诗》文本的仁礼意义，赋予了《诗》

新的思想内涵和审美标准，提出了"兴于诗，立于礼，成于乐"的交往交流方式。孔子"诗可以群"命题的提出标志着儒家审美交往诗学理论的创立，其理论建构的创造性方式，成为后世儒家交往诗学发展的经典路径，启迪了儒家学人沿着这一路径不断演绎。在儒学思想的发展传承中，儒家诗学不断倡导通过审美交往，叙说儒学理想，以文化构建社会共同体。而在审美交往实践领域，古代士人诗歌往还、酬唱赠答、以文会友，在交往活动中，建构了士人的文化身份认同。诗歌交往活动的盛行促进了诗歌的发展繁荣。因此，从诗歌在古代的生成和活动语境看，社会交往是诗歌活动的核心场域，人们因交往的需要，产生了对诗歌的审美观念的认识，形成了审美交往诗学理论，它是古代诗学理论的重要部分。

因此，本书依照历史发展的逻辑，探索"诗可以群"的文化渊源、历史语境、理论体系及其发展承传，梳理出这一传统的完整框架，探析该理论的思维模式、话语特征、价值追求和文化品性，发掘该理论的当代意义。

目　　录

绪　论

闻一多先生说："诗似乎没有在第二个国度里，像它在这里发挥过的那样大的社会功能。在我们这里，一出世，它就是宗教，是政治，是教育，是社交，它是全面的生活。"① 确实，诗歌活动是古人生命活动的重要方式，作为群体关系的润滑剂，它常常在宗教典礼、政治活动、岁时节日、日常聚会、生活娱乐等社会交往活动中出现。诗歌交往是中国古代文学活动的经典形态，是古代人文精神的重要表现，它培育了审美的君子人格，展现了审美的人际关系，发挥了协调群体秩序、促进情感融合的功能，同时造就了古代庞大的诗人群体，促进了诗歌创作的繁荣。

第一节　问题的缘起

中国古代有着悠久的诗歌交往传统，《尚书·舜典》云："诗言志，歌永言，声依永，律和声。八音克谐，无相夺伦，神人以和。"舜命夔教胄子，使其学会以诗乐一体这样一种特殊的表达形式来进行人与神之间的交往沟通，达到"神人以和"的目的，同时这也表达了群体的期望、祈盼和情感，中国古代的原始礼乐正是在人神交往中孕育而成。周代制礼作乐，礼乐"用之乡人""用之邦国"（《诗大序》），人们在社会交往活动中通过礼乐仪式来协调贵贱亲疏的社会等级关系，追求社会的有序和谐。诗充当仪式乐歌，成为礼乐交往系统中的核心元素，经过编辑、整理，从

---

① 闻一多：《文学的历史动向》，载《神话与诗》，上海人民出版社，2006，第165页。

而用于典礼活动，为构建礼宜乐和的交往境界服务。周代祭祀、朝聘、乡饮酒礼、燕礼、射礼等典礼仪式中都有歌诗演奏活动。春秋时期，公卿大夫在朝聘、会盟、燕享等外交活动中"赋诗言志"，以《诗》三百诗句言说，显得文雅含蓄，展现了君子风流。对于《诗》在周代政治、社会生活中的表现形态及重要作用，孔子做了深刻的理论概括，即"诗可以群"，正式建构了中国古代的诗歌交往理论。

孔子的"诗可以群"理论，是将《诗》作为其社会理论建构的资源，通过阐释《诗》的意义，弘扬礼乐文化精神，以"仁礼"为核心，重建社会思想秩序，促进道德建构和社会融合。孔门弟子、孔子后学、孟子、荀子都沿着孔子开辟的这一阐释路径，不断对《诗》进行意义拓展或转换，在时间历程中形成了不同的诗学思想范式。由此，"诗可以群"的内涵持续扩充和嬗变，形成了中国古代独具特色的审美交往诗学传统。

在理论发展演进的同时，"诗可以群"的实践形态体现为古代"以文会友"的交往活动，其形式日益丰富多样。典礼歌诗、赋诗言志这种礼仪交往形式原本是周代贵族高雅的交往方式，随着社会的发展，社会交往的范围扩大，诗歌交往也越来越普遍。自建安魏晋以来，个体创作兴起，诗歌被频繁地用于人与人之间的交流往还，文人雅集赋诗活动兴起，公宴诗、赠答诗、唱和诗、应制诗等诗歌创作蜂起，"金谷宴游""兰亭雅集"成为文人活动的佳话。唐宋时期是中国诗歌艺术发展的高峰，各种宴会、访问、饯送、干谒、酬赠、应制等交往活动产生了大量诗歌，唐代的"曲江游宴"盛名一时，元稹、白居易的诗歌酬唱，促成"元白体"诗歌的兴起。宋初文人士子的交游唱和，先后产生了"白体""晚唐体""西昆体"等诗歌体式，影响了宋诗的演进历程，苏轼文人群的交游唱和，影响了"元祐体"的诗歌风貌。由此可见，"诗可以群"是古人生活的重要一维，古人常常以审美的态度投照人生，以审美的方式观照生活，在日常生活中讽诵酬酢、交流往还，文雅别致，这是极富民族特色的文化现象。

作为群体交往活动重要媒介的"诗"，其文本形态经历了不同的发展阶段。其一，诗乐舞一体。传说、考古文献中有众多上古到三代的诗乐舞融为一体的交往形态。其二，歌谣、《诗》三百、《诗经》、诗。诗的原生形态为歌谣，因典礼仪式活动需要而被创作、采集、编定，进而成为《诗》文本，即常说的《诗》三百，用作仪式乐歌。《诗》在仪式乐歌意义失落后又发展为蕴含礼义的文本。因此，《诗》是礼乐文化的载体。孔子针对《诗》文本而提出了"诗可以群"的诗学命题，孔子弟子、孔门后学、孟子、荀子等先秦儒家哲人从各自的学术及时代背景出发而各有发挥。自汉代经学成为官学，《诗》三百被尊为《诗经》，"诗可以群"思想被赋予了新的内涵，并且随着儒家学说的发展而发展，在后世不同的思想语境中，分别具有不同的思想内涵和诗学意义。同时"诗可以群"也指后世的群体诗歌交往活动，"诗"指的是世俗化的、日常化的诗歌。"诗"文本的种种形态在本书的研究中将会先后出场，表现为不同的政治伦理文化及诗学美学内涵，展现"诗可以群"诗学理论的多个维度。

第二节　意义和方法

（一）研究意义

本书以"诗可以群"为题，研究礼乐文化语境中的群体诗歌交往活动，探讨群体交往关系的审美化及交往诗学理论的形成和发展历程，以及其在诗学史、诗歌史上的意义和影响。该选题有以下四方面的意义。

第一，从"诗可以群"审美交往的角度进一步加深对礼乐文化的研究，发掘民族文化传统，提升文化自信。礼乐文化是中国传统文化的核心，而"诗可以群"诗学观萌生于礼乐文化，是对古代礼乐文化中的诗乐展演现象进行的理论概括和价值提炼。因此，对"诗可以群"诗学理论的研究将加深我们对民族文化之根——礼乐文化——的认识，使我们更准确地把握其灵魂和精髓。以此为基础，我们可以探索中国古人审美的生命存在，探索诗在古人生命活动中的重要地位，探索诗歌在中国古代执文坛之牛耳的深层原因，揭示中华美学精神与诗文化的深刻关联。

第二，进一步加深对孔子诗学美学的理解，揭示儒家诗学美学发展的内在脉络及其深刻意蕴。孔子继承周代礼乐文化，整理"六经"，并对其进行创造性转换，发掘其文化价值，将礼乐文化引入理论化的发展轨道。基于此，孔子提出了"诗可以群"的诗学美学命题，后世儒家接续孔子的思想路径不断进行演绎发挥。因此，通过本书的研究，可以探索礼乐文化的发展传承，深入理解儒家诗学发展的知识谱系和内在理路。

第三，促进对《诗经》的历史意蕴和价值的理解与把握。《诗经》是礼乐文化的载体，是古人审美生命存在的生动记录，是古代思想文化和民族精神的源泉。从产生、编订、整理到研究，因交往形态的不同，《诗》文本经历了多种形态，即原始形态的诗、典礼化的诗、经典化的诗、经学化的诗，随着形态的演变，其内涵、意义、价值、功用也在不断发展演变，丰富了民族的思想宝库，丰富了传统的诗学美学。通过对"诗可以群"诗学理论的研究，可以对《诗经》的交往意蕴和交往价值进行历史的发掘，更深入地把握其意蕴。

第四，"诗可以群"诗学理论可以为中国当代的文论建设、文化建设提供有益的思考和借鉴。"诗可以群"是中国古代重要的理论命题，具有丰富的哲学、伦理学、诗学、美学内涵。通过对"诗可以群"诗学理论进行现代阐释、转换，可以揭示其理论意义和实践意义，为当代的审美交往提供借鉴。

（二）研究方法

第一，理论透视与文本经验相结合的方法。本课题以丰富的礼乐诗歌交往现象和经验为依据，考察具体的诗歌交往活动文本，透视其中的"诗可以群"审美交往诗学观念。但又不能淹没于大量的诗歌交往活动现象之中，还必须对其进行理论的概括提炼。

第二，历史与逻辑相结合的方法。通过还原历史语境，在历史的脉络中探索"诗可以群"诗歌交往理论孕育、建构、发展和嬗变的历程，并探索其中的逻辑关系，把握该诗学理论发展的路径和内在动因。

第三，互文阐释的方法。从交往论、活动论、关系论的视野，阐释礼乐文化与审美交往诗学的关联，诠释礼乐活动中的诗歌交往形态、诗歌交往的理论内涵、交往主体间的相辅相成关系，从整体上把握"诗可以群"审美交往诗学的丰富内涵。

此外，在对传统文献的处理中，注重采用文献学、考古学、训诂学、考据学、义理学等传统学术方法，注重源流的考证、证据的确凿，以发掘该命题的精义。在对"诗可以群"的诗歌交往形态及其理论的发展演变进行分析时，还适当地采用阐释学、语言学、符号学、心理学、社会学、历史学、文化人类学等各种现代人文社会科学的研究方法，进行多方位的研究，揭示该命题的深刻意蕴。

第三节　研究现状

本课题所讨论的"诗可以群"，涵盖了礼乐文化语境中诗乐交往活动对社会交往的呈现和建构、先秦儒家哲人对审美交往的诗学言说以及审美交往的历史实践。学界对此问题已有一些关注，取得了不少研究成果，归纳起来，大致体现在以下四个方面。

一　先秦儒家交往诗学、美学和哲学研究

学界对先秦儒家交往诗学的关注是随着古代文学价值功能的研究，特别是对孔子"兴、观、群、怨"经典诗学命题的阐释逐步凸显出来的，尤其集中于对孔子"诗可以群"诗学意义的阐释上。在总论"兴、观、群、怨"时，不少学者指出了"群"的政治交往、伦理交往的功能意义和社会美学内涵。同时，专论"兴""观""怨"的论著、论文成果较多，研究较为深入，相比之下，对"群"的研究较为薄弱。20 世纪八九十年代，陆晓光、贾晋华、孙明君三位学者相继发表了关于"诗可以群"的研究论文，具有开先河的意义。进入 21 世纪，对"诗可以群"的认识进一步拓展和深化。陶水平《文艺美学"现代性"问题之反思》① 由研究文艺美学现代性问题而指出，在孔子文艺价值功能的四个方面中，"诗可以群"这个维度最弱而最有当代意义。吴承学、何志军《诗可以群——从魏晋南北朝诗歌创作形态考察其文学观念》② 梳理了魏晋南北朝时期新的诗歌创作形态，指出其集体性、功利性和交际功能体现了儒家"诗可以群"的美学观念。这些学者从各自的研究视域中引出对"诗可以群"的思考，引起了学界对这一问题的重视。其中，周裕锴《诗可以群：

---

① 陶水平：《文艺美学"现代性"问题之反思》，《东方》2000 年第 6 期。
② 吴承学、何志军：《诗可以群——从魏晋南北朝诗歌创作形态考察其文学观念》，《中国社会科学》2001 年第 5 期。

略谈元祐体诗歌的交际性》①、邓乔彬《进士文化与诗可以群》② 等论文从"诗可以群"的交往性视角进行古代文学的研究，显示了"诗可以群"交往诗学广阔的理论涵盖面；傅道彬《乡人、乡乐与"诗可以群"的理论意义》③、萧兵《孔子诗论的文化推绎》④ 等结合历史文化语境阐释了"诗可以群"的原生内涵，丰富了这一命题的意蕴；彭玉平《"群"与孔子〈诗〉学之关系》⑤ 从孔子"群"与"诗"的相互关联剖析了"诗可以群"的理论意义。除了对"诗可以群"的研究外，学界还考察了孟子"以意逆志"说、荀子和同诗学的交往对话意义。这些成果是对"诗可以群"审美交往诗学内涵的开拓和发挥。近 20 年来，先秦儒家交往思想的研究也取得了重要成果，主要包括对孔、孟、荀思想"主体间性"的思考，对儒家哲学"和合"交流精神的阐释，对"仁学"之"交往理性"意义的透视，对交往的本体论意义的探讨，对儒家群己观、友道观的剖析等，这些成果可以启发本课题的思考。

二　礼乐文化的审美交往诗学意义及相关问题研究

先秦儒家审美交往诗学建立在对礼乐文化（特别是其经典文本《诗》）的继承、总结、发展、转化基础上。改革开放以来，礼乐文化研究横跨多个学科，已经取得了很大的成就。对于礼乐诗歌交往问题，也获得了深刻的认识。其中，诗歌交往活动的礼制意义受到较多关注，前贤顾颉刚、朱自清及当代学者赵敏俐、鲁洪生、李炳海、陈元锋、刘毓庆、刘生良等都有专文研究先秦时期的礼乐用诗方式和意义，特别是探讨了赋诗、引诗的礼制渊源、形式、原则、方法等问题。刘士林《中国诗性文化》（1999）、李山《诗经的文化精神》（1997）、李春青《诗与意识形态》（2005）等论著则对《诗》文本本身的交往内涵进行了深入的开掘。杨向奎《宗周社会与礼乐文明》（1992）、常金仓《周代礼俗研究》（1993）探索了"礼"

---

① 周裕锴：《诗可以群：略谈元祐体诗歌的交际性》，《社会科学研究》2001 年第 5 期。
② 邓乔彬：《进士文化与诗可以群》，《文学评论》2006 年第 4 期。
③ 傅道彬：《乡人、乡乐与"诗可以群"的理论意义》，《中国社会科学》2006 年第 2 期。
④ 萧兵：《孔子诗论的文化推绎》，湖北人民出版社，2006。
⑤ 彭玉平：《"群"与孔子〈诗〉学之关系》，《中山大学学报》（社会科学版）2012 年第 3 期。

的交往本质。陈来《古代宗教与伦理：儒家思想的根源》（1996）、张毅《儒家文艺美学：从原始儒家到现代新儒家》（2004）、祁海文《礼乐教化——先秦美育思想研究》（2001）等阐释了礼乐文化的政治、伦理、教化等方面的交往意义。这些成果对本课题的研究有很大的启发。

三　当代国内审美交往诗学、美学的相关研究

20 世纪 80 年代以来，西方交往哲学、美学思想大量引入中国。受此影响，我国当代美学界、文论界也大力倡导交往对话，著名文学理论家钱中文在其《文学理论：走向交往对话的时代》（1999）一书中，倡导中西方文学理论的交往和对话，得到了学界热烈响应。交往诗学、美学、哲学逐渐成为研究热点，首先是对西方交往学说的译介和研究，尤其是哈贝马斯、巴赫金的交往思想，更是受到特别关注。在与西方交往思想的对话中，国内学界对文学接受的主体间性问题、艺术交往问题和文学阅读交往问题等做了深入的研究；对古代文学中的诗歌唱和赠答、"以文会友"活动、文人群体和文学社团等诗歌交往活动实践的研究也取得了开拓性的成绩。

四　海外汉学对先秦礼乐文化和儒家审美交往诗学相关问题的研究

海外汉学学者主要探讨了孔子思想的交流模式，如儒家做人观、人的价值观、人与人的关系观，以及《论语》论题和主要概念的人际关系内涵；阐释了孔子的文学道德和社会功用价值观；分析了中国古代礼俗诗歌交往与文明秩序的关系。这在研究方法、视角上具有启发意义。

以上综述了学界贤达许多有价值、有创见的研究，这些成果是对礼乐文化、孔子"诗可以群"诗学，以及先秦其他儒家哲人的交往思想和审美交往诗学进行的卓有成效的探索，其中隐然若现审美交往诗学孕育、生成、创立、发展的理论线索。从学术史发展逻辑来看，先秦审美交往诗学问题的凸显有两条路径。一是从研究中国古典文学的价值功能，到论析"兴观群怨"，再发展到探索"诗可以群"，引出对审美交往诗学的思考。二是随着西方交往诗学、美学思想的持续引入，学者立足当代中国语境与西方对话，形成了交往诗学研究的热点，中国古典审美交往诗学理论研究

的必要性自然凸显出来。总体而言，现有的研究取得了很大的成绩，但从审美交往的研究视角看，"诗可以群"诗学理论研究仍有拓展、深入的空间。一是对先秦儒家"诗可以群"的审美交往内涵的研究还不够整体化、系统化，理论体系和发展脉络尚未得到完整呈现。二是对礼乐文化交往意义的探索还不够全面，交往理论的自觉意识还有待增强，对诗乐交往实践的理论阐释还可继续深入。三是尚未充分探索"诗可以群"的审美交往诗学内涵的发展流变，儒家审美交往诗学与其交往思想、礼乐文化与审美交往诗学的结合研究还可进一步强化。正是学界前辈的筚路蓝缕之功，引领本课题对"诗可以群"进行新的思考。本课题将在精读、细读儒家经典文献的基础上，进一步追问与发掘，以审美交往的理论意识透视礼乐文化，系统地探索"诗可以群"的中国古典审美交往诗学理论的文化渊源、历史语境、理论体系、发展变迁，还原理论的整体形态、内涵，彰显其在当代的价值。

第四节 结构和内容

本课题的研究任务是对"诗可以群"的源头进行追溯，探索其具体形态、理论建构、发展演变、理论实践，从而勾勒出"诗可以群"诗学观的理论系统及深刻内涵，并对其进行现代转换，揭示"诗可以群"在当代的理论意义和实践价值。本着这样的研究思路，本书分七章进行论述，以结语进行总结。

第一章，上古时期"诗可以群"传统探源。追溯上古时期的乐舞形态及其群体交往融合功能，从中发掘上古乐舞所蕴含的人神交往观，并从乐舞的历史演变角度探索乐舞从人神交往到群体交往的转变。

第二章，礼乐制度与"诗可以群"的生成。重点考察西周制度下"诗可以群"的交往形态、交往形式，分析礼乐交往与《诗》文本形成的关系、礼乐交往背景下《诗》文本的仪式交往意义和《诗》文本中的"群体之志"。

第三章，春秋时期赋诗言志的交往形态与观念。考察在春秋时期礼乐文化嬗变语境中的礼乐交往新形态，探讨赋诗言志的渊源和发展，分析赋诗言志的交往方式，揭示赋诗言志活动中歌诗必类、断章取义、文质彬彬等交流原则的诗学、美学、文化内涵。

第四章，孔子"诗可以群"的理论建构。探讨孔子"诗可以群"思想对礼乐文化的继承和创新，并以其"礼""仁"哲学为核心探讨其群体美学思想，探索孔子的群体诗学思想，赋予"诗"在群体交流中新的意义。

第五章，"诗可以群"思想在战国诗学中的发展。对孔门后学编订的《孔子诗论》，孟子和荀子的礼学、诗学理论进行研究，揭示其礼学思想新的内涵，以及此新内涵对"诗可以群"理论内涵发展的促进。

第六章，"以文会友"的"诗可以群"审美交往实践。探讨魏晋以来"以文会友"的诗歌交往活动及交往诗歌的形态，探索诗歌交往如何扩及社会生活的方方面面，成为"百姓日用而不知"的行为方式，揭示其对诗歌发展的影响及其文化意义和诗学意义。

第七章，"诗可以群"诗学传统的理论流变。主要探索"诗可以群"诗学理论发展流变的三条路径——政教交往、道德交往和情感交往，揭示"诗可以群"的理论发展演变的历程。

结语，"诗可以群"审美交往传统的理论概括和当代意义。对全书的内容进行总结，概括"诗可以群"审美交往传统的哲学基础、本体特征，勾勒出中国古典交往诗学理论的脉络并进行现代诠释，发扬其在当代的理论意义和实践价值。

在前人研究的基础上，本书立足于文献，将"诗可以群"诗学命题放到广阔的历史文化背景中进行系统的考察、梳理，获得了一些新的认识。

第一，对孔子"诗可以群"的论点没有停留在纯粹的字面阐释和抽象的义理思辨上，这一命题具有丰富的历史文化内涵，它在不同的历史阶段有具体的形态和理论意义。

第二，对"诗可以群"的诗学理论进行历史还原，从中国传统礼乐文化的语境层面来解读"诗可以群"的观念，对诗乐在上古礼乐文化演变过程中发挥的不同功能进行了系统分析，对礼乐在周代社会秩序中的交往与交流功能进行了阐释，对春秋时期"赋诗言志"的交流形态与原则进行了探讨，从而得出从上古巫舞交流到三代礼乐交流是"诗可以群"的初始形态，赋予孔子这一诗学命题历史性的文化内涵。

第三，对"诗可以群"在孔子话语系统中的含义进行了细致辨析，赋予《诗》以新的意义和价值，认为其提倡在感性的交往中实现道德的提升，将人们纳入一定社会和政治体系之中，具有社会整合和政治统御的功能。同时，"诗可以群"将《诗》作为文化价值权威进行言说，是孔子创造性的理论建构方式，并成为后世儒家学说发展的经典路径。

第四，梳理"诗可以群"讲学思想在孔子之后的历史流变，揭示这一理论在儒家思想发展演变中内涵的不断变化，指出"诗可以群"在儒家思想体系中先后有礼义交流、政治交流、心性交流、情感交流等多种理论形态；同时也指出在"诗可以群"原则的指导下，儒家从诗经学研究中不断发掘思想资源，丰富其理论学说。

第五，对礼乐制度衰弱之后，在礼乐活动转化为礼俗的背景下兴起的诗歌交往交流现象进行了剖析，揭示了诗歌应酬、诗歌游戏、诗艺竞赛等现象的社会心理内涵，对诗歌史上存在大量交往应酬诗歌的现象进行深入剖析，指出其蕴含着歌诗为礼、缘情放言、"群"而可"兴"等诗学观念。

第六，从对"诗可以群"的原生形态、理论和实践的研究中勾勒出中国古代儒家的交往诗学理论，并对其进行现代转换，认为在对当下的文学理论、审美文化、生存境界进行观照之时，"诗可以群"仍然有其独到的价值。

第一章

上古时期"诗可以群"探源

　　交往是人的社会性存在的基本属性，原始先民在从事物质生产时，其思想、观念、意识的精神交往也同时产生。原始乐舞则是思想、观念、意识交流的重要媒介。在历史的演进中，舞、乐、诗作为人类群体生命意识的承载和交往形式，在不同的历史阶段分别占据着主导地位。从考古出土遗存、神话传说、史传记载来看，原始巫舞曾是中国上古社会人神交往、群体交往的重要方式。

第一节　上古乐舞形态及交往功能

　　原始先民的巫术仪式活动可追溯到旧石器时代，山顶洞人在制造装饰品时用赤铁矿粉染色，在死者尸体旁撒赤铁矿粉，这是蕴含了某种精神观念的仪式。距今六七千年的半坡人面鱼纹陶器表明半坡人存在图腾崇拜意识。欧洲尼安德特人遗骸周围常散布有红色碎石片及工具，遗骸位置亦常是头东脚西，这被认为是受一定宗教观念支配的。这些都是原始人遗存的表达交流活动，传达了原始的人神交往意识，其中孕育了后世审美艺术的若干元素。

一　上古乐舞交往仪式的孕育及形态

　　原始乐舞大多是先民与神灵沟通的巫术仪式活动，表达群体的情绪、愿望和祈求，这种人神之间的巫术对话是先民观念世界的重要活动形态，它是群体性的活动，具有群体交往交流的属性，孕育着原始的艺术交往形态。

（一）原始部落的仪式交往活动

原始部落的大房子或广场的仪式活动是原始部落群体观念、意识交往的重要形式，从一些考古发掘的材料中尚可窥见一斑，原始部落的公共场所孕育了群体性仪式交往活动。在原始先民的聚居生活中，往往有大房子及广场之类的建筑，它们一般被认为是部落群体举行仪式活动的场所。第一次发掘河姆渡遗址时，人们发现其中有一间 30 多平方米的较大房子，一般认为是氏族成员开会、议事、举行庆典的群体活动场所。距今 8000—7000 年的兴隆洼文化的重要聚落遗址查海遗址 46 号大房屋，据推测是部族首领或群体集会的所在地。① 半坡附近的姜寨遗址，广场位于整个村落的中部，村落内的五组建筑群，分布在它的周围，广场总面积 4000 平方米左右。② 关于中央广场的用途，王震中认为，"中央广场作为神圣的空间，是全氏族举行大型宗教仪式和其他政治活动的场所"。③ 甘肃秦安的大地湾遗址包括仰韶早期遗存和晚期遗存，早期遗存的房子面向中心围出一个中央广场，晚期遗存中心有一组被认为是"礼仪性建筑"的大型建筑遗址，其中 F901 号房址应该是属于某个部族的大型礼仪性建筑物。遗址前方是一片近千平方米的平整广场，"它应是部落或部落联盟公共活动场所，主要用于集会、祭祀或举行某种仪式，换言之，它是五营河（即清水河）沿岸仰韶晚期原始部落的公共活动中心"。④ 王震中认为："大地湾 901 号房子……合乎'静洁足以享上帝，礼鬼神'的特殊要求。……从宗教祭祀角度论，它又是人们举行宗教活动的中心庙堂。……至于以 901 号庙堂大室为中心而形成的广场，当然也是举行重大的集体活动时使用的神圣的空间。"⑤ 由此可以推知，这种大房子或广场通常被用于举行大型的、群体性的巫术仪式交往活动，这种仪式活动孕育了原始艺术的最初形态，当时的人们通过这些原始艺术形态进行人神之间的交往。

---

① 辛岩：《查海遗址发掘再获重大成果》，《中国文物报》1995 年 3 月 19 日。
② 西安半坡博物馆等：《姜寨——新石器时代遗址发掘报告》，文物出版社，1988，第 52 页。
③ 王震中：《中国文明起源的比较研究》，陕西人民出版社，1994，第 90 页。
④ 甘肃省文物工作队：《甘肃秦安大地湾 901 号房址发掘简报》，《文物》1986 年第 2 期。
⑤ 王震中：《中国文明起源的比较研究》，第 144 页。

（二）原始乐舞仪式的群体性交往关系

原始乐舞彰显了族群的观念、意识，原始人举行的群体性歌唱舞蹈活动，表达了氏族群体对生命的感受和体验。1973 年在青海省大通县上孙家寨出土的纹彩陶盆，是马家窑仰韶文化的遗物，它展示了原始人集体歌舞的生动画面。陶盆上舞蹈者共十五人，分成三组，五人一组，手拉手，面向一致，翩翩起舞。他们头上有发辫状饰物，身下飘着长长的尾饰，步伐轻盈，生意盎然，欢快地舞蹈和歌唱，这似乎是以模拟群体生产活动、庆祝丰收为内容的某种祈祷仪式，在歌舞符号的背后，蕴藏了丰富的文化内涵。1994 年青海省同德县宗日遗址出土的舞蹈纹彩陶盆，是马家窑文化半山类型的遗物，"上腹彩绘三线纽结纹，口沿绘斜线与三角纹，盆内彩绘两组舞蹈人像，分别为 11 人和 13 人，中以圆点弧线间隔"。[①] 这也蕴含古人仪式歌舞的信息。古代文献中记载的黄帝时期的《云门》，尧时的《大咸》，舜时的《大韶》，夏禹时的《大夏》，都是大型的歌舞表演，它们是将创造、欣赏、交流结合在一起的群体活动，这是原始歌舞突出的特点。

二 原始乐舞的群体融合功能

原始乐舞常常是群体性的巫术活动，亦可称为巫舞。巫舞在神人交往沟通中，可以实现群体共同的情感宣泄，达到情感的融合。具体而言，表现为以下三个方面。

（一）巫舞活动可以实现群体生命节律的合一

在巫舞仪式活动中，情感的发生、表达和交流都是在群体中进行的，人人都是艺术创作者，但又不是独立的创作者；每个个体都抒发感情，但个体的感情总是融汇于群体之中。原始巫舞表现了群体性的情感，传达了群体的观念、信仰、意识和意志。人们载歌载舞，手舞足蹈，那身体的跳动、口中的念念有词或狂呼高喊，以及各种敲打的齐鸣共奏，展现了一幅宏大的情感宣泄场景。其音乐节奏、旋律也对情感的融合起着重要的推动作用，节奏是生命活动的节律，所有的生命活动都是有节奏的，正如呼

---

① 青海文物管理处、海南州民族博物馆：《青海同德县宗日遗址发掘简报》，《考古》1998 年第 5 期。

吸、心跳一样。因此，"乐舞具有强烈的互渗性，进入乐舞中的一切都会被音乐的旋律粘连成一个整体"。① 在整齐划一的节奏中，个人的情感随着节奏旋律的变化而跌宕起伏，融入整体的情感氛围之中。

（二）原始巫舞可以促进群体秩序规范的建立

巫舞表现的是集体情感意识，在巫师的带领下，人们按照一定的程序、仪节进行表演，由此形成群体内部的秩序，如《尚书·舜典》云："八音克谐，无相夺伦，神人以和。"同时，在诗、乐、舞一体的巫术表演中，各种艺术因素互相搭配，各有其角色和功用。这表明参与巫舞仪式表演的个体在共同体中的地位、功用及行为规范。个体的各种情感意识在由鬼神、天帝构成的虚幻的神灵世界中得到了皈依，融为一体，这使氏族群体趋于有序统一。

（三）图腾歌舞可以实现群体观念、信仰的融合

巫术歌舞表达了群体的情感，直透个体成员的心灵，达到内在的融合。正如《礼记·乐象》云："诗，言其志也；歌，咏其声也；舞，动其容也，三者本于心。"从这个意义上说，最能实现氏族群体融合无间的"心"就是其内在的集体意识，它是氏族群体对生命来源的追问，是联结氏族成员的精神纽带，这些观念意识包括自然崇拜、灵魂崇拜、祖先崇拜等，其中图腾是较为典型的表现形态。氏族、部落图腾是原始巫舞表现的重要内容，苏联科学院民族研究院《原始社会史——一般问题、人类社会起源问题》一书云，"图腾是意识到人类集团成员们的共同性的一切已知形式中最古老的形式"，"意识到人类集体统一性的最初形式是图腾"。② 国内学者王振复云："图腾，被认为是原始初民意识到人之生命起始并假设与追问人之生命何以起始的一种远古文化与心理现象，是原始初民最早的宗教信仰之一。"③ 图腾充分反映了氏族群体的氏族性特征，是氏族群体观念的外在显现。图腾同样是中国原始文化的重要形态，在出土遗存、神话传说中

---

① 彭峰：《诗可以兴——古代宗教、伦理、哲学与艺术的美学阐释》，安徽教育出版社，2003，第262页。

② 苏联科学院民族研究院：《原始社会史——一般问题、人类社会起源问题》（中译本），浙江人民出版社，1990，第436—437页。

③ 王振复：《人类学三路向——原始审美意识何以发生》，《学术月刊》2005年第10期。

保留了大量的遗迹。如半坡文化遗址彩陶的人面鱼纹，马家窑遗址彩陶的蛙纹、鸟纹，河姆渡文化遗址中的双鸟朝阳象牙雕刻、圆雕木鸟，红山文化遗址中的龙形玉器、猪龙塑像等。在古籍中大量记载的半兽（或半禽）半人形象多为图腾祖先或图腾神的形象，《山海经》中提到的神有"蛇身人面""马身人面""人身龙首"等，这些便是图腾形象。《诗经·商颂·玄鸟》云"天命玄鸟，降而生商"，玄鸟是殷商的图腾，象征了其祖先，可见中国的原始图腾文化非常丰富。

中国古代典籍中记载的巫舞多为图腾歌舞，如青海省大通县上孙家寨的彩陶舞蹈，《吕氏春秋·古乐》记载的葛天氏之乐，"三人操牛尾，投足以歌"，都是图腾文化的遗迹。"百兽率舞"是中国原始图腾歌舞的典型形态，例如：

鸟兽跄跄；箫韶九成，凤皇来仪。……击石拊石，百兽率舞。（《尚书·益稷》）

即帝位，蓂荚生于阶，凤皇巢于庭，击石拊石，以歌九韶，百兽率舞。（《竹书纪年·帝舜有虞氏》）

帝尧立，乃命质为乐。质乃效山林溪谷之音以歌，乃以麋䚮置缶而鼓之，乃拊石击石，以象上帝玉磬之音，以致舞百兽。（《吕氏春秋·古乐》）

奏九天之和乐，百兽率舞，八音克谐。（《拾遗记·神农氏》）

所谓"百兽率舞"是指模仿动物的动作而歌舞，这些被模仿的动物代表了氏族或部落的图腾，李泽厚指出："翩翩起舞只是巫术礼仪的活动状态，原始歌舞正乃龙凤图腾的演习形式。"[1] 它不是纯粹的娱乐表演，其符号有着深刻的寓意，即通过载歌载舞的狂热表演，唤起人们内心深处

---

[1] 李泽厚：《美的历程》，文物出版社，1981，第15页。

共同的生命意识，使人们获得心灵的释放和沟通，从而成为观念意识一致的社会群体。李泽厚说："远古图腾歌舞作为巫术礼仪，是有观念内容和情节意义的，而这情节意义就是戏剧和文学的先驱。……原始歌舞（乐）和巫术礼仪（礼）在远古是二而一的东西。它们与其氏族、部落的兴衰命运直接相关而不可分割。……它们是原始人们特有的区别于物质生产的精神生产即物态化活动，它们既是巫术礼仪，又是原始歌舞。到后世，两者才逐渐分化，前者成为'礼'——政刑典章，后者便是'乐'——文学艺术。"[1] 李泽厚重点要阐释的是文学艺术的源头问题，同时也解释了原始巫舞交流的内涵意义。

第二节　上古乐舞的人神交往观

原始歌舞是人类向神的言说交流，寄托群体的情感、信仰和祈望。原始先民一般借助巫术歌舞进入神灵的幽渺世界之中，实现人神之间的交流沟通，实现"神人以和"。人神之间的交往沟通方式透露出古人对巫舞人神交往的认识。

一　歌舞侍神

原始先民通过巫术歌舞表演，与神灵对话，向神灵传达诉求，实现神人以和。在文字学上，"舞"与"巫"同源，这显示了两者之间深刻的文化关联。关于"巫"，不少古文字学家通常释**夾**为巫。陈梦家说：

> 卜辞舞作**夾**或**爽**，象人两袖舞形，即"無"字。巫祝之巫乃"無"字所衍变：《说文》"巫，巫祝也，女能事無形以舞降神者也。象人两袖舞形"，"無，丰也，从林**爽**，**爽**或说规模字"。《墨子·明鬼篇》引《汤之宫刑》曰："恒舞于宫，谓之巫风。"巫之所事乃舞号以降神求雨，名其舞者曰巫，名其动作曰舞，名其求雨之祭祀行为曰雩。[2]

---

[1] 李泽厚：《美的历程》，第 13 页。
[2] 陈梦家：《殷虚卜辞综述》，科学出版社，1956，第 600 页。

陈氏之说证据比较充分，巫、舞相关是古今学人的共识。如王国维认为歌舞起源于古代巫术，其《宋元戏曲史》云："歌舞之兴，其始于古之巫乎？巫之兴也，盖在上古之世。……巫觋之兴，在少皞之前，盖此事与文化俱古矣。巫之事神，必用歌舞。"① 王氏指出歌舞通神起于文化之始，联系考古文献来看，这一推论是合理的。综合以上诸种说法，可以推知，"巫"的意涵之一是专门从事人神交往仪式活动的人，是先民在生存中，与不可知的神秘力量"神"交流沟通生成的。巫的意涵之二是沟通神灵的歌舞仪式，是巫术活动行为。即"巫""舞"生成于先民沟通神灵的需要。巫师是人神沟通的中介，游荡乎神人两界，如《山海经·大荒西经》载："有互人之国。炎帝之孙名灵恝，灵恝生互人，是能上下于天。"② 巫师通过巫术歌舞活动，传达神旨民情，实现神人以和。如《吕氏春秋·古乐》记载的葛天氏之乐就是巫术仪式活动：

> 昔葛天氏之乐，三人操牛尾，投足以歌八阕：一曰载民，二曰玄鸟，三曰遂草木，四曰奋五谷，五曰敬天常，六曰达帝功，七曰依地德，八曰总禽兽之极。

葛天氏乃上古传说之部落首领，"三人操牛尾，投足以歌"是一种巫术歌舞活动，《遂草木》《奋五谷》《总禽兽之极》表达了对农业生产丰收的祈望；《载民》《敬天常》《达帝功》《依地德》展现了对天、地及祖先神灵的敬畏和感激之情；《玄鸟》表现了图腾崇拜意识，寄托了族群兴旺永续的心理。这一巫术仪式活动传达了原始先民的天地崇拜、自然崇拜、鬼神崇拜、动物崇拜、图腾崇拜等观念意识，表达了氏族共同体的感情和祈求，具有丰厚的意蕴。取悦神灵是原始巫舞仪式活动的重要功能，《周易·豫·象》记载："先王以作乐崇德，殷荐之上帝，以配祖考。"《礼记·郊特牲》云："殷人尚声。臭味未成，涤荡其声；乐三阕，然后出迎牲。声音之号，所以诏告于天地之间也。"通过盛大的乐舞来取悦神

---

① 王国维：《宋元戏曲史》，上海古籍出版社，1998，第 2 页。
② 袁珂：《山海经校注》，上海古籍出版社，1980，第 415 页。

灵，实现与神灵相通。

二 祝咒通神

先秦文献中常常巫祝连用。《韩非子·说林下》云："巫咸虽善祝，不能自被也。"① 《说文解字》云："巫，祝也。"可见"祝"也归属于"巫"的一类，与巫术通神相关。"祝"的甲骨文写作𥛱、𥛗、𥛘、𥛙、𥛚。郭沫若说"祝"的甲骨文像"跪而有所祷告"。② 徐中舒认为"祝""从𠂤从示。示为神主，像人跪于神主前有所祷告之形"。③ 《说文解字》说："祝，祭主赞词者。"段玉裁注："谓以人口交神也。"可见，"祝"是指以言辞向神灵祈求、祷告的巫术仪式，也指从事这一仪式活动的巫职人员。"祝"与"呪"相同，"呪"即"咒"。王力考证：祝、呪本一词，祝愿与诅咒是一件事的两面，④ 即包括正面祝愿和负面诅咒。《尚书·无逸》曰："厥口诅祝。"孔颖达疏："祝音咒，诅咒为告神明令加殃咎也。"⑤ 《诗经·大雅·荡》曰："侯作侯祝，靡届靡究。"《礼记·郊特牲》记载了年终伊耆氏腊祭咒语："土反其宅，水归其壑，昆虫勿作，草木归其泽！"《山海经·大荒北经》载逐魃咒："神北行！先除水道，决通沟渎。"《吕氏春秋·异用》载："汤见祝网者，置四面，其祝曰：'从天坠者，从地出者，从四方来者，皆离（罹）吾网！'"从这些记载来看，祝辞咒语是与神灵对话的常用方式，咒语通常用祈使语气，由此体现出巫祝通神时意图驱使神灵去实现自己的意志。

原始巫术既包含歌舞的表演，同时也可伴随咒语，这是上古先民共同体生命意识的基本表达方式。由于上古先民对天、地、人的认识混沌、神秘，理性思维不发达，因此往往以想象、感性、具象的方式进行表达。手舞足蹈、嗟叹咏歌表达的是浑融、隐喻的情感，这是艺术形式未分化时的表现，也是原始先民群体的情感表达方式。

---

① （清）王先慎撰，钟哲点校《韩非子集解》，中华书局，1998，第 192 页。
② 郭沫若：《甲骨文字研究》，《郭沫若全集·考古篇》，科学出版社，1982，第 42 页。
③ 徐中舒：《甲骨文字典》，四川辞书出版社，1989，第 24 页。
④ 王力：《同源辞典》，商务印书馆，1987，第 309 页。
⑤ （汉）孔安国传，（唐）孔颖达正义《尚书正义》，上海古籍出版社，2007，第 638 页。

通过以上对歌舞事神、祝咒通神的分析可知，原始乐舞仪式活动具有明确的交往对话指向，乐舞的艺术形式因与神交往沟通的需要而形成，交往塑造了早期乐舞艺术的形态。乐舞也正是因为用于人神交往而获得了某种神圣的地位，这一重要地位为之后礼乐文化中的诗乐艺术所继承发展。

第三节　乐舞的人文转化及人际交往观

随着历史的发展演进，在原始巫术的人神交往语境中，人文色彩逐渐增强。这从巫舞活动的功用、内涵及典礼形式中反映出来。在这一转变过程中，原始礼乐文化孕育并逐渐发展起来，随着人文理性的发展，礼乐逐渐成为群体关系的重要表现形式。

一　"绝地天通"中的社会权力关系

人神之间的沟通离不开现实的语境，是现实的群体交往关系的反映。传说中"绝地天通"的故事即表现了人们对此的认识。《国语·楚语》记载：

> 昭王问于观射父，曰："《周书》所谓重、黎实使天地不通者，何也？若无然，民将能登天乎？"对曰："非此之谓也。古者民神不杂。民之精爽不携贰者，而又能齐肃衷正，其智能上下比义，其圣能光远宣朗，其明能光照之，其聪能听彻之，如是则明神降之，在男曰觋，在女曰巫。是使制神之处位次主，而为之牲器时服，而后使先圣之后之有光烈，而能知山川之号、高祖之主、宗庙之事、昭穆之世、齐敬之勤、礼节之宜、威仪之则、容貌之崇、忠信之质、禋洁之服，而敬恭明神者，以为之祝。使名姓之后，能知四时之生、牺牲之物、玉帛之类、采服之仪、彝器之量、次主之度、屏摄之位、坛场之所、上下之神祇、氏姓之所出，而心率旧典者为之宗。于是乎有天、地、神、民、类物之官，是谓五官，各司其序，不相乱也。民是以能有忠信，神是以能有明德，民神异业，敬而不渎，故神降之嘉生，民以物享，祸灾不至，求用不匮。及少皞之衰也，九黎乱德，民神杂糅，不可方物。夫人作享，家为巫史，无有要质。民匮于祀，而不知其福。

烝享无度，民神同位。民渎齐盟，无有严威。神狎民则，不蠲其为。嘉生不降，无物以享。祸灾荐臻，莫尽其气。颛顼受之，乃命南正重司天以属神，命火正黎司地以属民，使复旧常，无相侵渎，是谓绝地天通。"

从这段话可以看出"绝地天通"具有明确的现实意义。其一，人神沟通关乎人间的秩序与和谐。上段引文描述了民神关系经历了三个发展阶段，它们分别对应了不同的社会秩序。第一，民神不杂、民神异业的有序阶段。神在天，民在地，各安其位，不相混杂，由巫觋往来天地，沟通民神，于是"民是以能有忠信，神是以能有明德，民神异业，敬而不渎，故神降之嘉生，民以物享，祸灾不至"。这实际上是一种想象的、理想的社会和谐状态。第二，民神杂糅，民神同位。人人作祭，家家祭神，没有敬畏，没有社会秩序，结果是"祸灾荐臻，莫尽其气"。第三，绝地天通，区分民神，隔断天地，控制沟通民神的权力，社会重归有序的状态。从这里的论述可以看出人神沟通活动中隐含的人际关系，而这种认识指向现实的社会关系。其二，人神交往蕴含着人类社会内的权力关系。"绝地天通"的故事突出了巫觋对人神沟通权力的垄断，反映了人际的权力关系，民与神、天与地的分隔象征着社会秩序。在交往沟通中，敬奉神明讲究礼节、威仪、容貌、牺牲、玉帛、采服、彝器等，各种人事"各司其序，不相乱也"，这些在凸显为群体关系的规范之后即发展为"礼"。需要强调的是，"礼"是巫术典礼化的产物，它虽始于人神交往语境，但其意义指向更突出的是人际交往，巫舞仪式安排对应着群体的秩序关系。

二 "作乐崇德"：先王之乐的人文交往意识

原始乐舞通过声音、神态、动作等表演取悦神灵，向神灵表达祈求和愿望。这反映了在原始社会的生产条件下，人与外在自然的矛盾冲突是人类在生存中面临的突出问题。同时，人类社会的关系逐渐成为人类必须面对的课题，用于人神沟通的原始巫舞也蕴含着人与人之间的交往对话，并由此走向了人文化、理性化的发展。

乐舞本是巫术通神的歌舞仪式活动，直接交流对话的主体是人和神。《吕氏春秋·古乐》记载的朱襄氏之乐、葛天氏之乐、陶唐氏之乐等，通过乐舞活动，作用于自然神灵、氏族神灵、图腾灵物等，以传达群体的愿望和祈求。但是随着社会生活的发展，这种状况发生了变化，试举《吕氏春秋·古乐》记载的几则乐舞为例：

> 禹立，勤劳天下，日夜不懈。通大川，决壅塞，凿龙门，降通漻水以导河，疏三江五湖，注之东海，以利黔首。于是命皋陶作为夏籥九成，以昭其功。
>
> 殷汤即位，夏为无道，暴虐万民，侵削诸侯，不用轨度，天下患之。汤于是率六州以讨桀罪。功名大成，黔首安宁。汤乃命伊尹作为大濩，歌晨露，修九招、六列，以见其善。

以上所列举的歌舞，大抵是用以"作乐崇德"，即"王者功成"后作乐，盛赞王者之功，以告于神明。其交往活动是通过人与神之间的对话沟通仪式，向神灵报功，借助天帝神明的权威，确立王者地位的合法性和权威性，从观念上整合群体。《吕氏春秋·古乐》记载了黄帝、颛顼、帝喾、尧、舜、禹、汤、文王、武王、成王的乐舞，在先秦文献的记载中是最丰富、最完备的，它在某种程度上反映了古乐的发展史，从中可以发现，此时"作乐崇德"艺术交往的自觉意识已经产生，这种思想意识也促进了先王乐教传统的形成。从乐舞的交往主体及交往内容来看，乐舞的功能从媚神、悦神，祈求神灵佑护、恩赐，发展到王者功成作乐，表现部落首领功德。虽然人神交流也离不开现实的人际关系语境，但人与人之间直接的交往关系的凸显削弱了乐舞的神秘性，彰显了人文性，这是乐舞发展的一大飞跃，也是文明的巨大进步，礼乐文化正是在这一转变中发展起来的。

三　祭祀乐舞的交往典礼化

人神、天地的直接交往因"绝地天通"隔断了，人神、天地必须通过巫师的中介作用才得以沟通，这就使得一批人逐渐脱离了物质生产活动，专门从事巫术活动，巫术朝专业化、典礼化发展。这些巫师具有过人的天赋，睿智聪慧，恭侍神明，掌握祭祀、典礼、天文、月历、数理、医学等方面的知识，是早期的知识阶层，是文化的创造者和传承者。巫术祭祀的专业化首先表现为从业人员的分化，"巫"始以舞降神，总揽人神沟通之职权，但后来其职事逐渐分化，有男巫女巫之别，商代男巫地位崇高，走上了政权的高位，如伊尹、伊陟、巫咸等商代贤大夫都是男巫。而女巫则走向职业技术化，陈梦家指出："商代的女巫已仅为求雨舞雩的技术人才，不复掌握宗教巫术的大权。至此，男巫代兴，而女权旁落已极。"①在《周礼》的职官体系中男女巫师都称"巫"，有司巫、男巫、女巫，主要职能是旱灾舞雩、丧事降神、岁时被除等，可见"巫"的职事已经转变为祭祀活动中的一个门类。从"巫"中还分化出祝、宗、卜、史等事神人员，先秦文献中，巫祝、巫史、祝宗连用多见。根据《周礼》，"祝"掌祈福祥，有大祝、小祝、丧祝、甸祝、诅祝之礼官；"宗"掌祭祀之礼，有大宗伯、小宗伯之礼官；"史"掌祭祀、典仪、册告、记事，有大史、小史、内史、外史、御史；卜有大卜，卜师、卜人等。巫术祭祀的典礼化、权力化使事神体系与政治权力体系密切关联，李宗侗认为上古时代"君及官吏皆出于巫"。② 陈梦家在研究商代巫术时也指出："由巫而史，而为王者的行政长官，同时仍为群巫之长。"③ 这一趋势在《周礼》的职官体系中则更明显。巫所从事的仪式专业活动使他们实际上是艺术的生产者和艺术交往的核心参与者。

巫术祭祀的分化使得群体交流走向典礼化，即原本人神沟通的仪式成为制度礼仪。《左传·成公十三年》说："国之大事，在祀与戎。"祭祀成为国家的礼典，以制度的形式确立下来。从《周礼》所记载的周代职官来看，执掌祭祀活动的都是国家政治体系的人员，且各自都有严格的分工，各司其职，各负其责，不得逾越。祭祀活动的礼节、威仪、彝器、服饰等都有严格的规定，祭祀活动根据神或参与主体贵贱尊卑的不同而有所区分。这种祭祀活动的乐舞已经不是原生的，而是增添了大量人文的、理

---

① 陈梦家：《商代的神话与巫术》，《燕京学报》第 20 期，1936 年，第 533 页。
② 李宗侗：《中国古代社会史》，华冈出版社，1954，第 118 页。
③ 陈梦家：《商代的神话与巫术》，《燕京学报》第 20 期，第 535 页。

性的元素，发展为具有典礼化特征的礼乐。

原始乐舞由事神向人际交往转化，其巫术、宗教色彩逐渐褪去，而人文色彩逐步增加，在这个过程中，伴随着对乐舞交往功能认识的自觉，"诗可以群"的意识也开始萌芽。

第二章

礼乐制度与"诗可以群"的生成

周鉴于二代，制礼作乐，以礼乐治国，协调宗族、邦国、乡人等方面的关系，维持贵贱、亲疏等宗法等级秩序，促进社会的稳定和人际的融洽。礼乐成为群体表达、沟通的基本形式，这是"诗可以群"诗学理论的文化土壤。礼乐交往对《诗》文本的形成、《诗》的内容和意义具有重要的影响。

第一节 "制礼作乐"与"诗可以群"的交往形态

制礼作乐是西周历史上伟大的政治创造和文化创造，不少古籍对此都有记载。《礼记·明堂位》记载："武王崩，成王幼弱，周公践天子之位，以治天下。六年，朝诸侯于明堂，制礼作乐，颁度量，而天下大服。"《竹书纪年》："武王没，成王少，周公旦摄政七年，制礼作乐。"《史记·周本纪》云："（周公）既绌殷命，袭淮夷，归在丰，作《周官》，兴正礼乐，度制于是改，而民和睦，颂声兴。"制礼作乐标志着中国古人摆脱巫术神灵，走向文化觉醒，迈向建设文化共同体的时代。西周礼乐规模宏大，学界一般认为非由周公一人一代制成，而是经过了不断发展完善的过程。礼乐制度的实施，构筑了西周王朝政治的基础，展现了审美的群体关系，造就了文化的繁荣，形成了周代"郁郁乎文哉"的盛况。

礼乐交往追求社会秩序与人际和谐。"礼"是等级规范原则，用以区别不同的群体，这种等级差异往往导致人与人之间的对立、疏离，因此就需要"乐"来弥合。乐的功能是"和"，消弭人与人之间的等级差异导致的紧张关系，达到群体的融合。从礼乐的功能来看，其可以用来佐治邦国，也可以用于乡人之间的交往。

一 邦国之礼：礼乐的政治交往形态

西周"封建亲戚，以藩屏周"（《左传·僖公二十四年》），实行宗法制、分封制，建立了以血缘宗法为基础的政治组织体系。分封制确立了君臣上下的等级关系以及政治权责的分配，更为有效地树立王室的权威，权力更为集中，大大加强了周王室的控制力，实现了国家的一体化，形成了尊王的文化传统。宗法制确定了宗族内部的等级关系，规范了宗族的内部秩序，从而可以凝聚宗族关系，防止内部纷争，实现群体的平衡稳定。分封制与宗法制结合，建立了宗法等级政治结构。"天子建国，诸侯立家，卿置侧室，大夫有贰宗，士有隶子弟，庶人、工、商，各有分亲，皆有等衰。"（《左传·桓公二年》）天子、诸侯、大夫、士的等级关系，建立在宗族血缘关系上。政治结构与宗法制度的联姻，使"国"和"家"融为一体，保证了王权的稳定，这是周代政治的一大特色。《吕氏春秋·慎势》云："故先王之法，立天子，不使诸侯疑焉；立诸侯，不使大夫疑焉；立嫡子，不使庶孽疑焉。疑生争，争生乱。是故诸侯失位则天下乱；大夫无等则朝廷乱；妻妾不分则家室乱；嫡孽无别则宗族乱。"这点明了周代政治权力分配的规范性和稳定性。

周代政治组织架构的合理性需要意识形态的阐释和支持，礼乐文化便承担起这一功能，制礼作乐是配合这一政治制度进行的文化建设，礼乐活动是强化意识形态，协调政治、社会关系的重要方式。周代政治组织的运行常常以实践的、直观的礼乐形式来表达，周代制礼作乐将仪式活动上升到国家政典，以政权的力量来推行礼乐，使礼典政治制度化，从而达到以礼驭民的目的。

（一）礼典职官体系和诗乐活动的政治交往属性

《周礼》记载了周代的政治典制，但是关于《周礼》文献的成书时间和作者，一直争论不休，有周公作、孔子作、战国时作、刘歆伪作诸说。虽然如此，学界并未否认《周礼》与周代职官制度有着密切关联。张亚初、刘雨《西周金文官制研究》通过对西周铭文官制与《周礼》比较研究发现："《周礼》六官的体系除司寇一官与其它五官并列与西周金文不合外，其余五官大体与西周中晚期金文中的官制相当。"① 由此得出 "《周礼》一书在其主要的内容上是参照了西周官制的"。② 可见，以《周礼》研究周代职官体系应该是可靠的。《周礼》详细地记录了礼乐活动的职官体系，它以天官、地官、春官、夏官、秋官、冬官为框架设立职官，从事礼乐事务的职官占很大部分，其中天官系统的大宰 "掌建邦之六典，以佐王治邦国"（《周礼·天官》），"礼典" 便是六典之一，通过礼乐典礼活动的交流，"以和邦国，以统百官，以谐万民"。可见，礼典本身也成为治典的一部分，是治理王国的重要方式和手段。地官系统设置了专门服务于祭祀典礼的官职，即封人、鼓人、舞师、牧人、牛人、充人等六职。春官是礼官之属，春官之长大宗伯 "帅其属而掌邦礼，以佐王和邦国"（《周礼·春官》）；小宗伯是大宗伯的副手，"凡国之大礼，佐大宗伯。凡小礼，掌事，如大宗伯之仪"（《周礼·春官》）。大宗伯、小宗伯主要掌礼，包括吉、凶、宾、军、嘉五礼，其下设置了庞大的礼乐职官系统，主要有：掌礼事的职官、掌乐事的职官、掌卜筮的职官、掌祝巫的职官等共八职。除此之外，《周礼·夏官》中也有从事礼仪活动的职官，《周礼·秋官》中有大行人、小行人等。这些职官的设立产生了大批诗乐活动的主体。

从以上的职官罗列可知：周代的诗乐活动是一种高度典礼化的活动。诗乐是典礼活动的重要组成部分，活动的器物、程序及用乐等都有专门的职官负责，典礼被按照严格的规定来执行，从而规范人际关系，确定政治系统中人的贵贱尊卑、上下长幼秩序。这种以礼制驭民的方式在规范人际等级关系时，又强调和同，并以礼乐仪式来表达。诗乐交往的主体是周代贵族阶层，这是上层社会的交往。它本来源自世俗民风，经过了改造，成为一种典雅雍容的交往活动，是上层社会的精英文化。在诗乐用于政治交往之时，从事礼乐的职官分工精细化、专业化，产生了一批从事礼乐活动的专业队伍，促进了知识阶层的产生和发展。

---

① 张亚初、刘雨：《西周金文官制研究》，中华书局，1986，第 140 页。
② 张亚初、刘雨：《西周金文官制研究》，第 144 页。

（二）完备的礼制体系与诗乐交往的广泛性

在周代礼乐制度中，"乐"是"礼"的组成部分，从属于"礼"。诗乐交往展现了广泛的政治关系。据《周礼·春官》记载，周代礼制包括吉、凶、宾、军、嘉五类，"以吉礼事邦国之鬼神示"，"以凶礼哀邦国之忧"，"以宾礼亲邦国"，"以军礼同邦国"，"以嘉礼亲万民"。"五礼"中大量的诗乐活动发挥着协调邦国关系、促进邦国的亲和、建立共同体等作用。

（三）礼乐教育系统与诗乐交往主体的培养

宗周以礼乐治国，故需有大量通晓礼乐的贵族君子和从事礼乐仪式活动的专门人员，因此，礼乐教育是宗周的重要事务，其在职官体系中设置了大批从事礼乐教育的人员。《周礼》中地官掌教典，礼乐教育是其重要职责，其职官有大司徒、乡大夫、州长、党正、师氏、保氏、司谏、司救等，侧重礼教。《周礼·春官》中的大司乐、乐师，以及《礼记·王制》中的乐正等职官，主要从事乐教。

礼乐教育的目的是教导约束和节制，导民以中和，"以五礼防万民之伪而教之中，以六乐防万民之情而教之和"（《周礼·地官》）。其内容非常丰富。

首先，礼乐教育的类目繁多，《周礼·地官》记载：

> （大司徒）施十有二教焉：一曰以祀礼教敬，则民不苟。二曰以阳礼（郑《注》曰："谓乡射、饮酒之礼也。"）教让，则民不争。三曰以阴礼（郑《注》曰："谓男女之礼。"）教亲，则民不怨。四曰以乐礼教和，则民不乖。五曰以仪辨等，则民不越。六曰以俗教安，则民不愉。七曰以刑教中，则民不暴。八曰以誓教恤，则民不怠。九曰以度教节，则民知足。十曰以世事教能，则民不失职。十有一曰以贤制爵，则民慎德。十有二曰以庸制禄，则民兴功。

其次，礼乐教育的内容包括德、行、艺、仪容等方面，《周礼·地官》记载：

（大司徒）以乡三物教万民而宾兴之。一曰六德：知、仁、圣、义、忠、和。二曰六行：孝、友、睦、姻、任、恤。三曰六艺：礼、乐、射、御、书、数。

师氏掌以媺诏王，以三德教国子……教三行。

保氏掌谏王恶，而养国子以道。乃教之六艺，一曰五礼，二曰六乐，三曰五射，四曰五驭，五曰六书，六曰九数。乃教之六仪，一曰祭祀之容，二曰宾客之容，三曰朝廷之容，四曰丧纪之容，五曰军旅之容，六曰车马之容。

通过礼乐教育，仪容与德、行紧密结合，礼乐交往以具体的、形象的形态展现出来。

最后，建立了完备的乐教、诗教系统。乐合同，群体的和谐融洽主要通过乐的交流实现。依照不同的教育对象，周代的乐教机构分大司乐、乐师系统和大师系统两部分。大司乐、乐师系统培养国子，对其进行音乐和语言训练，其职官主要有大司乐、乐师等。《周礼·春官》记载："大司乐掌成均之法，以治建国之学政，而合国之子弟焉。凡有道者，有德者，使教焉。死则以为乐祖，祭于瞽宗。以乐德教国子，中、和、祗、庸、孝、友；以乐语教国子，兴、道、讽、诵、言、语；以乐舞教国子，舞云门、大卷、大咸、大磬、大夏、大濩、大武。以六律、六同、五声、八音、六舞大合乐。以致鬼、神、示，以和邦国，以谐万民，以安宾客，以说远人，以作动物。""乐师掌国学之政，以教国子小舞。"《礼记·王制》亦有记载："乐正崇四术，立四教，顺先王《诗》《书》《礼》《乐》以造士。春秋教以《礼》《乐》，冬夏教以《诗》《书》。王大子，王子，群后之大子，卿大夫、元士之嫡子，国之俊选，皆造焉。"可见其培养对象为国子，除了进行音乐技术教育外，还有乐语、乐德之教，以培养治国之人才。大师系统培养乐工，对其进行语言和音乐训练，其职官有大师、小师、磬师、笙师、镈师、旄人、籥师等。如"大师掌六律、六同以合阴阳之声。……皆文之以五声……皆播之以八音……教六诗：曰风，曰赋，曰比，曰兴，曰雅，曰颂。以六德为之本，以六律为之音。大祭祀，帅瞽登歌，令奏击拊，下管播乐器，令奏鼓䥽。大飨亦如之。大射，帅瞽而歌射节。大师，执同律以听军声，而诏吉凶。大丧，帅瞽而廞作柩谥"（《周礼·春官》）。从这些文献记载看，宗周对乐工则着重培养其为音乐技术人才。

周代礼乐无论职官体系、礼制类别还是礼乐教育系统，都上升到政治交往的层面。通过礼乐交往的活动，确定君臣父子、贵贱亲疏的等级关系，这正是周代政治文化的特色。《礼记·祭统》云："治人之道，莫急于礼。"钱穆认为西周"不尚集权而使政治渐进于一统，其精义则在乎尚礼治"。① 但仅仅依靠政治宗法原则是不够的，《盛德记》云："父子不亲，长幼无序，君臣上下相乖，曰不和也，不和则饬宗伯。"② 要实现政治、宗族内部的和谐，还得依靠"乐"的融合。礼乐结合为一体，同民心而出治道，才能实现政治秩序的和谐稳定。

二　乡人之礼：诗乐的社会交往形态

礼乐交往并不仅限于政治层面，在周代，从属于"礼"的诗乐交流也是乡人（即周代普通贵族）通行的交流方式，是一种共同遵循的文化活动模式，诗乐交往实质是"礼"的交往。

周代礼乐是在夏商礼乐的基础上发展起来的，如孔子云："殷因于夏礼，所损益可知也；周因于殷礼，所损益可知也。"（《论语·为政》）因文献阙如，夏商之礼乐的具体形态难以周知，孔子也发出喟叹："夏礼，吾能言之，杞不足征也；殷礼，吾能言之，宋不足征也。文献不足故也。足，则吾能征之矣。"（《论语·八佾》）近世随着甲骨卜辞以及其他出土文献的不断发现，对夏商之礼乐的认识也逐渐有了新的发展。总体而言，夏商之礼乐偏重在祭祀活动方面，殷商时期的甲骨卜辞内容多为祭祀和占卜，笼罩着浓厚的宗教神秘色彩，表现为原始宗教形态。而在周代，以礼乐调节人际关系成为社会最重要的文化交往模式，因此周代礼乐是人文化的礼乐，《仪礼》对此有充分的记载。③

---

① 钱穆：《中国学术思想史论丛第一册·周公与中国文化》，安徽教育出版社，2004，第87页。

② （清）孙诒让：《周礼正义》，中华书局，1987，第59页。

③ 关于宗周礼乐，学界一般认为《仪礼》是比较可靠的文献。

　　《仪礼》记载了乡人的生活礼仪，共十七篇，包括了冠、婚、丧、祭、乡、射、朝、聘等礼仪，其中事神礼仪只是《仪礼》的一小部分，其余则涉及人生的整个交往关系和交往规范，涵盖成年、结婚、社会交往、丧葬等人生活动。由此可以看出，《仪礼》记载的礼仪体现了鲜明的人文性，邵懿辰在《礼经通论》中说："冠昏丧祭射乡朝聘八者，礼之经也。冠以明成人，昏以合男女，丧以仁父子，祭以严鬼神，乡饮以合乡里，燕射以成宾主，聘食以睦邦交，朝觐以辨上下。"① 梁启超《志三代宗教礼学》亦云："礼也者，人类一切行为之规范也。有人所以成人之礼，若冠礼是；有人与人相接之礼，若士相见礼是；有人对于宗族家族之礼，若昏礼丧礼是；有宗族与宗族间相接之礼，若乡射饮酒诸礼是；有国与国相接之礼，若朝聘燕享诸礼是；有人与神与天相接之礼，则祭礼是。"② 两位今文礼学家都指出了仪礼的人文性。作为社会文化活动模式的礼乐仪式，迥异于夏商时期的文化活动，这是周代理性文化觉醒的重要表现。在天命鬼神色彩消解之时，礼乐仪式成为社会交往的文化模式，用于协调人际关系和整合社会秩序。《礼记·礼器》云："经礼三百，曲礼三千。"可见作为社会文化模式的礼仪，内容非常丰富，充分展现了周代的文化盛况。作为乡人之礼的仪典形式本身就具有丰富的艺术内涵，而其中的乡乐是乡人之礼的核心，发挥着"诗可以群"的重要作用。

　　冠、昏、丧、祭、乡、相见等仪礼交往不依赖于政治权力来推行，它本源于社会风俗，蕴藏了民族独特的情感、心理和信仰，是群体自觉遵循的行为规范和情感交流方式。因此，礼仪交往是人之所以为人、人加入社会群体的方式，礼仪交往可以促进君子人格的培养，增强其合群性，促进其社会化。关于这一点，文献中有很多阐释，《礼记·曲礼》云："鹦鹉能言，不离飞鸟。猩猩能言，不离禽兽。今人而无礼，虽能言，不亦禽兽之心乎？夫唯禽兽无礼，故父子聚麀。是故圣人作，为礼以教人，使人以有礼，知自别于禽兽。"《礼记·冠义》："凡人之所以为人者，礼义也。"《礼记·曲礼》云："礼，不妄说人，不辞费。礼，

----

① （清）邵懿辰：《礼经通论》，顾颉刚主编《古籍考辨丛刊》第二集，社会科学文献出版社，2009，第422—423页。
② 梁启超：《志三代宗教礼学》，《国史研究六篇》（第二版），中华书局，1947，第9页。

不逾节，不侵侮，不好狎。修身践言，谓之善行。"可见礼仪是士人君子立身的根本。

礼乐仪式作为群体社会交往的模式，通过礼乐表演，达到情感、心理、信仰的交流沟通，形成群体的趋同性、一致性，实现社会的融合，这也是中国古人文明化的重要方式。

三　威仪、音声、诗语：礼乐交往的表现形式

班固《汉书·礼乐志》云："威仪足以充目，音声足以动耳，诗语足以感心。"这是对礼乐交往审美表现形式的精练概括，威仪、音声、诗语在礼乐文化语境中可统称为"乐"，是对群体交往的审美化表达。

（一）威仪足以充目

威仪是礼乐表现的重要形式，所谓"威仪"是指礼乐典礼中的仪节、仪式、举止。《左传·隐公五年》："昭文章，明贵贱，辨等列，顺少长，习威仪也。"《礼记·中庸》："礼仪三百，威仪三千。"孔颖达疏："威仪三千者，即《仪礼》中行事之威仪。"① 这些曾被视为繁文缛节的仪节是宗周礼乐文化的重要内容。《仪礼》一书便是这些所谓繁文缛节的详细记录，其记载的冠、婚、丧、祭、乡饮酒、相见之礼通过复杂的仪式展现了审美的人际交往关系。威仪也包括礼乐活动参与者的仪容举止，《尚书·周书·顾命》："思夫人自乱于威仪。"孔安国传曰："有威可畏，有仪可象。"② 《诗·邶风·柏舟》："威仪棣棣。"《诗·大雅·既醉》："朋友攸摄，摄以威仪。"因此，"威仪"是"礼乐之文"的体现，是礼乐交往的仪容形态。关于"威仪"的礼乐文化内涵，《左传·襄公三十一年》记载了卫国大夫北宫文子的一段论述：

> 有威而可畏谓之威，有仪而可象谓之仪。君有君之威仪，其臣畏而爱之，则而象之，故能有其国家，令闻长世。臣有臣之威仪，其下畏而爱之，故能守其官职，保族宜家。顺是以下皆如是，是以上下能

---

① 《礼记正义》，《十三经注疏》，上海古籍出版社，1997，第 1633 页。
② 《尚书正义》，《十三经注疏》，第 238 页。

相固也。卫诗曰："威仪棣棣，不可选也。"言君臣、上下、父子、兄弟、内外、大小皆有威仪也。周诗曰："朋友攸摄，摄以威仪。"言朋友之道必相教训以威仪也。周书数文王之德，曰："大国畏其力，小国怀其德。"言畏而爱之也。《诗》云："不识不知，顺帝之则。"言则而象之也。纣囚文王七年，诸侯皆从之囚，纣于是乎惧而归之，可谓爱之。文王伐崇，再驾而降为臣，蛮夷帅服，可谓畏之。文王之功，天下诵而歌舞之，可谓则之。文王之行，至今为法，可谓象之。有威仪也。故君子在位可畏，施舍可爱，进退可度，周旋可则，容止可观，作事可法，德行可象，声气可乐；动作有文，言语有章，以临其下，谓之有威仪也。

北宫文子的论述包括以下三层含义。其一，威仪显志。威仪作为交往主体的言说，是其心志的隐喻式表达，北宫文子从楚国令尹围之威仪中看出其有为君之志，这种观念与《左传》中的"诗以言志"之说有一致性，都是认为"志"在礼乐活动中得到表达。其二，威仪具有规范、法度的意义。"威"常释作畏，即敬畏，是一种心理情绪的体现，"威"之大者为天威，指对神灵的敬畏和恐惧，《尚书·西伯戡黎》："天曷不降威？大命不挚。"《尚书·酒诰》："天降威，我民用大乱丧德。"《诗经·周颂·我将》："畏天之威，于时保之。"《诗经·小雅·小旻》："旻天疾威，敷于下土。""威"的内涵后来扩展到人神语境之外，指具有合乎自己地位的修养、举止和品格，从而让人敬畏或尊重，君有君威，臣有臣威。"威"是通过"仪"来表现的，"仪"指仪式、仪节、仪容，具有法度之意。《诗经·小雅·楚茨》："礼仪卒度。"《诗·大雅·烝民》："令仪令色，小心翼翼。"《国语·周语下》："所以宣布哲人之令德，示民轨仪也。"《墨子·天志》："置此以为法，立此以为仪。"《管子·形势解》云："仪者，万物之程式也；法度者，万民之仪表也；礼义者，尊卑之仪表也。故动有仪则令行，无仪则令不行，故曰：'进退无仪，则政令不行。'"《说文》："仪，度也。"这些说法都强调"仪"通过外在形式而表现规范的意义。其三，威仪是礼义之象，是道德修养的直观体现。礼义是抽象的，而威仪言说的是君臣、上下、父子、兄弟、内外、大小之礼义，是礼义的形象展现。《礼记·冠义》云："礼义之始，在于正容体、齐颜色、顺辞令。容体正，颜色齐，辞令顺，而后礼义备。以正君臣、亲父子、和长幼。君臣正，父子亲，长幼和，而后礼义立。"《周礼》强调"以仪辨等"（《春官·大司徒》），设置了大量执掌礼乐仪式的官员，如"司仪"："掌九仪之宾客摈相之礼，以诏仪容、辞令、揖让之节。"（《周礼·秋官》）"保氏"："教六仪，一曰祭祀之容，二曰宾客之容，三曰朝廷之容，四曰丧纪之容，五曰军旅之容，六曰车马之容。"（《周礼·地官》）从交往主体的角度来看，威仪又是其道德修养的具象化，《诗经·小雅·菁菁者莪》："既见君子，乐且有仪。"《诗经·曹风·鸤鸠》："淑人君子，其仪一兮。"

威仪通过形象得以展现，其表意的方式可概括为"昭"，即呈现，昭明和彰显。《左传·桓公二年》臧哀伯说：

> 君人者，将昭德塞违，以临照百官，犹惧或失之，故昭令德以示子孙：是以清庙茅屋，大路越席，大羹不致，粢食不凿，昭其俭也。衮、冕、黻、珽，带、裳、幅、舄，衡、紞、纮、綖，昭其度也。藻、率、鞞、鞛，鞶、厉、游、缨，昭其数也。火、龙、黼、黻，昭其文也。五色比象，昭其物也。钖、鸾、和、铃，昭其声也。三辰旂旗，昭其明也。夫德，俭而有度，登降有数，文、物以纪之，声、明以发之，以临照百官。百官于是乎戒惧，而不敢易纪律。

通过威仪的审美表现，彰显礼义道德，起到群体整合的社会功用。威仪作为一种形象的表达方式，是人们审美地把握世界的方式，它诉诸人的视觉，是一种直觉的思维方式，以铺排、罗列为手段，以具体生动的形象表现情感和认知。

《诗》三百有不少诗歌描写了威仪，《颂》便是这种表达方式的产物。前面引文有北宫文子云："文王之功，天下诵而歌舞之。"《周颂》不少篇章都是"王者功成作乐"的产物，表现了文王威仪，以强化周人政权的合法性和权威性。乐舞更是威仪的集中表现，如大武乐是描写武王伐纣获胜的大型乐舞，分为六章，"《武》始而北出，再成而灭商，三成而南，四成而南国是疆，五成而分，周公左，召公右；六成复缀以崇天子。夹振之而驷伐，盛威于中国也"（《礼记·乐记》）。周代乐舞是高度雅化的礼乐，是周王室威仪的充分展现。

（二）音声足以动耳

音声是向神言说、沟通人神的重要方式，在祭祀活动中被普遍运用，《吕氏春秋》记载的古乐如朱襄氏之乐、黄帝之乐《咸池》、颛顼之乐《承云》、帝喾之乐《大章》都以音声表达为主。殷人祭祀注重音声表现，《礼记·郊特牲》说："殷人尚声。臭味未成，涤荡其声；乐三阕，然后出迎牲。声音之号，所以诏告于天地之间也。"殷墟出土的乐器有鼓、磬、铙、铃、埙。音声何以能通神？孙希旦认为："乐为阳气，声音之呼号，所以昭告于天地之间，与魂气之阳相感召也。"① 音声是气的交流，它源于天地自然之气。这种看法古已有之，《吕氏春秋·古乐》记载：

> 昔古朱襄氏之治天下也，多风而阳气畜积，万物散解，果实不成，故士达作为五弦瑟，以来阴气，以定群生。
>
> 昔陶唐氏之始，阴多，滞伏而湛积，水道壅塞，不行其原，民气郁阏而滞著，筋骨瑟缩不达，故作为舞以宣导之。
>
> 帝颛顼生自若水，实处空桑，乃登为帝。惟天之合，正风乃行，其音若熙熙凄凄锵锵。帝颛顼好其音，乃令飞龙作，效八风之音，命之曰承云，以祭上帝。
>
> 帝尧立，乃命质为乐。质乃效山林溪谷之音以歌，乃以麋鞈置缶而鼓之，乃拊石击石，以象上帝玉磬之音，以致舞百兽。

从这些记载看，在古人的观念中，天地自然之气激荡而为音声，故效仿天地之音声可以沟通天地鬼神，正所谓"大乐与天地同和"（《礼记·乐记》）。

周代礼乐中，音声之乐是礼乐交流的重要方式，《周礼·春官》："以六律、六同、五声、八音、六舞、大合乐。以致鬼、神、示，以和邦国，

---

① （清）孙希旦：《礼记集解》，中华书局，1989，第712页。

以谐万民，以安宾客，以说远人，以作动物。"音声既可用于祭祀礼仪，也可用于邦国关系的协调和人际关系的交流，如燕享活动中常常奏乐助兴，"以乐侑食"（《周礼·天官》），《诗》三百中有不少诗篇都有音乐描写，"我有嘉宾，鼓瑟鼓琴。鼓瑟鼓琴，和乐且湛"（《诗经·小雅·鹿鸣》），"籥舞笙鼓，乐既和奏"（《诗经·小雅·宾之初筵》）"鼓钟钦钦，鼓瑟鼓琴，笙磬同音。以雅以南，以龠不僭"（《诗经·小雅·鼓钟》）等。《周礼》中乐官数量众多，掌管各种乐器及各种类型的声乐礼仪表演。

在周代贵族的礼仪活动中，音声演奏是重要的组成部分。这在《仪礼》一书中，有不少记载。如乡饮酒礼："工歌《鹿鸣》《四牡》《皇皇者华》。……笙入堂下，磬南，北面立，乐《南陔》《白华》《华黍》。……乃间歌《鱼丽》，笙《由庚》；歌《南有嘉鱼》，笙《崇丘》；歌《南山有台》，笙《由仪》。乃合乐：《周南·关雎》《葛覃》《卷耳》，《召南·鹊巢》《采蘩》《采蘋》。工告于乐正曰：'正歌备。'……宾出，奏《陔》。"（《仪礼·乡饮酒礼》）乡射礼："工坐。相者坐授瑟，乃降。笙入，立于县中，西面。乃合乐：《周南·关雎》《葛覃》《卷耳》，《召南·鹊巢》《采蘩》《采蘋》。工不兴，告于乐正，曰：'正歌备。'乐正告于宾，乃降。……乐正东面命大师，曰：'奏《驺虞》，间若一。'大师不兴，许诺。乐正退反位。乃奏《驺虞》以射。……无算乐。宾兴，乐正命奏《陔》。宾降及阶，《陔》作。宾出，众宾皆出，主人送于门外，再拜。"燕礼："工歌《鹿鸣》《四牡》《皇皇者华》。……奏《南陔》《白华》《华黍》。乃间歌《鱼丽》，笙《由庚》；歌《南有嘉鱼》，笙《崇丘》；歌《南山有台》，笙《由仪》。遂歌乡乐：《周南·关雎》《葛覃》《卷耳》，《召南·鹊巢》《采蘩》《采蘋》。大师告于乐正曰：'正歌备'。若以乐纳宾，则宾及庭，奏《肆夏》；宾拜酒，主人答拜，而乐阕。公拜受爵，而奏《肆夏》；公卒爵，主人升，受爵以下，而乐阕。升歌《鹿鸣》，下管《新宫》，笙入三成，遂合乡乐。"这些乐歌演奏充分表现了周代礼乐的繁荣。

音声演奏目的在"和"，古人认为人的情性与自然界的水土风气相关，春秋时乐官泠州鸠说："夫音，乐之舆也。而钟，音之器也。天子省风以作乐，器以钟之，舆以行之。小者不窕，大者不槬，则和于物，物和则嘉成。故和声入于耳而藏于心，心亿则乐。"（《左传·昭公二十一年》）天子以乐器聚合自然之音声，其可以和于万物，入于耳则可感天地之和，继而入于心，以和声化人，实现情绪有节制的释放，达到群体关系的和谐融洽。音声必须有节制，讲究度，归之中道才能致和，如泠州鸠云："夫有和平之声，则有蕃殖之财。于是乎道之以中德，咏之以中音，德音不愆，以合神人，神是以宁，民是以听。"（《国语·周语下》）制礼作乐赋予音声礼乐内涵，要求其按照一定原则规范演奏，实际上是引导人的情感有节制的排遣，实现社会、政治的稳定和谐。

（三）诗语足以感心

在礼乐活动中，诗语交流是实现心灵沟通的重要方式，作为"乐"的构成部分，其表现方式呈现多元化，展现了不同的审美特征。

第一，以声诗交流。声诗是以声音为主要表达方式，配合乐、舞演唱。《仪礼》记载了周代贵族们的声诗活动，这种声诗演奏主要是在乡饮酒礼、燕礼、射礼的礼仪活动中，上文中在论述音声交流时已经提到，其用于周代贵族成员之间的仪式交流。《礼记·祭统》记载了鲁国用天子之乐举行的尝禘祭祀之礼："夫大尝禘，升歌《清庙》，下而管《象》，朱干玉戚以舞《大武》，八佾以舞《大夏》，此天子之乐也。"这是诗、乐、舞一体的大型祭祀活动。《诗》三百都是乐歌，可以入乐演奏。历来有文献和研究持此之说，《墨子·公孟》云："弦《诗》三百，歌《诗》三百，舞《诗》三百。"司马迁《孔子世家》云："三百五篇孔子皆弦歌之，以求合《韶》《武》《雅》《颂》之音。"顾镇《虞东学诗》云："凡《诗》皆乐也。"[1] 马瑞辰《毛诗传笺通释》卷一说："诗三百篇，未有不可入乐者。"[2] 顾颉刚也认为"《诗经》所录全为乐歌"。[3] 从周代礼仪歌诗的情况来看，这种说法是比较可靠的。声诗演奏因应仪式活动的需要，以声为表现重点。声诗的演奏者是乐工，他们在举行仪式活动时与乐、舞配合演奏。《周礼》中设置了执掌声诗演唱的职官，"（大师）教六诗：曰风，曰赋，曰

---

① （清）顾镇：《虞东学诗·诗乐说》，《文渊阁四库全书》第89册，上海古籍出版社，1987，第381页。

② （清）马瑞辰：《毛诗传笺通释》，中华书局，1989，第1页。

③ 顾颉刚：《古史辨》第3册，上海古籍出版社，1982，第608页。

比，曰兴，曰雅，曰颂。……瞽蒙掌播鼗、柷、敔、埙、箫、管、弦、歌。讽诵诗，世奠系，鼓琴瑟。掌九德六诗之歌，以役大师。……（钟师）凡射，王奏《驺虞》，诸侯奏《狸首》，卿大夫奏《采蘋》，士奏《采蘩》"。掌声诗演奏的职官有大师、瞽蒙、钟师等，他们在礼乐仪式活动中负责声诗的演唱。

第二，以祝嘏辞说沟通。《礼记·礼运》："修其祝嘏，以降上神与其先祖。"郑玄注："祝，祝为主人飨神辞也；嘏，祝为尸致福于主人之辞也。"① 《礼记·礼运》："祝以孝告，嘏以慈告。"孔颖达疏："言祝嘏于时以神之恩慈而告主人。"② 可见，祝是祭祀时祝官代主人向神传达敬孝之辞，嘏是尸代神向主人致恩惠之辞，祝与尸代表人与神进行沟通。祝辞与嘏辞相近，徐中舒云："祝与嘏其辞并无显著差别，主人以是祝者，尸即以是酢之，统为祝福之辞也。"③ 祝嘏之辞构成人神之间的交接沟通。徐中舒《金文嘏词释例》辑录了大量周代祭器、养器之祝嘏辞。《周礼·春官》中太祝、小祝、丧祝、甸祝、诅祝等各类祝官负责不同种类的祝祷之辞。《仪礼》中记录了一些祝嘏之辞，如冠礼三次加冠都有祝词："始加，祝曰：'令月吉日，始加元服。弃尔幼志，顺尔成德。寿考惟祺，介尔景福。'再加，曰：'吉月令辰，乃申尔服。敬尔威仪，淑慎尔德。眉寿万年，永受胡福。'三加，曰：'以岁之正，以月之令，咸加尔服。兄弟具在，以成厥德。黄耇无疆，受天之庆。'醴辞曰：'甘醴惟厚，嘉荐令芳。拜受祭之，以定尔祥。承天之休，寿考不忘。'醮辞曰：'旨酒既清，嘉荐亶时。始加元服，兄弟具来。孝友时格，永乃保之。'再醮，曰：'旨酒既湑，嘉荐伊脯。乃申尔服，礼仪有序。祭此嘉爵，承天之祜。'三醮，曰：'旨酒令芳，笾豆有楚。咸加尔服，肴升折俎。承天之庆，受福无疆。'"《少牢馈食礼》记载一段嘏辞："祝受以东，北面于户西，以嘏于主人，曰：'皇尸命工祝，承致多福无疆于女孝孙。来女孝孙，使女受禄于天，宜稼于田，眉寿万年，勿替引之。'"此外士昏礼、士丧礼、杂记、士虞礼、特牲馈食礼等都有祝辞。祝嘏辞有韵语，也有散

---

① 《礼记正义》，《十三经注疏》，第 1416 页。
② 《礼记正义》，《十三经注疏》，第 1417 页。
③ 徐中舒：《金文嘏辞释例》，《徐中舒历史论文选集》，中华书局，1998，第 1 页。

文，而且祝辞的使用不限于祭祀礼仪活动中，在人际交往仪式中，进行祈祷、祝福，可以营造出温馨、和谐的人际关系。《诗经》中有大量的祝嘏辞说，如《楚茨》《信南山》《既醉》《凫鹥》《甫田》《大田》等诗篇都有记录。

《文心雕龙·祝盟》云："凡群言发华，而降神务实，修辞立诚，在于无愧。祈祷之式，必诚以敬；祭奠之楷，宜恭且哀。此其大较也。"祝词多用于祭祀语境中，内容多为祈祷、报答，故强调言辞真诚、恭敬，它对诗的发展有着重要的影响。

第三，语说诗义。周代贵族在参与礼乐活动时，语说诗义，阐述礼义，进行沟通交流，这种活动被称为"合语"。为此，周代贵族们首先必须具备语说诗义的能力，《周礼·春官》："（大司乐）以乐语教国子，兴、道、讽、诵、言、语。"郑玄注曰："兴者，以善物喻善事。道，读曰导。导者，言古以剀今也；倍文曰讽；以声节之曰诵；发端曰言；答述曰语。"①大司乐乐语之教的对象是"国子"，即公卿大夫子弟，这与培养乐工的目的不同，主要是培养通晓礼乐，善于言语应对、达政专对的贵族人才，如孙诒让云："以乐语教国子，兴道讽诵言语者，谓言语应答，比于诗乐，所以通意恉，远鄙倍也。凡宾客飨射旅酬之后，则有语。"②《礼记·文王世子》记载了"合语"的礼仪活动："凡祭与养老、乞言、合语之礼，皆小乐正诏之于东序。大乐正学舞干戚，语说，命乞言，皆大乐正授数，大司成论说在东序。""登歌清庙，既歌而语，以成之也。言父子、君臣、长幼之道，合德音之致，礼之大者也。"《礼记·乐记》记载子夏论乐："今夫古乐，进旅退旅，和正以广。弦匏笙簧，会守拊鼓，始奏以文，复乱以武，治乱以相，讯疾以雅。君子于是语，于是道古，修身及家，平均天下。此古乐之发也。"孙希旦云："语，谓乐终合语也。道古者，合语之时，论说父子、君臣、长幼之道，并道古昔之事也。《礼记·文王世子》曰：'既歌而语，以成之也。'盖合语之事，与乐相成，故并言之。"③"合语"之礼在《仪礼》《诗经》等文献中也有不少记载，《仪礼·大射仪》：

---

① 《周礼注疏》，《十三经注疏》，第 787 页。
② （清）孙诒让：《周礼正义》，第 1724 页。
③ （清）孙希旦：《礼记集解》，第 1014 页。

"古者于旅也语。"《诗经》:"献酬交错,礼仪卒度,笑语卒获"(《小雅·楚茨》)、"蓼彼萧斯,零露湑兮。既见君子,我心写兮。燕笑语兮,是以有誉处兮"(《小雅·蓼萧》)、"于时言言,于时语语"(《大雅·公刘》)。《国语·周语下》:"晋羊舌肸聘于周,发币于大夫及单靖公。靖公享之,俭而敬,宾礼赠饯,视其上而从之;燕无私,送不过郊;语说《昊天有成命》。"可见,合语之礼是在祭祀、乡饮酒礼、乡射、燕礼等活动中正歌演奏之后的旅酬阶段,宾客论说所演唱的《诗》篇意义,这种言说多从诗歌中发掘君臣父子、长幼尊卑、品德修养等礼义,从而实现群体道德修养的提高和群体关系的协调。

威仪、音声、诗语分别作用于人的不同的审美感官,威仪诉诸视觉,音声诉诸听觉,而诗语则直接作用于人的内心,是更深层次的交流。当然,在礼乐仪式表演中,威仪、音声、诗语三者是一体的,都可归于"乐"的范畴,宗周之"乐"是"礼"的一部分,是"礼"的审美化的表现方式,礼宜乐和,展现出一幅审美化的和谐图景。

第二节 礼乐交往与《诗》文本的形成

沈约《宋书·谢灵运传》说:"歌咏所兴,宜自生民始。"歌咏始终与人类相伴,是情感的自然抒发,是生命活动的展现。但是诗的生成、发展离不开群体性因素。诗在早期人类社会是群体性的歌唱,是群体情感的表达,它与乐、舞一体,用于巫术祭祀,作为仪式活动展现。中国古代从上古到三代,经历了从巫术祭祀到礼乐文化的发展过程,在此过程中形成了群体用诗制度。特别是周代逐渐脱离天命鬼神观念,制礼作乐,转向现实生活,群体用诗更成为一种宏大的文化现象,代表了周代文化的特质。

两周时期,《诗》是礼乐仪式乐歌,是政治讽谏、赋诗引诗的文本。与《诗》之功用关系密切的是周代的礼乐交往用诗制度,它展现了审美化的群体关系。《诗》文本不是一步形成的,而是随着周代礼乐的发展,因应礼乐交往的需要,不断地被创作、采集、呈献,并经过多次的编辑整理,直至经过孔子的删定而成为现在的文本的。对此进行考察，挖掘周代礼乐交往用诗的发展过程，可以揭示其群体用诗观念和诗歌观念。

一　交往活动与诗的产生

诗歌交流是上古群体活动的重要表达方式之一。在人类社会早期，生产劳动实践是最基本的活动，从中产生了歌唱的需要。如《淮南子·道应训》云："今夫举大木者，前呼邪许，后亦应之，此举重劝力之歌也。"劳动中发出有节奏的声音，可以协调劳动的节奏、动作、步调，形成群体力量的集合体。鲁迅先生《且介亭杂文·门外文谈》也提到诗的起源可以追溯到原始的集体劳动号子，即"杭育杭育"派。原始先民的生产实践活动形态是非常丰富的，今天仍能透过上古流传下来的极少数歌谣来探索古人的生命活动形态。《吴越春秋·弹歌》云：

> 断竹、续竹、飞土、逐宾。

它展现了原始先民的狩猎生活，诗歌两字一句，节奏明快，勾勒出古人质朴的生活和旺盛的生命力，这是群体生活的再现，表现了群体情感。《周易》中的爻辞也记载了一些群体活动歌谣：

> 屯如，邅如，乘马，班如；匪寇，婚媾。……乘马，班如，泣血，涟如。（《周易·屯卦》）
> 贲如，皤如，白马，翰如；匪寇，婚媾。（《周易·贲卦》）

这些歌谣采用二字结构的形式，语言明快，节奏性强，反映了上古的婚姻活动仪式，表现了抢婚习俗中的群体交往形态。

诗在上古不是单一的艺术形态，它与乐、舞一起，综合地表现原始群体的内心世界，特别是用于巫术活动，表达群体的神灵信仰观念及愿望祈求，如《吕氏春秋·古乐·葛天氏之乐》记载的三人操牛尾歌八阕，伴随着歌、舞的内容，是与农业生产相关的仪式活动。本书第一章已经提到巫舞通神的方式有歌舞通神和祝咒通神，其中都有语言活动的成分，特别是后者。由此可以看出，诗伴随群体仪式活动的发展而发展。

随着巫术祭祀的典礼化，诗用于巫术仪式活动的情况也逐渐增多。如《礼记·郊特牲》记载伊耆氏作《蜡辞》，这是祭祀时的祈祷咒语。商代重视祭祀，甲骨卜辞中有不少巫术咒语：

> 癸卯卜，今日雨。其自西来雨？其自东来雨？其自北来雨？其自南来雨？（郭沫若《卜辞通纂》）

这是举行巫术占卜仪式的咒语，是诗的早期形态，传达了群体的祈愿，弥漫着神秘的巫术色彩。

二　礼乐交往和诗的创作、采集

随着人文理性的发展，在巫术仪式活动中，逐渐生成了礼乐文化。周代尚文，制礼作乐，将礼乐应用于从政治统治到乡人交往等社会生活的方方面面，形成了礼乐文化的彬彬之盛。在礼乐表演中，要歌诗奏乐。礼乐交往用诗的需要，促进了诗的创作、采集。礼乐制度的诗歌交往活动主要体现在以下四个方面。

（一）功成作乐和仪典作诗

周人建邦立国及至君临天下，崇尚礼乐，以诗宣扬姬周王室的功德，在祭祀交往活动中，强化集体共同的记忆。《礼记·乐记》云："王者功成作乐，治定制礼。"孔颖达说："'功成作乐'者，王者先王之功，由民所乐，故功成命而作乐，以应民所乐之心，犹如民乐。周有干戈而业成，故周王成功，制干戈之乐也。"[1] 周公就是功成治定，天下太平之后而作礼乐。功成作乐有悠久的传统，《吕氏春秋·古乐》记载的《夏籥》称颂禹治洪水的功绩，《大濩》赞颂汤灭夏桀、救护万民的功德。周人因袭了"功成作乐"传统，制定礼乐，这是可能的。史载周公制礼作乐，这应是由周公主导，众多乐官参与制定本朝礼乐。《尚书·金縢》载周公说自己："予仁若考能，多才多艺，能事鬼神。"可见，周公对宗庙祭祀非常

---

[1] 《礼记正义》，《十三经注疏》，第 1530 页。

熟悉，制礼作乐之说是可靠的。其中《大武》乐便是"功成作乐"的作品，它是周代大型的祭祀仪式节目，颂扬武王伐纣的伟大功绩，据高亨考释，包括《武》《赉》《桓》《酌》《我将》《般》六首诗歌。① 由此可以推知，《周颂》《大雅》中许多纪祖颂功之诗是功成作乐的产物。

除了"王者功成作乐"之外，《诗》三百还有大量的仪式乐歌，作者无从考证，但乐官应是主要的创作者。因为礼乐仪式活动、礼乐教育活动主要由乐官负责，《周礼·春官》大司乐、大师两大系统掌管乐典、乐仪、乐教。《诗》中大量描写仪式活动，记载了仪式活动的具体仪节，若非乐官是很难如此熟悉的。如《大雅·行苇》对燕射礼仪记录详细：

> 或肆之筵，或授之几。肆筵设席，授几有缉御。或献或酢，洗爵奠斝。醓醢以荐，或燔或炙。嘉肴脾臄，或歌或咢。敦弓既坚，四镞既均，舍矢既均，序宾以贤。敦弓既句，既挟四镞。四镞如树，序宾以不侮。

诗歌是对仪节程序的再现，描写了宴会的铺筵、设席、授几、酬酢、洗爵、肴馔、歌乐、较射等仪节，当为乐官所作。鲁洪生说："《颂》及《大雅》中用于祭祀的祭祀诗及一些用于燕飨仪式的燕飨诗，则应该是王朝司乐太师等乐官或巫、史奉命创作的乐歌。乐官自作诗在《诗经》中占有相当的数量。"② 这一推断是比较合理的。

（二）公卿献诗

献诗之说见于《国语》《左传》等文献：

> 故天子听政，使公卿至于列士献诗，瞽献曲，史献书，师箴，瞍赋，蒙诵，百工谏，庶人传语，近臣尽规，亲戚补察，瞽史教诲，耆艾修之，而后王斟酌焉。（《国语·周语·邵公谏周厉王弭谤》）

---

① 高亨：《文史述林》，清华大学出版社，2004，第84页。
② 鲁洪生：《诗经学概论》，辽海出版社，1998，第5页。

范文子曰:"吾闻古之王者,政德既成,又听于民,于是乎使工诵谏于朝,在列者献诗使勿兜,风听胪言于市,辨妖祥于谣,考百事于朝,问谤誉于路,有邪而正之,尽戒之术也。"(《国语·晋语》)

在舆有旅贲之规,位宁有官师之典,倚几有诵训之谏,居寝有亵御之箴,临事有瞽史之导,宴居有师工之诵。史不失书,蒙不失诵,以训御之,于是乎作《懿戒》以自儆也。(《国语·楚语》)

自王以下各有父兄子弟以补察其政。史为书,瞽为诗,工诵箴谏,大夫规诲,士传言,庶人谤,商旅于市,百工献艺。(《左传·襄公十四年》)

从大量的文献记载可以推知,在古代应该存在献诗讽谏的制度,献诗者为公卿列士,他们有讽谏的权利和责任,所献之诗须由乐工整理,用于讽诵。这种讽谏也是在礼乐仪式活动中进行的,往往由瞽、史、师、瞍、蒙等共同参与。

(三)讽谏作诗

与献诗相联系,所献之诗可以由公卿列士自己创作,呈献于上用于讽谏。《诗》中有些诗篇标明了作者,其诗用于讽谏,如:

王欲玉女,是用大谏。(《大雅·民劳》)
家父作诵,以究王讻。(《小雅·节南山》)
寺人孟子,作为此诗。凡百君子,敬而听之。(《小雅·巷伯》)
吉甫作诵,其诗孔硕。其风肆好,以赠申伯。(《大雅·崧高》)

《诗》中还有不少诗篇,不明其作者,但诗歌是讽谏之作,如《大雅》之《板》《荡》《抑》等都是因讽谏而作,这些诗的兴起与讽谏用诗制度有密切关系。

(四)乐官采诗入乐

关于采诗,汉代的文献记载较多:

古有采诗之官，王者所以观风俗，知得失，自考正也。（《汉书·艺文志》）

孟春之月，群居者将散，行人振木铎徇于路，以采诗，献之大师，比其音律，以闻于天子。故曰：王者不窥牖户而知天下。（《汉书·食货志》）

男女有所怨恨，相从而歌，饥者歌其食，劳者歌其事。男年六十，女年五十，无子者，官衣食之，使之民间采诗。乡移于邑，邑移于国，国以闻于天子。故王者不出牖户，尽知天下所苦，不下堂而知四方。（《春秋公羊传注疏》卷十六"宣王十五年"何休注语）

古者天子命史采诗谣，以观民风。（《孔丛子·巡守篇》）

天子五年一巡守。……命大师陈诗，以观民风。（《礼记·王制》）

由于缺少先秦文献的记载，采诗之说备受怀疑，但采诗与献诗其实性质是一样的，都是为了反映民情，进行政治讽谏。十五国风能汇集在一起，没有采诗制度是不可想象的，而所采集的诗歌同样须经过乐官的加工整理，以便用于讽诵。

从上面的分析可知，周代礼乐交往用诗制度是一个庞大的系统，从其功能看，主要分为两大类：第一，用于礼乐仪式，其诗歌多为乐官创作；第二，用于政治讽谏，其诗歌来源有献诗、作诗、采诗。从用诗活动的参与者来看，它包括乐官（其类别很多）、史官、公卿列士等，可见在周代的政治系统中，诗乐活动占据着重要的位置。之所以如此，是因为礼乐的盛行。用诗乐交往沟通是一种制度化的、普遍的文化行为，从周代贵族阶层看是如此，从《国风》中大量的民歌，也可以看出民间的诗歌交往风习。另外，从《左传》中记载的社会下层的诗歌活动，也可见一斑：

舆人之诵曰："原田每每，舍其旧而新是谋。"（《僖公二十八年》）

从政一年，舆人诵之，曰："取我衣冠而褚之，取我田畴而伍之。孰杀子产，吾其与之。"及三年，又诵之，曰："我有子弟，子产诲之；我有田畴，子产殖之。子产而死，谁其嗣之？"（《襄公三十一年》）

野人歌之曰："既定尔娄猪，盍归吾艾豭？"（《定公十五年》）

齐人责稽首，因歌之曰："鲁人之皋，数年不觉，使我高蹈。唯其儒书，以为二国忧。"（《哀公二十一年》）

由此，可以看出，用诗交流在春秋时期已经是一种普遍的社会文化现象，即使是社会下层的民众也常用诗来表达。

三 礼乐交往与《诗》文本的编订结集

从上面的分析可知，诗的呈献、创作、采集适应各种不同形式、不同内容的礼乐交往活动需要，它们或为仪式展演，或为政治讽谏，展现了周代礼乐制度丰富的内容。换一个角度来讲，制礼作乐是个不断发展完善的过程。因此，用于礼乐制度的《诗》文本，也不是一次编订而成的，它随着礼乐制度发展的需要而多次编订整理。对于《诗》文本形成的研究，董治安《从左传、国语看〈诗经〉在春秋时代的流传》，赵逵夫《论〈诗经〉编辑与〈雅〉诗的分"小"、"大"两部分》，许廷桂《诗经编者新说》，刘毓庆、郭万金《〈诗经〉结集历程之研究》等都曾经指出今本《诗经》是经过多次编订整理而成的。对此问题，马银琴进行了深入、系统的研究，其结论是：

产生于西周初年的与祭祀仪式相关联的仪式乐歌，在康王三年"定乐歌"的活动中得到整理，以《雅》《颂》命名的诗文本产生出来；穆王时代，《雅》《颂》文本的内容扩大，在祭祀乐歌之外，以现实的人与事为歌颂对象的诗篇成为《雅》的重要内容，出现了燕享乐歌一类。宣王重修礼乐的活动进一步扩大了仪式乐歌的种类与范围，同时厉王"变大雅"被纳入《雅》，诸侯国风亦在《诗》的名义下得到编辑，诗文本服务于仪式的性质开始向服务于讽谏转变；

平王时代，在美刺的名义下大量讽刺之诗得到编辑，《诗》《雅》《颂》分立的结构被打破，在《颂》仍以独立的方式流传时，以《诗》为名，《风》《雅》合集的诗文本产生；在齐桓公尊王崇礼所带来的礼乐复兴的背景下，发生了第五次整理和编辑诗文本的活动，在这次以诸侯国风为主要对象的编辑活动中，《周颂》《商颂》亦被纳入《诗》中，《风》《雅》《颂》合集的诗文本出现；至春秋末年经过孔子增删诗篇、调整次序的"正乐"，《诗》之定本最后形成。①

马银琴在对《诗经》结集过程进行研究时还对诗歌进入《诗》文本的序列进行梳理，论证缜密，见解深刻。从《诗》文本形成过程看，周代交往用诗大致以周宣王为界分前后两个阶段，前期主要为仪式用诗，在武王、周公、成王、康王时期，是郊庙祭祀、纪祖颂功之歌。周初礼制多袭商礼，《逸周书·世俘解》记载武王克商告于宗庙："古朕闻文考修商人典，以斩纣身，告于天于稷。"《尚书·洛诰》周公云："王肇称殷礼，祀于新邑，咸秩无文。"周公告诫成王用殷礼举行祭祀。郑玄注曰："王者未制礼乐，恒用先王之礼乐，非始成王用之也。周公制礼乐既成，不使成王即用周礼，仍令殷礼者，欲代明年即政，告神受职，然后班行周礼。班迄，始得用周礼。故告神且用殷礼也。"②郑玄的解释符合《洛诰》一文的意思。由此可知，周初郊庙祭祀、纪祖颂功之歌是借鉴殷礼而创制的本朝乐歌，显示了周代初期礼乐制度的特点。它们主要为满足巩固新政权，建立统治合法性的需要而创制。一方面，通过祭祀天地山川，彰显君权天授。另一方面，颂扬先祖之德，以德配天。如《左传·文公十八年》季文子云："先君周公制周礼曰：'则以观德，德以处事，事以度功，功以食民。'"随着西周统治的稳固和社会的发展演变，周礼逐渐摆脱了对殷礼的因袭，表现出周代自身的特色，周穆王时代，燕享乐歌开始进入诗文本，同时《雅》《颂》文本扩大，天命鬼神的观念减弱，"典礼行为表现

① 马银琴：《两周诗史》，社会科学文献出版社，2006，第487页。
② 《尚书正义》，《十三经注疏》，第215页。

出来的现实社会的尊卑秩序，亦即'礼'，却逐渐成为祭祀活动中人们关注的中心"。① 礼仪用诗由宗教性向世俗性转变，到宣王时期，大量燕享乐歌进入《诗》文本，同时，反映厉王时期政治生活的"变大雅"也进入文本，礼乐用诗的世俗色彩更加鲜明，此外，这也标志着另外一种用诗观念，即讽谏用诗开始在礼乐文化的体系中出现。平王时期，大量的讽刺之作进入《诗》文本，成为用诗活动的重要部分。而与此同时，乡乐也大量进入《诗》文本，用于讽谏或娱乐，大大增加了诗的数量，到了季札观诗之时，《诗》文本已经与今本《诗经》的体例相差无几。交往用诗方式的转变也逐渐导致《诗》的音乐义逐渐失落，春秋时期的礼崩乐坏虽与政治情况密切相关，但与礼乐制度本身的用诗方式转变也密切相关，春秋大量的赋诗引诗，说明《诗》文本所代表的礼乐文化价值并没有失坠，只是用诗方式由仪式乐歌意义转向《诗》文辞的意义，这种用诗方式实际上与讽谏用诗制度有着密切的关系。

　　诗进入《诗》文本的过程，可以清楚地反映周代礼乐用诗制度的发展脉络，也反映出礼乐用诗从高度雅化走向世俗的过程，正是礼乐交往用诗的需要，形成了各个时代的诗歌特征。同时，《诗》文本的编辑整理也促进了礼乐交往用诗活动的发展、普及，提升了《诗》文本的权威，促进了诗的传播，展现了周代的文化盛况和周人鲜活的生命存在。

第三节　《诗》文本的仪式交往意义

　　《墨子·公孟》云："诵《诗》三百，弦《诗》三百，歌《诗》三百，舞《诗》三百。"可见，《诗》应用于礼乐展演，配合着礼仪，在典礼活动中使用。也正是因为礼仪活动的需要，诗或被采集，或被创作而编订为《诗》。诗的礼仪属性影响了其审美风貌。

一　典礼仪式中的《诗》

　　《诗》在礼乐活动中作为乐歌进行演奏，其表演有多种形式。在《仪

---

　　① 马银琴：《两周诗史》，第168页。

礼》《周礼》《礼记》中都记载了不少乐歌的演奏活动。以《仪礼·乡饮酒礼》记载的乐歌演奏活动为例，在正歌的演唱活动中，诗的展现有如下四种方式。第一，乐工歌唱《鹿鸣》《四牡》《皇皇者华》，这是有歌词的歌唱，并有弹瑟相配。第二，笙奏《南陔》《白华》《华黍》，完全由乐器演奏，没有歌词。第三是间歌，歌唱与笙奏交替进行："间歌《鱼丽》，笙《由庚》；歌《南有嘉鱼》，笙《崇丘》；歌《南山有台》，笙《由仪》。"第四是合乐，堂上歌、瑟，堂下笙、磬一齐演奏《周南·关雎》《葛覃》《卷耳》，《召南·鹊巢》《采蘩》《采蘋》。由上可知，乐歌既有歌辞表达，又有曲调演奏。乐歌的表演形式可归为两大类：一是由乐工演唱歌词，同时有乐器伴奏；二是直接用乐器演奏，如笙奏、吹奏等。另举数例证之。

歌辞演唱：

燕礼：歌《鹿鸣》《四牡》《皇皇者华》；歌《鱼丽》《南有嘉鱼》《南山有台》；升歌《鹿鸣》。歌乡乐：《周南·关雎》《葛覃》《卷耳》；《召南·鹊巢》《采蘩》《采蘋》。

射礼：歌《驺虞》，若《采蘋》，皆五终。

大射仪：歌《鹿鸣》三终。

《礼记·射义》："升歌《清庙》，示德也。"

乐器演奏：

燕礼：笙奏《南陔》《白华》《华黍》；笙奏《由庚》《崇丘》《由仪》。

管《新宫》。

射礼：奏《驺虞》。

大射仪：奏《狸首》，管《新宫》。

《周礼·春官》：龠章吹《豳》诗，吹《豳》雅，吹《豳》颂。

从以上的列举中可以看出，《诗》可歌可奏，以歌唱形式表现，在一定程度上可以由歌词表达意义。而由乐器演奏的《诗》，只能表达曲调，歌词则无法表达出来。因此，歌词在乐歌表现中显得无关紧要。值得注意的是，上面所举的仅用乐器演奏的诗篇，如六笙诗《南陔》《白华》《华黍》《由庚》《崇丘》《由仪》在《诗》三百中都是有其名而无其辞。而《狸首》《新宫》则是逸诗。关于六笙诗，《仪礼注疏》贾公彦疏云："堂上歌者不亡，堂下笙者即亡，盖当时方以类聚，笙歌之诗，各自一处，故存者并存，亡者并亡也。"贾氏认为，因演唱方式不同，故收集存放之处不同，这说服力不够，实际上也许是因其仅仅演唱曲调，而无须演唱歌辞，从而造成歌辞的亡逸，《狸首》《新宫》的亡逸其理相类似。

从上述分析中可以知道，《诗》作为礼仪乐歌，其歌辞的交流言说功能作用尚不突出，歌辞往往隐没在乐器的演奏当中。但是《诗》作为乐歌用于群体交流，促进了诗文本的采集、编辑和整理，从而形成了《诗》。

二 《诗》文本中的仪式活动记录

《诗》三百作为仪式乐歌，其中有相当一部分诗记录了礼仪活动的程序、仪节，留下了周代礼乐的丰富信息，并从中反映周代仪式诗学思想。《诗》对礼仪的记录主要有以下三个方面。

（一）礼仪程式记录

《诗》三百有一些篇章记载了礼仪程式活动，反映了周代礼仪活动的丰富信息。《小雅·宾之初筵》这首诗前半部分描绘了贵族的宴饮礼仪："宾之初筵，左右秩秩。笾豆有楚，肴核维旅。酒既和旨，饮酒孔偕。钟鼓既设，举酬逸逸。大侯既抗，弓矢斯张。射夫既同，献尔发功。发彼有的，以祈尔爵。籥舞笙鼓，乐既和奏。烝衎烈祖，以洽百礼。百礼既至，有壬有林。锡尔纯嘏，子孙其湛。其湛曰乐，各奏尔能。宾载手仇，室人入又。酌彼康爵，以奏尔时。"这里描述了宴会开始之时宾主的动作合仪，宴会时举行的祭祖仪式及乡射活动，宴会的器皿摆放、食物安排，射礼的准备等，井井有条，乐歌演奏的器具和演唱的程序也都清楚地展现出来。

《小雅·楚茨》记录了一场祭祀礼仪程式：

> 楚楚者茨，言抽其棘。自昔何为？我艺黍稷。我黍与与，我稷翼翼。我仓既盈，我庾维亿。以为酒食，以享以祀。以妥以侑，以介景福。

济济跄跄，絜尔牛羊，以往烝尝。或剥或亨，或肆或将，祝祭于祊。祀事孔明，先祖是皇，神保是飨。孝孙有庆，报以介福，万寿无疆。

执爨踖踖，为俎孔硕，或燔或炙。君妇莫莫，为豆孔庶，为宾为客。献酬交错，礼仪卒度，笑语卒获。神保是格，报以介福，万寿攸酢。

我孔熯矣，式礼莫愆。工祝致告，徂赉孝孙。苾芬孝祀，神嗜饮食。卜尔百福，如几如式。既齐既稷，既匡既敕。永锡尔极，时万时亿。

礼仪既备，钟鼓既戒。孝孙徂位，工祝致告。神具醉止，皇尸载起。鼓钟送尸，神保聿归。诸宰君妇，废彻不迟。诸父兄弟，备言燕私。

乐具入奏，以绥后禄。尔肴既将，莫怨具庆。既醉既饱，小大稽首。神嗜饮食，使君寿考。孔惠孔时，维其尽之。子子孙孙，勿替引之。

关于《小雅·楚茨》，《毛诗序》以为："刺幽王也。政烦赋重，田莱多荒，饥馑降丧，民卒流亡，祭祀不飨，故君子思古焉。"郑玄笺曰："田莱多荒，茨棘不除也。饥馑，仓庾不盈也。降丧，神不与福助也。"[1] 但从全篇的意思来看，这种说法显得过于牵强，忽略了诗歌所表现的礼仪活动语境，朱熹《诗序辨说》指出："自此至《车辖》凡十篇，似出一手，辞气和平，称述详雅，无风刺之意。《序》以在变雅中，故皆以为伤今思古之作。《诗》固有如此者，然不应十篇相属，绝无一言以见其为衰世之意也。"[2] 从描写的内容可以看出，这首诗描绘了一场十分隆重的周王祭祀祖庙的典礼。郭沫若说："这首诗……祭神的仪节同少牢馈食礼相近。"[3]《小雅·楚茨》由六章构成，自第二章至第六章依次描写了参与祭祀的人

---

① 《毛诗正义》，《十三经注疏》，第 467 页。
② （宋）朱熹：《诗序辨说》，《续修四库全书》第 56 册，上海古籍出版社，2002，第 279 页。
③ 郭沫若：《青铜时代》，《郭沫若全集·历史篇》第一卷，人民出版社，1982，第 418 页。

们的仪态、献祭的器物和食物、祭祀时的气氛场景、公祝的致词以及仪式结束后的钟鼓送神。它采用铺陈的方法极写祭礼之盛，降福之多，整个仪式井然有序、欢快融洽，展现了一个礼宜乐和的境界，这是周代群体诗乐生活的一种审美境界，它表现的是充满人情的、富有活力的礼乐仪式。陈子展《诗经直解》引孙矿云："气格闳丽，结构严密。写祀事如仪注，庄敬诚孝之意俨然。有境有态，而精语险句，更层见错出，极情文条理之妙。"① 孙氏的这一评价颇为精当。

（二）礼仪乐舞记录

《商颂·那》描绘了祭祀成汤时的乐舞表演："猗与那与！置我鞉鼓。奏鼓简简，衎我烈祖。汤孙奏假，绥我思成。鞉鼓渊渊，嘒嘒管声。既和且平，依我磬声。於赫汤孙！穆穆厥声。庸鼓有斁，万舞有奕。我有嘉客，亦不夷怿。自古在昔，先民有作。温恭朝夕，执事有恪。顾予烝尝，汤孙之将。"诗歌首先描写了一幅鼓声喧天的热闹情景，展现了殷乐之盛美，正如《礼记·郊特牲》云："殷人尚声。臭味未成，涤荡其声；乐三阕，然后出迎牲。声音之号，所以诏告于天地之间也。"鼓乐声中，人们开始表演万舞，"万舞是古代大规模舞蹈之一，用之朝廷，用之宗庙、山川"。②《邶风·简兮》则对万舞表演者的优美舞姿进行了刻画，"硕人俣俣，公庭万舞。有力如虎，执辔如组。左手执龠，右手秉翟。赫如渥赭，公言锡爵。山有榛，隰有苓。云谁之思？西方美人。彼美人兮，西方之人兮"。这首诗对人的描绘非常生动，但其目的还是展现礼仪乐舞之美。

（三）礼仪场景记录

《诗》中还有一些诗歌虽然没有记录礼仪活动的具体仪节，但还是记载了礼仪活动的场景。《周颂·有瞽》是一篇记载乐器演奏场景的诗，"有瞽有瞽，在周之庭。设业设虡，崇牙树羽。应田县鼓，鞉磬柷圉。既备乃奏，箫管备举。喤喤厥声，肃雍和鸣，先祖是听。我客戾止，永观厥成"。它详述了乐器的种类，表现了演奏的繁盛之美。另外，《大雅·甫田》《大雅·大田》，《诗序》皆言刺，"《甫田》，大夫刺襄公也"；"《大

---

① 陈子展：《诗经直解》，复旦大学出版社，1983，第 753 页。
② 陈子展：《诗经直解》，第 114 页。

田》，刺幽王也"。其意义当如陈子展云："《甫田》当是王者春夏祈谷于上帝，祭方（四方之神）、祭社（后土之神）、祭田祖（先农之神）以及时雩旱祷之乐歌。"① "《大田》当是王者祈年报赛而祭祀田祖之乐歌。"从诗句看，"琴瑟击鼓，以御田祖。以祈甘雨，以介我稷黍，以谷我士女"。（《大雅·甫田》）"来方禋祀，以其骍黑，与其黍稷。以享以祀，以介景福。"（《大雅·大田》）从中可知两首诗记录的还是礼乐交往活动。《小雅·瓠叶》记载了宴饮活动的热闹场景，"幡幡瓠叶，采之亨之。君子有酒，酌言尝之。有兔斯首，炮之燔之。君子有酒，酌言献之。有兔斯首，燔之炙之。君子有酒，酌言酢之。有兔斯首，燔之炮之。君子有酒，酌言酬之。"《小雅·彤弓》则记载了天子款待有功诸侯的礼仪活动场景。当然这样的例子比比皆是，不必一一列举。

总而言之，《诗》对礼仪程式、礼仪场景、乐舞表演的记录说明相当一部分诗是因礼仪活动而产生的，礼乐交流是诗歌生成的重要土壤。诗在其中的主体性还不分明，从属于礼乐。但正是《诗》三百对礼仪、乐舞的记录使这些原生的文化形态保留至今。在记录这些文化现象时，诗采用了铺陈的方法，按照过程、场景把这些繁富的礼乐仪式表演记录下来，礼乐交流的需要决定了诗的产生，决定了诗歌的形态和表现方式。

三　仪式交往与风、雅、颂的礼乐意义

礼乐仪式是周代社会确立政治、宗法等级秩序的重要方式。以祭祀礼仪为例，周代祭祀对天子、诸侯、大夫、士的祭祀礼仪有着非常明确而严格的规定：

> 燔柴于泰坛，祭天也；瘗埋于泰折，祭地也；用骍犊，埋少牢于泰昭，祭时也；相近于坎坛，祭寒暑也。王宫，祭日也；夜明，祭月也；幽宗，祭星也；雩宗，祭水旱也；四坎坛，祭四时也。山林、川谷、丘陵，能出云为风雨，见怪物，皆曰神。有天下者，祭百神。诸侯，在其地则祭之，亡其地则不祭。（《礼记·祭法》）

---

① 陈子展：《诗经直解》，第 769 页。

上述文献记载的祭祀的神灵包括天、地、四时、寒暑、日、月、星、辰诸神，还包括社稷、山川等众多的自然精灵。天子具有祭祀所有上述群神的唯一权力，而诸侯以下只能按照等级祭祀某些神灵。

祭祀祖先宗庙的制度同样有等级的差别，"天子七庙，三昭三穆，与太祖之庙而七。诸侯五庙，二昭二穆，与太祖之庙而五。大夫三庙，一昭一穆，与太祖之庙而三。士一庙，庶人祭于寝"（《礼记·王制》）。

不仅如此，其对祭祀活动中的牺牲器物等也有严格的规定。《国语·楚语下》记载了观射父论祀牲的一段话：

> 子期祀平王，祭以牛俎于王，王问于观射父，曰："祀牲何及？"对曰："祀加于举。天子举以大牢，祀以会；诸侯举以特牛，祀以太牢；卿举以少牢，祀以特牛，大夫举以特牲，祀以少牢；士食鱼炙，祀以特牲；庶人食菜，祀以鱼。上下有序，则民不慢。"（《国语·楚语下》）

除了祭礼外，其他礼仪活动也具有区别长幼、上下、贵贱之义。如乡饮酒礼，《礼记·射义》说："乡饮酒礼者，所以明长幼之序也。"《礼记·乡饮酒义》说："乡饮酒之礼，六十者坐，五十者立侍以听政役，所以明尊长也；六十者三豆，七十者四豆，八十者五豆，九十者六豆，所以明养老也。民知尊长养老，而后乃能入孝弟。民入孝弟，出尊长养老，而后成教，成教而后国可安也。君子之所谓孝者，非家至而日见之也，合诸乡射，教之乡饮酒之礼，而孝弟之行立矣。"郑玄云："《乡饮酒义》者，以其记乡大夫饮宾于庠序之礼，尊贤养老之义也。"[1] 再如《燕礼》，应用很广，涉及聘礼、觐礼、大射礼等典礼中的宴饮活动。《礼记·射义》说："燕礼者，所以明君臣之义也。"郑玄云："名曰《燕义》者，以其记君臣燕饮之礼，上下相尊之义。"[2]

《诗》三百作为礼仪乐歌，因其礼仪属性而具有政治、宗法等级意

---

[1] 《礼记正义》，《十三经注疏》，第 1682 页。
[2] 《礼记正义》，《十三经注疏》，第 1689 页。

义。《左传·襄公四年》记载晋侯享鲁国卿大夫穆叔，"金奏《肆夏》之三，不拜。工歌《文王》之三，又不拜。歌《鹿鸣》之三，三拜"。穆叔云："《三夏》，天子所以享元侯也，使臣弗敢与闻。《文王》，两君相见之乐也，使臣不敢及。《鹿鸣》，君所以嘉寡君也，敢不拜嘉？《四牡》，君所以劳使臣也，敢不重拜？《皇皇者华》，君教使臣曰：'必咨于周。'臣闻之：'访问于善为咨，咨亲为询，咨礼为度，咨事为诹，咨难为谋。'臣获五善，敢不重拜？"其中《诗》三百的篇目有"《文王》之三"，即《大雅》之首《文王》《大明》《绵》，这是两君相见之乐；"《鹿鸣》之三"指《鹿鸣》《四牡》《皇皇者华》，这是国君赐予使臣之乐，它们根据上下等级而用，不能随意僭越。《左传·文公四年》记载卫国大夫卫武子聘鲁国时，鲁国给他演奏的《小雅·湛露》《小雅·彤弓》乃天子宴诸侯之乐，故不合礼制。《晏子春秋·杂上》记载齐国太师拒绝为晋国大夫范昭演奏成周之乐，太师曰："夫成周之乐，天子之乐也，调之，必人主舞之。今范昭人臣，欲舞天子之乐，臣故不为也。"《礼记·祭统》说："昔者周公旦有勋劳于天下，周公既没，成王、康王追念周公之所以勋劳者而欲尊鲁，故赐之以重祭，外祭则郊社是也，内祭则大尝禘是也。夫大尝禘，升歌《清庙》，下而管《象》，朱干玉戚以舞《大武》，八佾以舞《夏》，此天子之乐也。"鲁国可以用天子之乐是因为周公的伟大功勋，这是一个特例，其他诸侯则不享有此待遇。可见诗作为礼仪形式的表演，其等级思想是相当分明的，且为时人所了解和自觉遵守。

《诗》三百之风、雅、颂，阐释甚多，《毛诗序》从政治教化的角度阐释，"一国之事，系一人之本，谓之风；……雅者，正也，言王政之所由废兴也"。似乎不尽符合周代礼乐用诗的实际。更多的研究者认为风雅颂指不同的乐调，如宋代郑樵说："风土之音曰风，朝廷之音曰雅，宗庙之音曰颂。"① 朱熹亦云："正小雅，燕飨之乐也；正大雅朝会之乐。"② 惠周惕说："风雅颂，以音别也。"③ 从音乐角度分"风""雅""颂"也大致为当今的《诗经》研究者所赞同。进一步分析，"风""雅""颂"

① （宋）郑樵：《通志》，中华书局，1987，第865页。
② （宋）朱熹：《诗集传》，中华书局，1958，第99页。
③ （清）惠周惕：《诗说》，《皇清经解》卷一百九十。

代表着不同的乐调，乐调在不同的典礼场合演奏因而具有政治、宗法的等级差异，因此，风、雅、颂实际上也具有不同的等级交往内涵。郑玄曰："乡乐者，风也。《小雅》为诸侯之乐，《大雅》《颂》为天子之乐。"①戴震亦云："《诗》之部分四：《风》，乡乐；《小雅》，诸侯之乐；《大雅》《颂》，天子之乐。"②《风》《雅》《颂》因被不同的集团、阶层使用而具有等级意义，这也给后世对《风》《雅》《颂》走向政治化阐释提供了线索指引。

归纳以上阐释可知，典礼仪式决定了《诗》的意义的生成。《诗》的意义不能简单地从其文辞判断，而是取决于其所依附的典礼仪式。典礼乐歌来源有二。其一为周代贵族创作以用于典礼，这种诗歌其文辞意义往往与礼仪意义较为一致，如《小雅》之《常棣》《彤弓》等。其二为采诗以用于典礼。采集民间乐歌使之礼仪化是对诗的改造，赋予诗以新的意义，使诗转变成了《诗》，《诗》脱离了其本初的意义，而具有典礼仪式义，故这类《诗》的文辞多与其礼仪义相脱节。如《礼记·乡饮酒礼》《礼记·燕礼》的合奏乡乐《周南》之《关雎》《葛覃》《卷耳》，《召南》之《鹊巢》《采蘩》《采蘋》，从文辞看都是写爱情、婚姻之事，也常指是婚姻礼俗，但在乡乐演奏中用于乡人之间的亲和、娱乐，与其本初的意义已全不相关。《诗》的这种礼仪义是在群体交往中产生的，也应用于群体交往。当礼崩乐坏后，《诗》的礼仪义也就无所依托，出现了《诗》的意义的真空，这造成后世对《诗》义理解的困难。

第四节　《诗》言群体之志

作为群体关系的审美化表达，《诗》是群体情感活动的言说，其中包括群体道德、人伦关系，它们以情感的形式展现，通过群体的情感交融实现社会的和谐。

诗在上古并非一种独立的艺术体式，它与乐、舞一体，呈现为综合的

---

① 《仪礼注疏》，《十三经注疏》，上海古籍出版社，1999，第986页。
② （清）戴震：《诗比义述序》，载王达津《清代经部序跋选》，天津古籍出版社，1991，第101页。

艺术形态，是原始先民生命活动的表现。从诗的发生、存在、传播形态来说，如《毛诗序》所云："言之不足故嗟叹之，嗟叹之不足故永歌之，永歌之不足，不知手之舞之，足之蹈之。"因此，它不是个体情感活动的产物，而是集体的吟唱表演。特别是在文字产生以前的口耳相传阶段，群体的吟唱是诗流传下来的重要方式。《诗》三百除了《小雅·巷伯》的寺人孟子、《小雅·节南山》的家父、《大雅·崧高》《大雅·烝民》的尹吉甫、《鲁颂·閟宫》的奚斯等极少数作者之外，绝大多数都是有诗而无诗人。诗在群体活动中展现，个体湮灭于群体活动之中，个体的情感也在群体活动中得到释放。

就诗的观念发展而言，它也是群体意识的产物。杨树达在《释诗》中说："古文作𧨲，从言𡳿声。按志字从心𡳿声，寺亦从𡳿声，𡳿志寺古音无二。……（诗、志）音同假借耳。"① 闻一多进一步指出："志与诗原来是一个字。志有三个意义：一记忆，二记录，三怀抱，这三个意义正代表诗的发展途径上三个主要阶级。"② 其中记忆、记录之义传达的都是群体的生活内容而非个体之志。从"诗""寺"相关的构字方式看也可以窥探诗的观念，关于"寺"，《说文解字》云："寺，廷也，有法度者也。"金文中的"寺"从𡳿从手（𢓉），古文字学家据此多以"寺"为"持"，如方濬益说："寺为古持字。石鼓文'弓兹以寺''秀弓寺射'，皆以寺为持。"③ 叶舒宪认为"寺的本义指主持祭仪的祭师或巫师"。④ 刘士林认为寺"集上古社会的政、教、兵、农于一身"，"从某种角度来说，'寺'也就是中国历史上最初的'明堂'"。⑤ 据此，赵辉认为"'寺'原本当指祭祀的场所，即神坛。"⑥ 诸家的训释尽管存在差异，但有一点是一致的，即诗是一种发生于公共场所的群体言说，言说者或为主持祭祀仪式的祭司，但并非为个人立言，而是为氏族或部落首领代言，诗为群体之志，具

① 杨树达：《积微居小学金石论丛》，科学出版社，1955，第25—26页。
② 闻一多：《神话与诗》，第151页。
③ （清）方濬益：《缀遗斋彝器款识考释》卷二，转引自周法高主编《金文诂林》卷三下，香港中文大学，1974，第1885页。
④ 叶舒宪：《诗经的文化阐释》，湖北人民出版社，1994，第147页。
⑤ 刘士林：《中国诗性文化》，江苏人民出版社，1999，第196页。
⑥ 赵辉：《歌与诗的起源及原始功能异同》，《武汉大学学报》2009年第6期。

有法度、规范之意，有规正、教化、统御之义。显然，诗的观念是理性文化发展后的产物，它是与礼乐文化一起发展起来的。

一 《诗》的道德言说

周人灭商之后，为了稳固新生的政权，树立周代统治的合法性和权威性，需要重新建构意识形态话语系统，《诗》便是其中的重要部分。这种新的言说的重要内容是以"德"对天命进行新的阐释，为灭商建周这一行为进行辩护，树立新的意识形态。

周人继承了"天命"的观念，但是赋予其以新的内涵。天是人类的主宰，"明明上天，照临下土"（《小雅·谷风之什·小明》），监视人间，"上帝临汝，无有贰心"（《大雅·文王之什·大明》）。君王代表上天在人间实行统治，必须"小心翼翼，昭事上帝"（《大雅·文王之什·大明》）。"殷之未丧师，克配上帝"（《大雅·文王》），殷商曾经是上帝在人间的代表，享有祭祀于天，施治于民的权力。但是，商王的统治已经违背了上天的意志，商王"惟妇言是用"，"昏弃厥遗王父母弟"，"暴虐百姓"（《尚书·牧誓》）。商纣王所犯的错误在《大雅·荡》中也有所反映。殷商已经失去了统治的合法性，必须受到上天的惩罚。

在解构殷商统治的合法性、权威性的同时，周代统治者更着力建构了自身统治的正当性和权威性，宣扬姬周取代殷商乃是接受了上天的命令：

> 有命自天，命此文王，于周于京。（《大雅·文王之什·大明》）
> 穆穆文王，于缉熙敬止。假哉天命，……上帝既命，侯于周服。（《大雅·文王之什·文王》）
> 天命匪解，桓桓武王。（《周颂·闵予小子之什·桓》）
>
> 天降丧于殷，殷既坠厥命，我有周既受。（《尚书·君奭》）

诗歌不断地陈述周王室的建立乃是上天的意志，并以此告诫殷商的子民，从而建立起政治统治至高无上的权威。实际上，关于"天命"的言说只是以周公为代表的周人利用了殷人迷信天命心理的一种宣传策略。①

但是,"上天意志"毕竟披着宗教的神秘面纱,这种言说的有效性来自人们对上天的敬畏尊崇。然而殷商的覆灭说明这种天命是不可靠的,实际上周人对此也很清醒:

> 天命靡常!(《大雅·文王之什·文王》)

> 天不可信!(《尚书·君奭》)
> 肆汝小子封,惟命不于常,汝念哉!(《尚书·康诰》)

> 维天之命,于穆不已!(《周颂·清庙之什·维天之命》)

周人的言说一方面用"天命靡常"解构殷人统治的合理性,另一方面又用"有命自天"来建构自身统治的正当性,其中凸显的巨大矛盾反映了话语背后起操控作用的权力。周人提出了一个新的命题,"以德配天"。正所谓"皇天无亲,惟德是辅"(《尚书·蔡仲之命》)。殷商"惟其不敬德,乃早坠厥命"(《尚书·召诰》),周人之所以有天下是因为有"德","於乎不显,文王之德之纯"(《周颂·清庙之什·维天之命》)。

"德"是周代统治者解构殷商统治的合法性、解构旧的话语体系的最重要的工具,他们以此为核心,建构了周人自己的话语体系,为周代统治的合法性提供了最有效的辩护。"宜鉴于殷,骏命不易"(《大雅·文王》),"殷鉴不远,在夏后之世"(《大雅·荡》)。周人通过展示殷商的"失德"(如《大雅·荡》,另外《尚书》中也有不少反映),来彰显自身的"有德"。因此在西周早期,"德"是一套政治话语,即所谓"敬德""保民""慎罚""无逸""忠孝"等。陈来也说:"早期文献中肯定的'德'及具体德目,大都体现于政治领域,或者说早期的'德'大都与政治道德有关。在君主制下,政治道德当然首先是君主个人的道德品行

---

① 关于殷人的迷信天命,《尚书·西伯戡黎》记载西伯灭黎后,形势对殷很不利,纣王却说:"呜呼!我生不有命在天。"这充分反映了殷人的思想状态。

和规范。"① "德"的概念的提出，将神秘的"天命"引向理性的领域，中国古人开始由景仰"上天"转向重视"人事"，它闪耀着理性之光，奠定了中国文化发展的基石。

"以德配天"将宗教与理性相结合，对周取代殷做了合情合理的言说。周人搬出"德"之理性，又不否认天命，故而对先王、祖先进行神化，将其塑造成"天命"与"德"的统一体：

> 时迈其邦，昊天其子之，实右序有周。薄言震之，莫不震叠。怀柔百神，及河乔岳，允王维后。明昭有周，式序在位。载戢干戈，载櫜弓矢。我求懿德，肆于时夏，允王保之。（《周颂·时迈》）

这首祭祀乐歌写武王巡守，告祭山川诸神，强调推翻殷商、统一天下乃上天赐命，并颂扬武王偃武修文，以德为政，对百姓施以德化教育。其正是通过武王巡守祭祀诸神，展现武王的功德无量，神话了先祖武王，使武王亦人亦神，沟通神人。神化先祖，从而强化天命，同时美化"德"，进而确立周王统治的合法与权威，维护周朝的统治。正如孙鑛《评诗经》中所云："首二句甚壮甚快，俨然坐明堂，朝万国气象。下分两节，一宣威，一布德。"周代盛大的祭祀之舞《大武》乐，包括《武》《赉》《桓》等，②均以歌颂武王功德为主要内容。另外《周颂》当中有很多祭祀文王、武王的乐歌，如《维天之命》《天作》《维清》《执竞》等。周人神化祖先的另外一个典范就是《大雅》中的周民族发展史诗《生民》《公刘》《绵》《皇矣》《大明》，展现的是周民族神异的发展历程和丰功伟绩。这种歌功颂德的目的是将周民族的先祖塑造为完美之"德"的化身，从而能够"克配彼天"（《大雅·思文》）。对于这种神化祖先的方式，王夫之指出："昭明德以格于家邦，人神之通，以奉神而治人者也，非仅以事神者也。"③ 这一论断可谓精当。而"诗可以群"正是建立在聆听者对言说者的认同上，聆听者通过聆听，感受天命的敬畏，接受美"德"的感

---

① 陈来：《古代宗教与伦理——儒家思想的根源》，三联书店，1996，第296页。
② 参见高亨《周颂考释》上，《中华文史论丛》1963年第四辑。
③ （清）王夫之：《诗广传》，中华书局，1964，第150页。

染，接受这种言说，融入这个周王室设计的政治体系。以"德"诠释天命是周代统治者树立其统治权威的手段，这是从政治统御的角度出发的。历代周王之德实际上是指保民、慎罚的治理方式，是以政治的清明、社会的安定赢得统治的合法性的论述。

《诗》三百中的"德"多指德行，与人的行为相关。"百尔君子，不知德行。不忮不求，何用不臧。"（《邶风·雄雉》）"申伯之德，柔惠且直。"（《大雅·崧高》）这种德行实际上是人际关系范畴中交往的行为规范准则，试举例证之：

> 敬慎威仪，以近有德。（《大雅·民劳》）
> 抑抑威仪，维德之隅。……有觉德行，四国顺之。……温温恭人，维德之基。其维哲人，告之话言，顺德之行。（《大雅·抑》）
> 天生烝民，有物有则。民之秉彝，好是懿德。（《大雅·烝民》）

由此可知，"德"不是内在的品格气质，而是外在的、具体可感的行为。这种行为体现为威仪，行为庄重严肃，符合礼仪规范，是为威仪，亦即有德。因此，德是体现在交往中的，是可以直接感知的，它是士人君子交往的普遍行为规范。周人宣扬德行，强化交往的行为规范，以德协和宗族、协和邦国。

二 《诗》的伦理言说

《诗》是周人生命活动的记录，是群体诗学的产物，其中伦理关系是其表现的重要内容，展现了一部丰富的群体社会生活史。具体来说，主要包括如下五个方面。

（一）夫妇之情

《礼记·礼运》说："饮食男女，人之大欲存焉。"饮食男女是人类生存发展的需要，在血缘宗法的文化体系中，男女婚姻代表着生命的延续，是生命个体共同的信仰和寄托，因此，婚姻关系、夫妇之情便成为重要的歌唱内容。《周南》《召南》中有不少涉及男女关系主题的诗歌，《郑风》《卫风》也有一些男女恋歌。夫妇之情主要表现在以下方面。第一，夫妇好合。《诗》三百收录了婚礼颂歌，表达了夫妇好合的美好祝愿。如《桃夭》："桃之夭夭，灼灼其华。之子于归，宜其室家。"赞美新娘的容貌，诗序言其"男女以正，婚姻以时"。《鹊巢》："维鹊有巢，维鸠居之。之子于归，百两御之。维鹊有巢，维鸠方之。之子于归，百两将之。维鹊有巢，维鸠盈之。之子于归，百两成之。"这是一首写婚礼的诗歌。《常棣》也强调"妻子好合，如鼓瑟琴"。《何彼襛矣》："何彼襛矣，唐棣之华？曷不肃雍？王姬之车。何彼襛矣，华如桃李？平王之孙，齐侯之子。其钓维何？维丝伊缗。齐侯之子，平王之孙。"这表现了迎婚的场景。第二，宣扬婚姻伦理。如《豳风·伐柯》："伐柯如何？匪斧不克。取妻如何？匪媒不得。伐柯伐柯，其则不远。我觏之子，笾豆有践。"《南山》："取妻如之何？必告父母。……取妻如之何？匪媒不得。"这都是婚姻制度的内容。第三，祝愿婚后多育，家族繁盛。如《螽斯》："螽斯羽，诜诜兮。宜尔子孙，振振兮。螽斯羽，薨薨兮。宜尔子孙，绳绳兮。螽斯羽，揖揖兮。宜尔子孙，蛰蛰兮。"《麟之趾》："麟之趾，振振公子，于嗟麟兮。麟之定，振振公姓，于嗟麟兮。麟之角，振振公族，于嗟麟兮。"第四，男女恋歌。如《郑风》《卫风》的一些篇章，直接表达男女之间的爱恋之情，对此学界多从民俗学的角度研究，认为这是上古婚姻风俗的形态。

《礼记·昏义》云："昏礼者，将合二姓之好，上以事宗庙，而下以继后世也，故君子重之。"又云："昏礼者，礼之本也。"夫妇之道是人伦之始，是人类社会各种关系的起点，它积淀了群体的记忆，蕴藏着群体共同的信仰、价值，表达了通过生命的延续转换而实现的对生命的超越。婚姻也是融合不同家族之间关系的重要形式，通过联姻，部落之间达到紧密的联合。

（二）父子之情和宗族认同

父子关系在《诗》三百中也有较多反映，体现在下列方面。第一，体恤父母辛劳，表达牵挂和关怀。如"蓼蓼者莪，匪莪伊蒿。哀哀父母，生我劬劳。蓼蓼者莪，匪莪伊蔚。哀哀父母，生我劳瘁"（《小雅·蓼莪》）。"陟彼岵兮，瞻望父兮。……陟彼屺兮，瞻望母兮。"（《魏风·陟岵》）"父母何怙？悠悠苍天！曷其有所？……父母何食？悠悠苍天！曷其有极？"（《唐风·鸨羽》）"王事靡盬，不遑将父。……王事靡盬，不遑将母。"(《小雅·四牡》)"凯风自南，吹彼棘心，棘心夭夭，母氏劬劳。凯风自南，吹彼棘薪，母氏圣善，我无令人。爰有寒泉，在浚之下，有子七人，母氏劳苦。睍睆黄鸟，载好其音，有子七人，莫慰母心。"(《邶风·凯风》)"莫肯念乱，谁无父母？"(《小雅·沔水》)第二，宣扬孝的伦理。《诗》三百中之孝不仅仅是子对父之孝，而且延伸到对祖先的孝。如：

孝孙有庆，报以介福，万寿无疆。(《小雅·楚茨》)
永言孝思，孝思维则。……永言孝思，昭哉嗣服。(《大雅·下武》)
孝子不匮，永锡尔类。(《大雅·既醉》)
率见昭考，以孝以享。(《周颂·载见》)
於乎皇考，永世克孝。(《周颂·闵予小子》)

"孝"在《诗》三百中的另一表现是歌颂先祖功德，这在祭祀诗中表现得比较突出，上文在论述三百篇之"德"时已经对此有所涉及，如《清庙》《维天之命》《维清》《昊天有成命》等，恕不赘述。

《诗》三百的《生民》《公刘》《绵》《皇矣》《大明》五篇是一组周民族的史诗，记述了从周民族的始祖后稷到周王朝的创立者武王的历史。《生民》记述了周人始祖后稷乃姜嫄履帝足迹而生，这种传说带有母系氏族时代的文化印记。后稷奇异的成长历程寄寓着周人始祖乃天之所授的思想。《公刘》叙述了周人首领公刘率领部族从邰迁豳艰难创业的过程，《绵》叙述了周文王祖父古公亶父率领部族迁至岐山，定居周原，营建家园的历史，《皇矣》《大明》表现了文王、武王的开国之功。这一组史诗结构宏大，气势恢宏，歌颂了周人部落历代首领的功绩。这部辉煌的部族发展历史赋予周人共同的集体记忆，加深了族群认同，增强了凝聚力和向心力，促进群体的情感融合，从而使其凝合为稳定、团结的群体。

（三）君臣关系

君臣关系是宗族中父子关系的扩展，它把君主看成百姓父母，《小雅·南山有台》云："乐只君子，民之父母。"《大雅·泂酌》："岂弟君子，民之父母。""悠悠昊天，曰父母且。"（《小雅·巧言》）"夙夜匪懈，以事一人。"（《大雅·烝民》）在《诗》三百中，对君主的忠高于对父母的孝，常常可见因"王事"而不能"侍奉"父母的哀叹，在这一矛盾中，忠于王事应放在首位，"王事靡盬，忧我父母"（《唐风·杕杜》）。"王事靡盬，不能蓺稷黍。父母何怙？悠悠苍天！曷其有所？"（《唐风·鸨羽》）

（四）兄弟之情

兄弟团结才能实现邦国的和睦，在周代的宗法文化中，兄弟之间的亲和非常受重视。《小雅·頍弁》："岂伊异人？兄弟匪他。……岂伊异人？兄弟具来。……岂伊异人？兄弟甥舅。"强调兄弟的血缘认同，宣扬兄弟情感的亲和。《小雅·角弓》说："骍骍角弓，翩其反矣。兄弟婚姻，无胥远矣。尔之远矣，民胥然矣。尔之教矣，民胥效矣。此令兄弟，绰绰有裕。不令兄弟，交相为愈。"劝告不要疏远兄弟而亲近小人。再看《小雅·常棣》：

> 常棣之华，鄂不韡韡。凡今之人，莫如兄弟。
>
> 死丧之威，兄弟孔怀。原隰裒矣，兄弟求矣。
>
> 脊令在原，兄弟急难。每有良朋，况也永叹。
>
> 兄弟阋于墙，外御其务。每有良朋，烝也无戎。
>
> 丧乱既平，既安且宁。虽有兄弟，不如友生？
>
> 傧尔笾豆，饮酒之饫。兄弟既具，和乐且孺。
>
> 妻子好合，如鼓瑟琴。兄弟既翕，和乐且湛。
>
> 宜尔室家，乐尔妻帑。是究是图，亶其然乎？

这是一首兄弟宴饮的诗歌，诗歌强调兄弟之间的帮扶济困之情和情感的亲合。《左传·僖公二十四年》记载："召穆公思周德之不类，故纠合宗族于成周而作诗，曰：'常棣之华，鄂不韡韡，凡今之人，莫如兄弟。'"可见兄弟关系在周代的政治体系中的重要作用。

（五）朋友关系

朋友的亲和其实是宗法关系的延伸，是"尊尊""亲亲"思想体系中的重要部分。《小雅·伐木》："嘤其鸣矣，求其友声。"《大雅·假乐》：

"之纲之纪，燕及朋友。"《大雅·云汉》："旱既大甚，散无友纪。"《小雅·六月》："饮御诸友，炰鳖脍鲤，侯谁在矣，张仲孝友。"由此可见，朋友关系也是《诗》三百的重要内容。周代礼乐制度重视以礼乐来协调人际关系，朋友关系是其重要的一个部分，周人通过宴饮活动，来展现朋友关系的亲和，同时这也是朋友诗歌所着力表达的。

从上面的分析可知，《诗》三百是周代人际交往的重要记录和展现，而人伦关系是诗作为礼乐文化的核心。《诗》三百中蕴含丰富的宗法关系思想，孔颖达指出：

> 《鹿鸣》废则和乐缺矣。《四牡》废则君臣缺矣。《皇皇者华》废则忠信缺矣。《常棣》废则兄弟缺矣。《伐木》废则朋友缺矣。《天保》废则福禄缺矣。《采薇》废则征伐缺矣。《出车》废则功力缺矣。《杕杜》废则师众缺矣。《鱼丽》废则法度缺矣。《南陔》废则孝友缺矣。《白华》废则廉耻缺矣。《华黍》废则蓄积缺矣。《由庚》废则阴阳失其道理矣。《南有嘉鱼》废则贤者不安，下不得其所矣。《崇丘》废则万物不遂矣。《南山有台》废则为国之基坠矣。《由仪》废则万物失其道理矣。《蓼萧》废则恩泽乖矣。《湛露》废则万国离矣。《彤弓》废则诸夏衰矣。《菁菁者莪》废则无礼仪矣。小雅尽废，则四夷交侵，中国微矣。①

孔氏的这种诠释揭示了《诗》作为礼乐文化文本的具体功用。

三 《诗》的和合意蕴

《诗》是一部伦理关系的教科书，但是在诗歌中，伦理关系并非冰冷的等级说教，而是以审美的方式言说感情，通过情感融合弥补等级差异造成的疏离，即以"亲亲"救"尊尊"。

《诗》三百中的祭祀乐歌包含君臣之辨、宗法秩序内涵，但是它往往通过审美的表达方式来激发内心的情感体验，消弭等级之间的疏远，实现

---

① 《毛诗正义》，《十三经注疏》，第424页。

群体的统合。《礼记·祭统》云:"夫祭者,非物自外至者也,自中出生于心也。心怵而奉之以礼,是故唯贤者能尽祭之义。"(《礼记·祭统》)如何才能"出生于心"呢?祭祀中的诗乐舞等多种元素组合一体的祭祀礼仪,构成一种诗性的形态。在祭祀歌舞活动中,人们进入一种恍恍惚惚的迷狂状态,达到与神的沟通,乐舞所传达的道德意义由此生成。如《尚书大传》的记载:

> 卜洛邑,营成周,改正朔,立宗庙,序祭祀,易牺牲,制礼乐,一统天下,合和四海,而致诸侯,皆莫不依绅端冕以奉祭祀者。……天下诸侯之悉来,进受命于周而退见文、武之尸者,千七百七十三诸侯,皆莫不磬折、玉音、金声、玉色。然后周公与升歌而弦文、武。诸侯在庙中者伋然渊其志,和其情,愀然若复见文武之身,然后曰:"嗟子乎,此盖吾先君文、武之风也夫。"及执俎、抗鼎、执刀、执匕者负墙而歌,愤于其情,发于中而乐节文。故周人追祖文王而宗武王也。①

这是周公于洛邑制礼作乐、召集诸侯进行祭祀场面的再现,在肃穆的气氛中奏乐歌唱,歌声发而中节,洋溢着太平景象,表现文王、武王的德化,诸侯仿佛看到了文武之风。祭祀诗虽为侍神而作,但其有着现实的功用,即维系族群的团结。"合其州乡朋友婚姻,比尔兄弟亲戚;于是乎弥其百苛,殄其谗慝,合其嘉好,结其亲昵,亿其上下,以申固其姓。上所以教民虔也,下所以昭事上也。"(《国语·楚语下》)这一功利的目标是通过审美的方式来实现的。

《诗》三百中,宴饮诗歌表现的人伦亲和则较为突出。朱熹云:"盖君臣之分以严为主;朝廷之礼,以敬为主。然一于严敬,则情或不通,而无以尽其忠告之益。故先王因其饮食聚会,而制为燕飨之礼,以通上下之情。"② 惠周惕《诗说》就此有一段评论:"燕飨,小节也,而《礼》详

---

① (汉)伏胜撰,郑玄注,(清)陈寿祺辑校《尚书大传》,商务印书馆,1937,第 98 页。
② (宋)朱熹:《诗集传》,第 99 页。

载之；饮食，细故也，而《诗》屡言之。何也？先王所以通上下之情，而教天下尊贤亲亲之意也。《鹿鸣》，燕群臣；《常棣》，燕兄弟；《伐木》，燕友朋。群臣、兄弟、友朋得其所而天下治矣……自宴享之礼废，而上下之情不通，《宾之初筵》作，于是天子无嘉宾；《頍弁》之诗作，于是天子无兄弟；《瓠叶》之诗作，于是天子无友朋。怀疑抱隙，相怨一方，而天下遂自此多故矣。"① 即情感交融是宴饮诗表现的主题，通过宴饮诗乐的沟通交往，促进了君臣、亲族、乡人、友朋的和谐。"乐由中出，礼自外作"（《礼记·乐记》），君臣、父子、兄弟、朋友都是外在的行为规范，真正实现交流的是心灵的沟通。真正的和谐状态是"乐"（音 lè）。"乐"诉诸"心"，是心灵的契合。宴饮诗常常渲染着欢乐的气氛，"兄弟既具，和乐且孺"（《小雅·常棣》）；"兄弟既翕，和乐且湛"（《小雅·常棣》）；"其湛曰乐"（《小雅·宾之初筵》）；"君子有酒，嘉宾式燕以乐"（《小雅·南有嘉鱼》）。《小雅·鹿鸣》一诗充分地展现了"乐"的状态，群臣嘉宾，尽情地宴饮歌唱，"鼓瑟吹笙，吹笙鼓簧"，"鼓瑟鼓琴，和乐且湛"，"我有旨酒，以燕乐嘉宾之心"，不断地渲染欢畅和乐的气氛，"和声入于耳而藏于心，心亿则乐"（《左传·昭公二十一年》）。这里没有祭祀祖先神灵的肃穆，没有权力、规范对人的限制，生命在这里自由地挥洒。所谓"乐"便是生命的自由活动，是"心"的澄明，是正常的生命秩序和节奏的展现。在生命活动的自由交融中，人与人之间达到了真正的"和"。礼乐追求的不正是秩序的和谐吗？在《小雅·鹿鸣》诗中，交往的原则规范已经化为无形，融入欢乐的气氛之中，达到了融合的状态。因此，宴饮诗彰显了人的自由的生命活动。

由祭祀诗到宴饮诗，"和"的内涵发生了转变。祭祀诗往往靠营造神秘的气氛，借助人们对神的敬畏、恐惧来整合群体，其中巫术起着重要的作用。而在"鼓瑟吹笙"的热闹气氛中，没有宗教神灵的出场，而是充满着人们的欢悦。诗乐的艺术感染力代替了宗教对人的情感的控制，礼乐文化的人文精神大大凸显出来。

从上面的分析可知，"和"具有"和而不同"的内涵。"和"是在

---

① （清）惠周惕：《诗说》，《皇清经解》卷一百九十二。

等级差异基础上的融合，并非消弭群体秩序的"同"。"和"的实现不是靠外在的规范、秩序，而是通过诗乐陶冶熏染，将礼化于"心"，将秩序化为生命的节律，达到"乐"的状态，达到心灵的契合，实现彼此间自由生命活动的交接。诗是达到"和"的媒介，因为诗由心生，借助诗才能入"心"。

"和"还具有"人伦合于天道"的内涵。不少宴饮诗中，都采用了比兴的手法。如"呦呦鹿鸣"象征着君臣和谐；"鄂不韡韡"暗示着兄弟同命；"鸟鸣嘤嘤"比喻友情。这里将人事比附自然界万事万物的运行，传达出一个鲜明的观念，即"人伦合于天道"。何谓"天道"，《周易·系辞传》："天地之大德曰生"，"生生之谓易"。变化、运动是宇宙的节律，自然界不断生成、创造，生命的律动便是"天道"的运行。人是自然界的一部分，遵循自然界的生命律动，因而人伦关系效法自然法则。如《礼记·乐记》云："乐者，天地之和也。礼者，天地之序也。……乐由天作，礼以地制。"礼乐所寄寓的人伦关系合于天道，礼乐精神从而具有了形而上的意义。

第三章

春秋时期赋诗言志的交往形态与观念

杨树达云:"春秋时,朝聘宴享动必赋诗,所谓可以群也。"① 春秋时期,各诸侯国之间往来频繁,进行朝聘、会盟、宴飨活动,通过赋诗言志来促进邦交,增进团结,争取外交利益。赋诗言志展现了春秋贵族们的雍容典雅,成为"春秋最文明之事",② 具有不朽的魅力。《诗》是春秋士人交往的文本,聘问歌咏,赋诗言志,包含丰富的蕴意。

第一节 春秋时期礼乐交往内涵的嬗变

西周礼乐展现了彬彬有礼的揖让文明,它蕴含着周人的政治交往模式、社会交往模式,具有政治团结、宗族亲和的功能。周王室的衰弱对礼乐文化造成冲击,使其走向嬗变之途,在此背景下,礼乐交流呈现出新的形式。从西周到春秋,政治、经济形势发生了很大变化。周王室衰微,失去了往昔的权威,失去了对诸侯的控制力量。在这种新的政治形势下,周代的典章制度也受到了很大破坏。历史上一般认为春秋时期"礼崩乐坏",但并非原有的社会秩序、道德规范全面瓦解,其文化模式、价值观念并没有分崩离析,"礼"依旧是春秋时期社会的主流意识形态。但春秋时期人们对"礼"进行了深入的反思,对"礼"的思想文化内涵进行了总结和提升,礼乐交往的内涵发生了变迁。

---

① 杨树达:《论语疏证》,上海古籍出版社,1986,第456页。
② (清)皮锡瑞:《论诗有正义有旁义即古文亦未尽可信》,《经学通论》,中华书局,1954,第3页。

一　"礼"成为价值判断原则

《左传》中记载了许多合礼、失礼之事，其中常常以"礼"为标准进行价值判断。常见的判断句式，肯定句式有"……，礼也"；否定句式有"……，非礼也"。此外还有"有礼""不礼""无礼""失礼"等词语表示判断，它们在《左传》中出现的次数如表 3-1 所示。

表 3-1　《左传》中"礼"表判断的出现次数

单位：次

种类	礼也	有礼	非礼	无礼	不礼	失礼
次数	94	29	53	36	17	5

《左传》中涉及"礼"的内容当然远不止此，但是从中也可以看出"礼"在春秋时期社会生活中的重要地位，它涉及对典章制度、政治原则、行为方式、道德修养等方面的评判，内容非常广泛。从如此多的"非礼""失礼"等现象可以看出，西周以来的典章制度确实在一定程度上受到破坏，社会上出现了很多不合礼制的行为。但换一个角度讲，对这种现象的批评正说明对当时礼乐文化的坚守和捍卫。"礼"不再局限于礼节、仪式、制度，而扩及政治治理、行为规范、道德修养等方面，所有的这些评判都以"礼"为标准，显示出"礼"是春秋时期重要的价值原则。鲁闵公元年（公元前 661），齐桓公曾想攻取鲁国，仲孙湫谏曰："不可。犹秉周礼。周礼，所以本也。臣闻之：'国将亡，本必先颠，而后枝叶从之。'鲁不弃周礼，未可动也。君其务宁鲁难而亲之。亲有礼，因重固，间携贰，覆昏乱，霸王之器也。"（《左传·闵公元年》）可见，在复杂的社会局面中，"礼"还是受到遵循、敬重的，并未崩溃，它仍是协调政治秩序、社会秩序和人际关系的重要因素。对于纷繁复杂的社会现象，"礼"成为价值评判的重要原则。

二　"礼以体政"："礼"之政治功用的强化

春秋时期，政治形势动荡不安，社会秩序遭到破坏，"礼"被当作共同的社会价值规范受到提倡。在阐释中，"礼"被政治原则化，其在政治方面的功用被放大。在《左传》中有不少论述：

> 礼，经国家，定社稷，序民人，利后嗣也。（《隐公十一年》）
>
> 夫名以制义，义以出礼，礼以体政，政以正民，是以政成而民听，易则生乱。（《桓公二年》）
>
> 礼，国之干也；敬，礼之舆也。不敬，则礼不行；礼不行，则上下昏，何以长世？（《僖公十一年》）
>
> 夫礼，所以整民也。故会以训上下之则，制财用之节；朝以正班爵之义，帅长幼之序；征伐以讨其不然。诸侯有王，王有巡守，以大习之。非是，君不举矣。君举必书。书而不法，后嗣何观？（《庄公二十三年》）
>
> 礼，政之舆也；政，身之守也。怠礼，失政；失政，不立，是以乱也。（《襄公二十一年》）
>
> 礼，所以守其国，行其政令，无失其民者也。（《昭公五年》）

从以上引文可知，"礼"是国家的根本，是治理国家、安定社稷、确立社会秩序的首要政治原则，"礼"也是处理天子、诸侯之间关系的重要方式，会、朝、聘、问等礼仪活动都有明确的政治内涵，如会用来训示上下关系，朝用来排列爵位、长幼秩序，诸侯朝聘及天子巡守都是重要的礼仪。突出"礼"在朝会、聘问等外交活动中的作用，与当时的政治形势是密切相关的。上述关于"礼"的论述最终都指向"政"，对"礼"的认识表现为观念化、概念化，是理论的提升。

三 "礼乐，德之则"："礼"之道德观念的提升

春秋时期，"礼"被赋予了道德观念，从外在仪节礼容转向内在的道德修养。《左传·昭公二年》记载晋国卿大夫韩起云："周礼尽在鲁矣，吾乃今知周公之德与周之所以王也。"将周礼理解为周公之德，这种观点在《左传》中并不孤立。《左传·隐公三年》云："《风》有《采蘩》《采蘋》，《雅》有《行苇》《泂酌》，昭忠信也。"《左传·襄公二十九年》季

札观乐也从道德方面进行评述，歌《周南》《召南》，"勤而不怨"；歌《邶》《墉》《卫》，"闻卫康叔、武公之德如"；为之歌《唐》，"非令德之后，谁能若是"；歌《小雅》，知"周德之衰"；歌《大雅》，"文王之德"；歌《颂》，"盛德之所同"。礼乐仪式的道德意义被大大凸显出来。《左传·僖公二十七年》晋国大夫赵衰云："礼乐，德之则也。"这是对礼乐道德意义的高度提炼，显示"礼"在向理性化、抽象化方向发展。"礼"作为道德之载体，其内容非常丰富，如：

> 恕而行之，德之则也，礼之经也。（《左传·隐公十一年》）
> 孝，礼之始也。（《左传·文公二年》）
> 让，礼之主也。（《左传·襄公十三年》）
> 忠信，礼之器也；卑让，礼之宗也。（《左传·昭公二年》）
> 君令、臣共、父慈、子孝、兄爱、弟敬、夫和、妻柔、姑慈、妇听，礼也。君令而不违，臣共而不贰；父慈而教、子孝而箴；兄爱而友，弟敬而顺；夫和而义，妻柔而正；姑慈而从，妇听而婉：礼之善物也。（《左传·昭公二十六年》）

> 且礼所以观忠、信、仁、义也，忠所以分也，仁所以行也，信所以守也，义所以节也。（《国语·周语上》）

"礼"包括忠、信、恕、孝、义等多个方面，很多"德"目都可以归于"礼"的名义，将"礼"蕴含的贵贱、尊卑之意道德化。道德从"礼"中孕育产生，发展丰富。由此，"礼"是为人、立人的根本，"礼，人之干也。无礼，无以立"（《左传·昭公七年》）。"礼，身之干也。敬，身之基也。"（《左传·成公十三年》）在这些论述中，"礼"不再是形象的仪式，而是抽象的表述，体现了人的思维能力、语言能力的进步，表现了春秋时期人们对"礼"的深入思考。

四　典礼仪式功能的衰弱

周代礼乐仪、礼合一，仪便是礼，礼即为仪，以"仪"为言说的方式，《仪礼》便是周代礼乐的丰富记录。春秋时期，威仪言说交流仍受到尊崇，《左传·隐公五年》臧僖伯谏鲁公："昭文章，明贵贱，辨等列，顺少长，习威仪也。"特别是邦国之间的交往，礼仪仍是非常讲究的，《左传·昭公五年》楚国大夫蓬启强说："圣王务行礼，不求耻人。朝聘有珪，享觐有璋，小有述职，大有巡功。设机而不倚，爵盈而不饮；宴有好货，飧有陪鼎，入有郊劳，出有赠贿，礼之至也。国家之败，失之道也，则祸乱兴。"蓬启强所说的"礼之至也"仍是强调"仪"就是"礼"的外在形态。

但是春秋时人对"礼"有了更深刻的思考，出现了"仪""礼"的分化，《左传·昭公五年》记载：

> 公如晋，自郊劳至于赠贿，无失礼。晋侯谓女叔齐曰："鲁侯不亦善于礼乎？"对曰："鲁侯焉知礼！"公曰："何为？自郊劳至于赠贿，礼无违者，何故不知？"对曰："是仪也，不可谓礼。礼，所以守其国，行其政令，无失其民者也。今政令在家，不能取也；有子家羁，弗能用也；奸大国之盟，陵虐小国；利人之难，不知其私。公室四分，民食于他。思莫在公，不图其终。为国君，难将及身，不恤其所。礼之本末将于此乎在，而屑屑焉习仪以亟。言善于礼，不亦远乎？"君子谓叔侯于是乎知礼。

晋国大夫女叔齐将郊劳、赠贿等礼仪活动归为"仪"，而非"礼"，其所谓"礼"指礼之本，而"仪"则为礼之末。琐屑的仪式已经流于空泛的形式，形式和意义分离，失去了它以往的交流功能。而"礼"则被抽象为政治原则、治国之道。

《左传·昭公二十五年》郑国大夫子大叔又对仪、礼做了重要的区分：

> 子大叔见赵简子，简子问揖让、周旋之礼焉。对曰："是仪也，非礼也。"简子曰："敢问何谓礼？"对曰："吉也闻诸先大夫子产曰：'夫礼，天之经也，地之义也，民之行也。'天地之经，而民实则之。则天之明，因地之性，生其六气，用其五行。气为五味，发为五色，

章为五声。淫则昏乱，民失其性。是故为礼以奉之：为六畜、五牲、三牺，以奉五味；为九文、六采、五章，以奉五色；为九歌、八风、七音、六律，以奉五声。为君臣上下，以则地义；为夫妇外内，以经二物；为父子、兄弟、姑姊、甥舅、昏媾、姻亚，以象天明，为政事、庸力、行务，以从四时；为刑罚威狱，使民畏忌，以类其震曜杀戮；为温慈惠和，以效天之生殖长育。民有好恶、喜怒、哀乐，生于六气，是故审则宜类，以制六志。哀有哭泣，乐有歌舞，喜有施舍，怒有战斗；喜生于好，怒生于恶。是故审行信令，祸福赏罚，以制死生。生，好物也；死，恶物也。好物，乐也；恶物，哀也。哀乐不失，乃能协于天地之性，是以长久。"简子曰："甚哉，礼之大也！"对曰："礼，上下之纪、天地之经纬也，民之所以生也，是以先王尚之。故人之能自曲直以赴礼者，谓之成人。大，不亦宜乎！"简子曰："鞅也，请终生守此言也。"

子大叔也区分了"仪""礼"，对"仪"的象征意义进行了哲理的归纳提升，将人类社会的上下、尊卑、等级规范比附于天地自然之道，"上下之纪、天地之经纬"，赋予礼的原则以先验的合理性。"仪"是"礼"的言说手段，"礼"是"仪"的抽象概括，透过"仪"的展现，可见深刻的义理。

总而言之，春秋时期，虽然不合礼仪的现象时有发生，但"礼"的价值原则并未崩溃，而是不断得到强化，"礼"越来越抽象化、概念化。在一定程度上，礼的外在形式即"仪"的言说功能出现弱化，而"礼"的本体意义则被深入挖掘重构，从而使"仪礼"之礼开始向"义理"之礼发展，这也决定了礼乐交往的形式也必然要呈现出相应的变化。

第二节　春秋赋诗言志的渊源和发展

春秋时期赋诗言志活动的兴起与礼乐制度中的行人之礼密切相关，春秋时期，在"礼乐征伐自诸侯出"的政治形势下，诸侯国之间的争霸、结盟往往需要通过行人进行外交往来而实现，赋诗言志活动正是在这种背景下兴起的。

一 礼乐制度的行人职官

春秋时期赋诗言志活动主要是在朝聘、会盟、燕享（飨）活动中发生的。朝聘、会盟属于《周礼》五礼中的宾礼，"以宾礼亲邦国，春见曰朝，夏见曰宗，秋见曰觐，冬见曰遇，时见曰会，殷见曰同，时聘曰问，殷覜曰视"（《周礼·春官》）。朝、宗、觐、遇是诸侯四季定期朝见王之礼仪，会、同、问、视是不定期朝见王之礼仪，它们都是为加强周天子与诸侯之间的联系而举行的礼仪活动，负责天子与诸侯之间礼仪交往的职官是行人。具体的交往礼制活动，《周礼·秋官》有记载：

> 大行人：掌大宾之礼及大客之仪，以亲诸侯。春朝诸侯而图天下之事，秋觐以比邦国之功，夏宗以陈天下之谟，冬遇以协诸侯之虑。时会以发四方之禁，殷同以施天下之政；时聘以结诸侯之好，殷覜以除邦国之慝；间问以谕诸侯之志，归脤以交诸侯之福，贺庆以赞诸侯之喜，致襘以补诸侯之灾。……凡诸侯之邦交，岁相问也，殷相聘也，世相朝也。
>
> 小行人：掌邦国宾客之礼籍，以待四方之使者。令诸侯春入贡，秋献功；王亲受之，各以其国之籍礼之。凡诸侯入王，则逆劳于畿。及郊劳、视馆、将币，为承而摈。凡四方之使者，大客则摈，小客则受其币而听其辞。使适四方，协九仪宾客之礼。朝、觐、宗、遇、会、同，君之礼也。存、覜、省、聘、问，臣之礼也。

上文列举了周王室与诸侯的交往礼仪，周代礼制对天子与诸侯的会见礼仪有着详细的规定，交往的目的是"亲诸侯"，以实现"封建亲戚，以藩屏周"的政治意图。而诸侯之间的交往礼仪则比较简单，且有时限规定。

二 朝聘会盟的仪式活动

在朝聘会盟之后，往往举行享礼、燕礼。《周礼》："上公之礼……飨礼九献，食礼九举。诸侯之礼……飨礼七献，食礼七举。诸子……飨礼五献，食礼五举。"郑玄注曰："设盛礼以饮宾也。"贾公彦疏："'飨礼九献'者，谓后日王速宾，宾来就庙中行飨。飨者，享大牢以饮宾，设几而不倚，爵盈而不饮。飨以训恭俭。九献者，王酌献宾，宾酢主人，主人酬宾，酬后更八献，是为九献。"① 可见周王以九献之享礼款待公，这是非常隆重的礼仪。享礼原本近于祭，许维通《飨礼考》举斋戒、尊彝、腥、裸事、立成而礼、用乐六事以证享近于祭。② 刘雨辑录了西周记享礼的铭文十一篇，其中七篇记享礼行于宗庙，并进一步指出："过去经学家认为飨是待客之礼。西周金文多有记诸侯及戎狄君使朝宗觐聘者，却不见王以飨礼待之。……盖西周时，王设飨乃大礼，一般宾客之事较少使用。王室待宾用飨，恐怕是春秋之后，王室地位下降的结果。"③ 举行享礼时往往须用乐，《诗·大雅·彤弓》："钟鼓既设，一朝飨之。"《周礼·春官·大司乐》："大祭祀，王出入，则令奏王夏；尸出入，则令奏肆夏；牲出入，则令奏昭夏，帅国子而舞，大飨不入牲。其他，皆如祭祀。"《周礼·春官·小师》："大祭祀，登歌击拊，下管击应鼓，彻歌。大飨，亦如之。"享礼后常常举行宴会，宴会行燕礼。《左传·成公十二年》："享以训恭俭，宴以示慈惠。"享礼严肃隆重，燕礼亲和欢悦。

由此可知，在周代礼乐制度的设计中，行人职官的设置是用于周王室与诸侯国以及各诸侯之间礼乐秩序的维护，促进礼乐交往，实现以周王室为主体的统治架构的稳定的。

三　赋诗言志活动的兴起

春秋时期，失去控制的诸侯面临政治权力的重组，各种政治力量处于不断分化与整合之中，为了各自的利益和安全，不断进行争斗，行人往来成为这一时期诸侯国外交活动的重要现象。在这种新的形势下，原来主要行于天子与诸侯之间交往的朝聘、会盟等礼仪活动也发生了变化。春秋时代的朝聘之礼主要是小国诸侯朝大国诸侯，以及诸侯之间相互聘问。据《春秋》经传记载，鲁去齐、晋等大国朝聘共 30 次，约为鲁朝天子次数

---

① 《周礼注疏》，《十三经注疏》，第 891 页。
② 许维通：《飨礼考》，《清华学报》，1947。
③ 刘雨：《金文论集》，紫禁城出版社，2008，第 66 页。

的五倍。滕、薛、纪、邾等小国朝鲁国共 34 次（包括来朝不书）。① 会盟，是诸侯间聚会结盟的礼仪。春秋时代，由于各国间争斗激烈，关系复杂，因此会盟频繁，据《春秋》《左传》统计，邦国之间的盟 108 次，会85 次，会盟 45 次。②

在朝聘、会盟之后，常常举行燕享活动，《国语·晋语四》："（晋文公）遂如楚，楚成王以周礼享之九献。"韦昭注："九献，上公之享礼也。"《左传》记载的赋诗活动共 32 次（造篇除外），发生于聘问活动 15次，会盟 8 次，朝见 1 次，另外 8 次未明确指出礼仪活动。在这些活动之后常常举行燕享之礼并进行赋诗交流，其中享礼 20 次，燕礼 4 次，食礼4 次，③ 还有 4 次未提到饮食之礼。赋诗言志大多数是诸侯国之间的相互往来，也有少数是一国之内国君与大夫之间的交流。如《左传·成公九年》记载："季文子如宋致女，复命，公享之。赋《韩奕》之五章，穆姜出于房，再拜，曰：'大夫勤辱，不忘先君以及嗣君，施及未亡人。先君犹有望也！敢拜大夫之重勤。'又赋《绿衣》之卒章而入。"这是国君慰劳大夫出使之功而进行的赋诗交流。总体而言，各诸侯国之间为争取各自利益而进行的交往，是功利性很强的政治活动，而以赋诗言志这样雍容典雅的方式进行沟通，成为春秋时期政治交往的一道奇特风景。

第三节　赋诗言志的交往方式

燕享活动中常常举行繁富的诗乐演奏，春秋时期鲁国对乐的保留比较完整，从《左传·襄公二十九年》季札观周乐即可见一斑，鲁国乐工演奏了《周南》《召南》《邶》《鄘》《卫》《王》《郑》《齐》《豳》《秦》《魏》《唐》《陈》《小雅》《大雅》《颂》，舞《象箾》《南籥》《大武》《韶濩》《大夏》《韶箾》。春秋诸侯朝聘、会盟、燕享活动中的诗乐表演

① 顾德融、朱顺龙：《春秋史》，上海人民出版社，2001，第 459 页。
② 徐杰令：《春秋会盟礼考》，《求是学刊》2004 年第 2 期。
③ 关于食礼，《礼记·王制》："凡养老……殷人以食礼。"孔颖达疏："食礼者，有饭有殽，虽设酒而不饮，其礼以饭为主，故曰食也。其礼有二种：一是礼食，故《大行人》云诸公三食之礼有九举，及公食大夫礼之属是也。二是燕食者，谓臣下自与宾客旦夕共食是也。"可见也是用于亲和天子、诸侯、卿大夫之间关系的礼仪。

突出表现为赋诗言志。

一　"礼会"是赋诗言志的性质

西晋杜预说："古者礼会，因古诗以见意，故言赋。"①"礼会"是其重要性质，"赋诗"是燕享活动的一部分，其本身也是礼乐仪式的一部分，有一套仪节、程序。《左传·文公三年》记载：

> 公如晋，及晋侯盟。晋侯飨公，赋《菁菁者莪》。庄叔以公降，拜，曰："小国受命于大国，敢不慎仪。君贶之以大礼，何乐如之。抑小国之乐，大国之惠也。"晋侯降，辞。登，成拜。公赋《嘉乐》。

从赋诗过程来看，先后有赋、降拜、语说、降辞、登、成拜等仪节，一举一动都按照礼仪规定的程序进行。《左传·僖公二十三年》记载晋国公子重耳与秦穆公赋诗也有类似的仪节记载。从这些记载中可以看出，赋诗言志确实是礼会活动，是在礼乐交流场域中言说交流。

二　"歌"和"诵"是赋诗言志的表现手段

《左传》中有许多赋诗言志活动的记载，试举数例：

> 穆叔如晋，报知武子之聘也，晋侯享之。金奏《肆夏》之三，不拜。工歌《文王》之三，又不拜。歌《鹿鸣》之三，三拜。（《襄公四年》）
>
> 孙文子如戚，孙蒯入使。公饮之酒，使大师歌《巧言》之卒章。大师辞，师曹请为之。初，公有嬖妾，使师曹诲之琴，师曹鞭之。公怒，鞭师曹三百。故师曹欲歌之，以怒孙子以报公。公使歌之，遂诵之。（《襄公十三年》）
>
> 叔孙穆子食庆封，庆封汜祭。穆子不说，使工为之诵《茅鸱》，亦不知。（《襄公二十八年》）

————————
① 《春秋左传正义》，《十三经注疏》，第1816页。

上述三例诗歌言说的主体是卿大夫，而表演者是乐工，表演行为包括
"歌"和"诵"。"歌"是配乐歌唱，"诵"是不配乐吟诵。两次"诵诗"
都是为了刻意降低理解的难度。对于乐工来说，这只是一种程式化的表
演，乐工虽然是诗乐表演行为的主体，但不是"言志"的主体，所演奏
的诗乐并非乐工意志的表现。

《左传》中还记载了部分赋诗活动用"为赋"一词，如：

> 卫宁武子来聘，公与之宴，为赋《湛露》及《彤弓》。不辞，又
> 不答赋。使行人私焉。对曰："臣以为肆业及之也。"（《文公四年》）
> 叔孙与庆封食，不敬。为赋《相鼠》，亦不知也。（《襄公二十
> 七年》）
> 夏，宋华定来聘，通嗣君也。享之，为赋《蓼萧》，弗知，又不
> 答赋。（《昭公十二年》）

孔颖达云："特云'为赋'，知公特命乐人歌此二篇以示意也。"[①] 亦即由
乐工演奏，而主体为公卿大夫，这种乐歌演奏配合着乐器，诗的文辞混合
在乐声之中，意义的表达更为含混模糊。《相鼠》诗句如"相鼠有皮，人
而无仪！人而无仪，不死何为？"极其口语化，而庆封却不知，由此亦可
知这是配乐而唱。

公卿大夫自己的诗歌表达则直言"赋"，《左传》中有许多记载，试
举数例：

> 郑伯与公宴于棐。子家赋《鸿雁》。季文子曰："寡君未免于
> 此。"文子赋《四月》。子家赋《载驰》之四章。文子赋《采薇》之
> 四章。郑伯拜。公答拜。（《文公十三年》）
> 穆叔见叔向，赋《载驰》之四章。（《襄公十九年》）
> 季武子如宋，报向戌之聘也。褚师段逆之以受享，赋《常棣》
> 之七章以卒。宋人重贿之。归，复命，公享之。赋《鱼丽》之卒

---

① 《春秋左传正义》，《十三经注疏》，第 1840 页。

章。公赋《南山有台》。武子去所，曰："臣不堪也。"（《襄公二十年》）

在这类赋诗活动中，公卿大夫自己直接用诗歌表达，传达己意，具体的表现方式应该是吟诵诗歌。根据《左传》和《国语》的记载，凡是"××赋"，或"××为赋"这样的句型结构，其主语必是公卿大夫，即公卿大夫表演诗的行为只言"赋"，而绝无"歌""诵"。乐工的演奏歌唱行为是"歌""诵"，绝不言"赋"，但其演唱是按公卿大夫的命令执行的，乐工的演唱也是公卿大夫的赋诗交流行为。

在春秋时期的赋诗活动中，诗篇的选择同样也是公卿大夫自主的行为。在什么场合该用什么诗，公卿大夫完全根据对情势的判断和表达的需要去选择。据《左传》记载统计，赋诗所用诗歌《国风》28 篇次，《小雅》33 篇次，《大雅》6 篇次，《周颂》1 篇次，逸诗 2 篇次。《国风》中被后人称为"淫诗"的郑、卫之风诗有 16 首 18 篇次。所赋之诗的选择可以不顾及整首诗的内容，而专取能够传递己意的诗句，选择的自由度很大，并且很多场合赋诗都是即时、即兴的行为，要根据对方的赋诗，判断其意，然后同样以赋诗相回应，这完全靠赋诗者自己去把握。因此，赋诗是公卿大夫的自主话语行为，发出的是他们自己的声音。在赋诗活动中，凸显了很多形象鲜明的贵族人物，如晋国之赵衰、叔向、韩起；鲁国之叔孙豹、季文子、季武子，郑国之子产等。他们富有礼乐修养，机敏睿智，成为这个时代贵族阶层、知识阶层的代表。

三　赋诗言志是文辞意义的交流

清人劳孝舆指出："当时只有诗，而无诗人。古人所作，今人可援为己诗，彼人之诗，此人可赓为自作，期于言志而止。人无定诗，诗无定旨。"[①] 赋诗的目的，乃"期于言志"。"赋诗"表面上是援引，实质上也是一种创造，它借用诗句，并通过赋诗活动中的语言活动，发出自己的声音。最精彩的当数鲁襄公二十七年（公元前 546）发生的晋卿大夫赵孟要

---

① （清）劳孝舆：《春秋诗话》，中华书局，1985，第 1 页。

求郑国群大夫赋诗观志之事：

> 郑伯享赵孟于垂陇，子展、伯有、子西、子产、子大叔、二子石从。赵孟曰："七子从君，以宠武也。请皆赋以卒君贶，武亦以观七子之志。"子展赋《草虫》，赵孟曰："善哉！民之主也。抑武也不足以当之。"伯有赋《鹑之贲贲》，赵孟曰："床笫之言不逾阈，况在野乎？非使人之所得闻也。"子西赋《黍苗》之四章，赵孟曰："寡君在，武何能焉？"子产赋《隰桑》，赵孟曰："武请受其卒章。"子大叔赋《野有蔓草》，赵孟曰："吾子之惠也。"印段赋《蟋蟀》，赵孟曰："善哉！保家之主也，吾有望矣！"公孙段赋《桑扈》，赵孟曰："'匪交匪敖'，福将焉往？若保是言也，欲辞福禄，得乎？"卒享。文子告叔向曰："伯有将为戮矣！诗以言志，志诬其上，而公怨之，以为宾荣，其能久乎？幸而后亡。"叔向曰："然。已侈！所谓不及五稔者，夫子之谓矣。"文子曰："其余皆数世之主也。子展其后亡者也，在上不忘降。印氏其次也，乐而不荒。乐以安民，不淫以使之，后亡，不亦可乎？"

在赋诗活动中，郑国七大夫以诗句表达己意，赵孟从所赋诗歌中准确地把握了其内心之志，并恰当地做出回答。可见赋诗虽未明确地言说己意，然而在特定语境中的赋诗交流却是通畅的。

从赋诗言志中也可以看出诗乐关系的变化，《诗》由仪式言说转向文辞言说。诗、乐本为一体，《诗》本是礼乐仪式乐歌，但在春秋时期乐歌的言说功能逐渐衰退，而《诗》的意义言说功能日益凸显出来。在春秋时期"仪""礼"分化的背景下，乐歌所依附的仪式日益简化，乐歌也逐渐丧失了活动舞台。《论语·微子》云："大师挚适齐，亚饭干适楚，三饭缭适蔡，四饭缺适秦，鼓方叔入于河，播鼗武入于汉，少师阳、击磬襄入于海。"这是鲁国乐官四散的情况，最尊奉周礼的国家如此，其他似更不须说，乐的衰弱是一种历史的必然趋势。从赋诗言志活动看，即便是乐工的歌诗表演行为，其目的也是表现诗的文辞义，而非仪式义，诗走上了一条脱离乐歌属性而凸显文辞意义的道路，诗、乐的分家逐渐分明。

第四节　赋诗言志的意义交流原则

从《左传》的记载来看，在 30 多次的赋诗言志活动中，虽表意含蓄、隐晦，却较少发生心志无法交流的问题，可见这种交往方式已经被公卿大夫普遍运用。赋诗言志有一套普遍的交流原则，它规范着交流中意义的生成方式和传达方式。

一　歌诗必类

"赋诗言志"是春秋时期新的交往方式，公卿列士通过诗的交流来进行外交角逐，这种温文尔雅的角逐形式，非常具有审美色彩。是什么因素能让主体间的交往如此彬彬有礼呢？"赋诗言志"的交往活动中遵循的原则是什么？《左传·襄公十六年》记载：

> 晋侯与诸侯宴于温，使诸大夫舞，曰："歌诗必类！"齐高厚之诗不类。荀偃怒，且曰："诸侯有异志矣！"使诸大夫盟高厚，高厚逃归。于是，叔孙豹、晋荀偃、宋向戌、卫宁殖、郑公孙虿、小邾之大夫盟曰："同讨不庭。"

关于"歌诗必类"，杜预注："歌古诗，当使各从义类。齐高厚之诗不类。齐有二心故。"孔颖达正义曰："歌古诗，各从其恩好之义类。高厚所歌之诗，独不取恩好之义类，故云'齐有二心'。"[1] 两者都是从所歌之诗的"义类"上去理解。杨伯峻则认为："必类者，一则须与舞相配，而尤重表达本人思想。"[2] 这一看法则兼重"声类"和"义类"。关于齐国大夫高厚所赋之诗，《左传》并没有记载，诗本可歌、可诵，因此很难判断是声类还是义类。从晋侯此次与诸侯宴会的背景来看，襄公十五

---

① 《春秋左传正义》，《十三经注疏》，第 1963 页。
② 杨伯峻：《春秋左传注》，中华书局，1981，第 1027 页。

年，晋悼公去世，十六年春季，安葬了晋悼公，年幼的晋平公即位。为了确立晋平公的威信，巩固晋国的盟主地位，晋平公在溴梁与诸侯鲁襄公、宋平公、卫献公、郑简公、曹成公等进行会见，并将亲齐国的邾宣公、莒犁比公抓起来。之后，"晋侯与诸侯宴于温"，这次会盟齐侯没有亲自参加，只是派大夫高厚参与。因此此次会盟的焦点是晋国和齐国之间的争斗，晋国欲以盟主地位使齐国臣服，"歌诗必类"在这里体现了晋国的话语霸权和言说策略，晋国以此压制齐国。苏辙云："诸侯既会而燕，使诸大夫舞，既非礼矣，又曰歌诗必类，求之无已，而高厚不从，过在晋也。"[1] 清代叶酉《春秋究遗》卷十二云："诸侯之宴，则齐高厚之不得预诸侯之会审矣，惟不得预会且屈在歌舞之列，故高厚歌诗遂悍然而故违其令，盖不胜其忿故耳。"[2] 总的说来，齐国仅仅派大夫参加盟会，是对晋国的不满；晋国让高厚以大夫的身份歌舞，是对齐国的贬抑。高厚的歌诗不类，并非因其不懂赋诗，而是其对晋国话语霸权的反击。

"歌诗必类"作为赋诗交往的原则何以普遍有效？赋诗言志是礼乐交往新的形式，必须遵循"礼"的原则规范。"礼"作为春秋时期的主流意识形态，是国与国之间、公卿大夫之间交往的最基本原则。因此，"歌诗必类"是指在赋诗活动中，必须以"礼"交往，在言说时与交往的场合、等级、身份、情境、仪式规范相适应。从春秋时期赋诗交往的实际情况来看，"歌诗必类"之"礼"的规范表现在两个方面。

第一，乐工歌诗必须符合礼仪的规范。《左传·襄公四年》记载：

> 穆叔如晋，报知武子之聘也，晋侯享之。金奏《肆夏》之三，不拜。工歌《文王》之三，又不拜。歌《鹿鸣》之三，三拜。韩献子使行人子员问之，曰："子以君命，辱于敝邑。先君之礼，借之以乐，以辱吾子。吾子舍其大，而重拜其细，敢问何礼也？"对曰："三《夏》，天子所以享元侯也，使臣弗敢与闻。《文王》，两君相见之乐也，使臣不敢及。《鹿鸣》，君所以嘉寡君也，敢不拜嘉？《四

---

① （宋）苏辙：《苏氏春秋集解》卷九，《文渊阁四库全书》第 148 册，第 80 页。
② （清）叶酉：《春秋究遗》卷十二，《文渊阁四库全书》第 181 册，第 576 页。

牡》，君所以劳使臣也，敢不重拜？《皇皇者华》，君教使臣曰：'必咨于周。'臣闻之：'访问于善为咨，咨亲为询，咨礼为度，咨事为诹，咨难为谋。'臣获五善，敢不重拜？"

"先君之礼，借之以乐"，用"乐"接待使者乃是西周传下来的礼仪，晋国举行如此隆重的礼仪乃是对鲁国使者的重视。但礼仪用乐有着严格的等级规范，有天子之乐、诸侯之乐、大夫之乐，不能僭越。《左传·成公十二年》记载："晋郤至如楚聘，且莅盟。楚子享之，子反相，为地室而县焉。郤至将登，金奏作于下，惊而走出。"杨伯峻注："此金奏，应是奏《九夏》之一《肆夏》。"① 是天子享元侯之乐，故郤至惊慌躲避，可见春秋时期礼乐歌诗的等级区别还是相当分明的。僭用礼乐则会带来严重的后果，如《左传·襄公十年》记载：

> 宋公享晋侯于楚丘，请以《桑林》。荀罃辞。荀偃、士匄曰："诸侯宋、鲁，于是观礼。鲁有禘乐，宾祭用之。宋以《桑林》享君，不亦可乎？"舞，师题以旌夏，晋侯惧而退入于房。去旌，卒享而还。及著雍，疾。卜，桑林见。荀偃、士匄欲奔请祷焉。荀罃不可，曰："我辞礼矣，彼则以之。犹有鬼神，于彼加之。"

宋公享晋侯用《桑林》之舞，《桑林》是殷天子之乐名。故"荀罃辞"，"晋侯惧而退入于房"。尽管如此，晋侯还是因此而病了一场，这个故事隐喻了对礼乐秩序的维护。总而言之，乐工歌诗是礼乐仪式的表演，有严格的等级规范，《诗》所传达的是仪式的意义。

第二，言志必须符合礼义原则，即语义的表达须与特定的情境相应。赋诗言志是心志的互通，在交往中意义的表达是否适合情境关系到一个人的学识、修养甚至命运。鲁襄公二十七年，郑伯享赵孟于垂陇，赵孟请郑国七子赋诗以观志，伯有赋《鹑之贲贲》。伯有赋此诗之意为"人之无良，我以为君"，赵孟当场批评曰："床笫之言不逾阈，况在野乎？非使

---

① 杨伯峻：《春秋左传注》，第 857 页。

人之所得闻也。"事后又言："伯有将为戮矣！诗以言志，志诬其上，而公怨之，以为宾荣。"伯有怨上之意实在不适合在那种情境表达，不能根据情势恰当表达必将带来祸患。另据《左传·昭公十二年》记载：

> 夏，宋华定来聘，通嗣君也。享之，为赋《蓼萧》，弗知，又不答赋。

华定不懂赋诗的意思，也不知道吟诗答谢，被昭子批评为"必亡。宴语之不怀，宠光之不宣，令德之不知，同福之不受，将何以在？"可见不懂赋诗在当时是极其缺乏修养的行为，这在《左传》中还有相关的记载：

> 齐庆封来聘，叔孙与庆封食，不敬。为赋《相鼠》，亦不知也。（《襄公二十七年》）
>
> 叔孙穆子食庆封，庆封氾祭。穆子不说，使工为之诵《茅鸱》，亦不知。（《襄公二十八年》）

齐国大夫庆封不懂礼仪，叔孙穆子通过赋诗斥责庆封无礼，为赋《相鼠》和诵《茅鸱》都是由乐工来表演，借《诗》的文辞义对对方的无礼进行讽刺。

"歌诗必类"的原则是对"礼"的坚守，春秋时期礼乐表演确实出现了"崩坏"的现象，这也可视为"歌诗不类"，如孔子曾批评鲁国季氏"八佾舞于庭""三家以雍彻"都是僭用天子之乐。春秋的赋诗活动中，是否普遍存在僭乐现象呢？宋代朱熹门人李方子的弟子牟子才在《赋诗辩》中就曾说：

> 晋侯之赋《假乐》，赋《既醉》，齐侯之赋《蓼萧》，此诸侯僭天子之乐也。楚令尹之赋《大明》，季武子之赋《绵》，韩宣子之赋《我将》，此大夫僭天子之乐也。[1]

---

[1] （清）康熙帝选，（清）徐乾学等编《古文渊鉴》，《中华传世文选》，吉林人民出版社，1998，第1386页。

《假乐》《既醉》《大明》《绵》为《诗·大雅》之诗，《我将》为《诗·周颂》之诗，《蓼萧》为《诗·小雅》之诗，按照周代的礼乐制度，牟子才的指责似乎是合理的。对于这个问题，孔颖达的看法更符合春秋时期用诗的实际情况：

> 诸自赋诗，以表己志者，断章以取义，意不限诗之尊卑。若使工人作乐，则有常礼。穆叔所云《肆夏》《樊》《遏》《渠》，天子所以享元侯也。《文王》《大明》《绵》，则两君相见之乐也。燕礼者，诸侯燕其群臣及燕聘问之宾礼也。歌《鹿鸣》《四牡》《皇皇者华》，如彼所云，盖尊卑之常礼也。①

孔氏的这种解释是符合春秋赋诗的情况的，即在自己赋诗以表己志时，取诗不论其等级尊卑；然而若是使乐工作乐，就必须符合礼制。所以孔颖达的论述是正确的，而宋代牟子才的指责则未注意到公卿大夫自己赋诗和典礼奏乐的区别，强调《诗》的典礼意义，这与春秋赋诗言志的实际情况是不相符的。

二　断章取义

"断章取义"是春秋时期贵族赋诗活动的基本沟通方式，它指截取《诗》中某一篇章来表达己意，而无须顾及《诗》篇的原意。

（一）"断章取义"的取义方式

关于"断章"，杜预认为"其全称《诗》篇者，多取首章之义"。孔颖达疏云："以文四年赋《湛露》云'天子当阳'，又文十三年文子赋《四月》，是皆取首章。若取余章者，传皆指言其事，则赋《载驰》之四章，《绿衣》之卒章是也。所以令尹特言《大明》首章者，令尹意特取首章明德，故传指言首章，与余别也。杜言多取首章，言多，则非是总皆如此。"② 因此，"断章取义"可以是整首诗，也可以是诗的一部分，即诗

---

① 《春秋左传正义》，《十三经注疏》，第 1840—1841 页。
② 《春秋左传正义》，《十三经注疏》，第 1816 页。

之一章。而取义的方式，也较杜预之说多样。

如果赋诗之一章，则取义一章或一句，意思的表达就比较显露明白，如《左传·成公九年》记载：

> 季文子如宋致女，复命，公享之。赋《韩奕》之五章，穆姜出于房，再拜，曰："大夫勤辱，不忘先君以及嗣君，施及未亡人。先君犹有望也！敢拜大夫之重勤。"又赋《绿衣》之卒章而入。

《韩奕》之五章为"蹶父孔武，靡国不到。为韩姞相攸，莫如韩乐。孔乐韩土，川泽訏訏。鲂鱮甫甫，麀鹿噳噳。有熊有罴，有猫有虎。庆既令居，韩姞燕誉。"季文子"喻鲁侯有蹶父之德，宋公如韩侯，宋土如韩乐"，① 这是取一章之义。穆姜赋《绿衣》之卒章为"我思古人，实获我心"，意为闻文子之言，甚为满意，这是取一句之义。

赋全篇者，取义就更复杂些。

第一，取整篇诗义。《左传·襄公八年》记载：

> 晋范宣子来聘，且拜公之辱，告将用师于郑。公享之，宣子赋《摽有梅》。季武子曰："谁敢哉！今譬于草木，寡君在君，君之臭味也。欢以承命，何时之有？"武子赋《角弓》。宾将出，武子赋《彤弓》。宣子曰："城濮之役，我先君文公献功于衡雍，受彤弓于襄王，以为子孙藏。匄也，先君守官之嗣也，敢不承命？"君子以为知礼。

赋《角弓》表现兄弟相亲之义，赋《彤弓》，"欲使晋君继文之业，复受彤弓于王"，都是取整首诗之原义。但是赋《摽有梅》乃是以女色盛则有衰，众士求之，宜及其时，暗喻晋与鲁应及时共讨郑。这里取义非诗之本义，与诗有譬喻关系，也是从整篇诗义出发进行引申的。

第二，取一章或一句之义。襄公十四年，戎子驹支赋《青蝇》，取其"恺悌君子，无信谗言"。襄公十四年，穆子赋《匏有苦叶》，义取于"深

---

① 《春秋左传正义》，《十三经注疏》，第 1905 页。

则厉，浅则揭"。这都是取该句在诗中的本义。襄公十九年范宣子赋《黍苗》，取"芃芃黍苗，阴雨膏之"，喻"小国之仰大国也，如百谷之仰膏雨焉"。襄公二十七年，垂陇之会，赵孟请郑国七大夫赋诗以观郑志，子大叔赋《野有蔓草》，义取"邂逅相遇，适我原兮"，以男女之情喻喜与赵孟相遇，作为礼节性应酬。这些是取诗的比喻义。

由此可见，赋诗断章的取义方式非常灵活多样。正因为如此，在朝聘、盟会、燕享活动中，公卿大夫面对各种各样的场面、情势都能够用赋诗这样一种温文尔雅的方式来加以应对，这也造就了赋诗活动的繁荣。

（二）意义在交往语境中生成

赋诗断章，各取所求。面对意义的隐晦，如何使沟通成为可能呢？从《左传》《国语》的记载来看，也确实出现过赋诗沟通出现障碍的情况。实际上，赋诗的意义是在交往中生成的。赋诗作为交往活动，断章取义必须在"歌诗必类"的规范约束下进行，这就在一定程度上限定了诗义解读的空间，意义是有迹可循的，不至于漫无边际。

赋诗活动是在一定交往语境中进行的，又与交往中的具体情势以及双方的互动相关。因此，赋诗所生成的意义实际上是一种语境义，诗所表达的意义是暂时生成于特定交往语境中的，离开了这一交往语境，这种意义便不存在。古人对此早有认识，"古人赋诗断章取义，盖取其临时意之所寓，若以《左传》所举者解诗则不通矣"。[1] 在交往中，只要符合语境的取义，都是允许的。襄公二十六年，齐景公和郑简公因为卫献公被抓一事到了晋国，晋平公设宴招待，席间齐侯相礼国景子赋《蓼萧》，取"既见君子，孔燕岂弟，宜兄宜弟"之义；郑伯相礼子展赋《缁衣》，义取"适子之馆兮，还予授子之粲兮"，希望晋能见齐侯、郑伯亲来之意，两首赋诗都为救卫献公。叔向故意误会其意，且使晋侯拜，并曰："寡君敢拜齐君之安我先君之宗祧也，敢拜郑君之不贰也。"齐、郑与晋确实是各取所需，在意义的理解上都没有问题。可见在赋诗的语境中，诗义的内涵是不确定的，往往依靠心领神会进行沟通。

---

[1] （宋）李樗、黄櫄：《毛诗李黄集解》卷十一，《文渊阁四库全书》第71册，第223页。

三 文质彬彬

"文"本义指驳杂交错的色彩。《说文解字》云:"文,错画也,象交文",如"火、龙、黼、黻,昭其文也"(《左传·桓公二年》);引申为花纹、纹理,如"仲子生而有文在其手"(《左传·隐公元年》)。"文"又被抽象化,指天地万物,"经纬天地曰文"(《左传·襄公二十八年》),指涉相当广泛,包含色彩斑斓的各种物象。与"天文"相对应的是"人文",《易·贲》:"观乎天文以察时变,观乎人文以化成天下。"这是指人类的普遍存在。

"文"在《左传》《国语》中多指"人文",有多重含义,各种含义之间又互相关联。其一,"文"指礼乐制度及观念文化。"以文修之""有不享则修文",(《国语·周语上》)周代尚文,孔子云"周监于二代,郁郁乎文哉"(《论语·八佾》)。其二,"文"又指人的礼仪修养,如"晋公子敏而有文"(《国语·晋语四》),"子大叔美秀而文"(《左传·襄公三十一年》)。其三,"文"引申为"文德",指人的道德品质修养。《国语·周语下》对"文"的这一含义有充分的论述:

> 夫敬,文之恭也;忠,文之实也;信,文之孚也;仁,文之爱也;义,文之制也;智,文之舆也;勇,文之帅也;教,文之施也;孝,文之本也;惠,文之慈也;让,文之材也。

《国语正义》释云:"文者,德之总名,恭者,其别行也,十一义皆如之。"① 敬、忠、信、仁、义、智、勇、教、孝、惠、让这十一项品德,为"文"的内在价值。其四,"文"尚有文辞之意,《左传·僖公二十三年》子犯曰:"吾不如衰之文也。请使衰从。"是指赵衰善于文辞表达,善于赋诗言志。又如《左传·昭公二十六年》:"文辞以行礼也。子朝干景之命,远晋之大,以专其志,无礼甚矣,文辞何为?"因此,春秋时期,"文"建立在礼乐文化基础上,表现在制度、观念、价值多个层面,

---

① (清)董增龄:《国语正义》,巴蜀书社,1985,第231页。

并且内化为人的道德修养，是多种意义的交织。

赋诗言志就是"文"的一种表现，赋诗酬酢，文雅含蓄，温情脉脉，这与西周的礼乐文化精神一脉相承，成为人们身份、地位、修养的象征性符号。故《文心雕龙·明诗》云："春秋观志，讽诵旧章，酬酢以为宾荣，吐纳而成身文。"① 章学诚亦说："观春秋之辞命，列国大夫，聘问诸侯，出使专对，盖欲文其言以达旨而已。"② 赋诗以"文"可以更好地达成交流的目的。试举一例说明：

> 齐侯、郑伯为卫侯故，如晋，晋侯兼享之。晋侯赋《嘉乐》。国景子相齐侯，赋《蓼萧》。子展相郑伯，赋《缁衣》。叔向命晋侯拜二君曰："寡君敢拜齐君之安我先君之宗祧也，敢拜郑君之不贰也。"国子使晏平仲私于叔向，曰："晋君宣其明德于诸侯，恤其患而补其阙，正其违而治其烦，所以为盟主也。今为臣执君，若之何？"叔向告赵文子，文子以告晋侯。晋侯言卫侯之罪，使叔向告二君。国子赋《辔之柔矣》，子展赋《将仲子兮》，晋侯乃许归卫侯。（《左传·襄公二十六年》）

从这段话中可以看出，政治大事在贵族卿大夫之间看似简单随意的赋诗活动中得到圆满的解决。齐景公和郑简公因为卫献公被抓一事到了晋国，晋平公设宴招待，席间赋《嘉乐》，对两人的前来表示欢迎。齐侯相礼国景子赋《蓼萧》，言晋侯德泽及于齐，郑伯相礼子展赋《缁衣》，言不敢远晋，以答《嘉乐》，叔向代晋侯表示感谢。同时又通过私下的交流了解卫献公被抓一事。齐国景子赋《辔之柔矣》，义取宽政以安诸侯；郑子展赋《将仲子兮》，义取众言可畏。晋平公于是同意放归卫献公。类似的事例比比皆是，如此严肃的政治事件，就在这种温文尔雅的赋诗活动中得到解决。可见赋诗言志是一种相当庄重、正式的辞令交流，是文质彬彬的外交交锋，是合乎"文"的言说。这主要体现在两个方面。

---

① 范文澜注《文心雕龙注》，人民文学出版社，1958，第 66 页。
② （清）章学诚：《文史通义》，中华书局，1994，第 61 页。

第一，礼仪之文。"赋诗言志"多在燕享场合进行，是正式的燕享活动的延伸，同样具有"礼"的严肃性。礼仪规定了参与者的身份、等级，礼仪的严肃性保证了言说的严肃性和有效性。在春秋时代赋诗言志活动的早期，赋诗活动包括赋、降拜、降辞、曰、登、成拜等仪节，这些程式规定了赋诗交往活动严肃的礼仪，使赋诗活动不同于一般的言说行为，成为公卿列士之间新的交往形式。这种言说的礼仪交往性质从《左传》的记载中得到佐证，如上文所引齐侯、郑伯与晋侯既有台面上的赋诗，又有台面下的私谈，最后还是通过台面上的赋诗来决定，其交往的礼仪性从这里可见一斑。

第二，言辞之文。《诗》为交往言辞，其作为仪式活动的一部分，除了彰显言说的严肃性之外，还有另外的功能。经过编辑整理的《诗》文本是贵族文化的象征，具有高贵性和庄严性，用《诗》是身份地位的体现。因此，"赋诗"成为贵族之间体现自身身份地位的交流方式，不具备这个能力，就无法进行对等的交流，《左传·僖公二十三年》记载晋国大夫狐偃就因为不善于赋诗而不敢陪同公子重耳去参加秦穆公的宴会活动，于是让赵衰陪重耳去。如果不懂赋诗或赋诗不当，常会受到斥责、鄙视甚至酿成外交争端。如《左传·襄公二十七年》记郑伯享晋国大夫赵孟，子展、伯有、子西、子产、子太叔以及印段、公孙段作陪，赵孟请七位大夫吟诗以观志。伯有吟诵了《鹑之贲贲》，赵孟当场就批评："床笫之言不逾阈，况在野乎？非使人之所得闻也。"宴会结束后，赵孟还告诉叔向："伯有将为戮矣！诗以言志，志诬其上，而公怨之，以为宾荣，其能久乎？幸而后亡。"可见，用《诗》进行言说，是一种具备礼乐文化修养的"文"的交流。

《左传·襄公二十五年》孔子说："《志》有之：'言以足志，文以足言。'不言，谁知其志？言之无文，行而不远。"赋诗重在言志，而文以足言。"文"并非专指文采的华丽、言辞的机智等语言的修饰技巧，而是指凝聚礼乐文化，文辞须合乎礼，从仪式的周旋揖让转向言语的微婉其辞，隐晦其说，以达到君子之相接。

"文其辞以达旨"成为礼乐文化新的表现形式，人们断章取义，各取所求，知其意而不点破，以委婉、含蓄的文辞达到沟通目的，又保持融洽的人际关系。关于文辞的重要作用，春秋的公卿列士们深有体会，"晋为伯，郑入陈，非文辞不为功。慎辞哉！"（《左传·襄公二十五年》）因此，兴起了一股重视文辞的风气，注意文辞的修饰、润色，《左传·襄公三十一年》记载郑国子产执政后，择能而使之，子羽善为辞令。在处理郑国与其他国家的事情时，子产就让子羽来起草辞令。刘知幾《史通·叙事》云："古者行人出境，以词令为宗；大夫应对，以言文为主。"①因此，赋诗言志之"文"既是对"礼"的传承，更促进了言辞的发展，使人们更加注意对文辞的修饰、润色，为后世文辞及文辞理论的发展提供了重要资源。

---

① （唐）刘知几著，张振佩笺注《史通笺注》，贵州人民出版社，1985，第 223 页。

第四章

孔子"诗可以群"的理论建构

"诗可以群"是孔子整个诗学理论的核心命题之一，该命题与"诗可以兴，可以观，可以怨"一起构成孔子诗学的系统理论。对于"诗可以群"，古之学者虽有释义，但局限于字义疏解，见解零星。今之学人多将其简单归结为《诗》的团结、交流、和谐之用，尚缺乏深刻考究。只有结合孔子的哲学美学思想，对"群"的内涵进行深入、系统的挖掘，探索孔子的诗学观念，才能勾勒出"诗可以群"的理论体系及理论意义。

第一节　孔子"诗可以群"思想的文化继承和创新

春秋末期，政治、经济形势发生了变化，诸侯国之间竞相逐鹿，动荡加剧。礼乐文化走向衰弱，孔子对此有明确阐述。其一，政治失序，政权下移。孔子说："天下有道，则礼乐征伐自天子出；天下无道，则礼乐征伐自诸侯出。自诸侯出，盖十世希不失矣；自大夫出，五世希不失矣；陪臣执国命，三世希不失矣。天下有道，则政不在大夫。天下有道，则庶人不议。"（《论语·季氏》）自周代王室衰微后，先后出现了诸侯、大夫、陪臣专权的情况，如鲁国三桓、齐国田氏、晋国六卿都先后控制政权。天子、诸侯、卿大夫、士之间的等级关系出现了紊乱，原有的政治宗法秩序逐渐瓦解。礼乐文化所承载的宗法等级思想也逐渐走向衰弱。其二，官学失落，学术下移，思想秩序混乱。孔子说："吾闻之，天子失官，学在四夷，犹信。"（《左传·昭公十七年》）《汉书·艺文志》也记载孔子说："礼失求诸野。"这意味着传统的礼乐制度崩坏，从而造成学术下移、文化下移。《论语·微子》亦云："大师挚适齐，亚饭干适楚，三饭缭适蔡，四饭缺适秦，鼓方叔入于河，播鼗武入于汉，少师阳、击磬襄入于海。"记载了鲁国乐官四散的情况，也反映了礼乐制度的衰败。其三，僭用礼乐的现象普遍。孔子愤怒地批评："八佾舞于庭，是可忍也，孰不可忍也?"（《论语·八佾》）"'相维辟公，天子穆穆'，奚取于三家之堂?"（《论语·八佾》）孔子认为僭用礼乐，以新声替代雅乐，造成了社会道德规范的缺失，以致社会秩序崩溃，可见传统礼乐仪式的功能已大大失落了。

一　"从周"：对宗周礼乐文化的继承

在这种背景下，如何恢复社会的秩序、安定，是知识阶层亟须回答的重要问题。孔子"祖述尧舜，宪章文武"（《中庸》），借鉴上古三代文化，但主要是继承和发展了周代礼乐文化。孔子曰："周监于二代，郁郁乎文哉！吾从周。"（《论语·八佾》）意图借鉴周代的礼乐文化以重新构建社会的秩序。孔子对礼乐文化进行了理想化的言说，以强化其思想权威。孔子认为，制礼作乐吸收了夏礼、殷礼，并在此基础上创造，是维护社会秩序的理想手段。孔子对周代礼乐文化非常仰慕，这从其对周公的崇拜可以看出来，"甚矣吾衰也！久矣吾不复梦见周公！"（《论语·述而》）"如有周公之才之美，使骄且吝，其余不足观也已。"（《论语·泰伯》）从对周公的赞誉中可见孔子的文化理想和宏伟志向。

孔子是礼乐文化的继承者、传播者。"孔子为儿嬉戏，常陈俎豆，设礼容。"（《史记·孔子世家》）自小学习诗、书、礼、乐，通晓礼乐文化。孔子曾多次从老子学礼，《礼记·曾子问》孔子说："昔者吾从老聃助葬于巷党，及垣，日有食之。"《史记·老子韩非列传》载："孔子适周，将问礼于老子。"《庄子·天运》说："孔子行年五十一而不闻道，乃南之沛见老聃。"老子曾担任"周守藏室之史"（《史记·老子韩非列传》），熟悉周代礼乐文化制度，故孔子多次求教。

（一）维护周代礼乐文化

孔子积极维护周代的礼乐文化，他说："事君尽礼，人以为谄也!"（《论语·八佾》）指出了礼的衰败和君臣之道的失落，也表现了孔子对"礼"的坚持和维护。《论语·八佾》记载："子贡欲去告朔之饩羊。子曰：'赐也！尔爱其羊，我爱其礼。'""告朔饩羊"是一种礼仪活动，郑玄说："牲生曰饩。礼，人君每月告朔，于庙有祭，谓之朝享。鲁自文公始不视朔。子贡见其礼废，故欲去其羊。"包咸亦说："羊存犹以识其礼，羊亡礼遂废。"① 孔子坚持"告朔饩羊"的礼仪，因为它是礼的载体，没有外在形式的承载，礼将无所依附。孔子反对以新声替代雅乐，孔子说："恶紫之夺朱也，恶郑声之乱雅乐也。"(《论语·阳货》) 从上述言论可知，孔子维护的礼乐文化包括揖让周旋的礼仪，注重"礼"的审美展现，是礼仪和礼义的结合体。

（二）积极从事礼乐文化教育

孔子在三十多岁时始开办私学，收徒讲学，史载孔子"以诗书礼乐教，弟子盖三千焉，身通六艺者七十有二人"(《史记·孔子世家》)。《孔丛子》亦云："故夫子之教，必始于诗书而终于礼乐，杂说不与焉。"② 《孔子家语》也记载："孔子之施教也，先之以诗书，而导之孝悌，说之以仁义，观之以礼乐，然后成之以文德，盖入室升堂者，起始有余人。"③ 诸家都指出，孔子实施诗书礼乐教育，这些正是周代礼乐文化的重要承载。孔子的诗书礼乐教育在《论语》有不少记录，如：

> 子所雅言，诗、书、执礼，皆雅言也。(《述而》)
> 君子博学于文，约之以礼，亦可以弗畔矣夫！(《雍也》)
> 兴于《诗》，立于礼，成于乐。(《泰伯》)
> 不学诗，无以言；不学礼，无以立。(《季氏》)
> 《关雎》，乐而不淫，哀而不伤。(《八佾》)

礼乐是孔子施教的中心内容，可以看出，孔子力图恢复周代的礼乐文化，培养道德君子，重新建立社会的思想文化秩序。

在孔子的六艺之教中，诗教占有特别重要的地位，在培养君子人格中，它处于首要的位置。现代新儒家的代表人物马一浮也指出："圣人始

---

① 《论语注疏》，《十三经注疏》，上海古籍出版社，1997，第2467页。
② （秦）孔鲋：《孔丛子》，《丛书集成初编》，商务印书馆，1936，第33页。
③ （清）陈士珂辑《孔子家语疏证》，上海书店，1987，第75页。

教以《诗》为先。"① 孔子的诗书礼乐之教对周代礼乐文化的传承起了重要的作用。

（三）整理编纂礼乐文化典籍

孔子对周代礼乐文化进行了系统的整理，修订或编纂"六经"（又称"六艺"），奠定了后世思想学术发展的基础。孔子说："夏礼，吾能言之，杞不足征也；殷礼，吾能言之，宋不足征也，文献不足故也。足，则吾能征之矣。"（《论语·八佾》）可见孔子对夏礼、殷礼，特别是周礼进行了全面的整理。孔子整理"六经"，文献记载不少：

> 丘治《诗》《书》《礼》《乐》《易》《春秋》六经，自以为久矣，孰知其故矣；以奸者七十二君，论先王之道而明周召之迹。（《庄子·天运》）

> 孔子之时，周室微而礼乐废，《诗》《书》缺。追迹三代之礼，序《书传》，上纪唐虞之际，下至秦缪，编次其事。……故《书传》《礼记》自孔氏。（《史记·孔子世家》）
> 孔子不仕，退而修《诗》《书》《礼》《乐》，弟子弥众，至自远方，莫不受业焉。（《史记·孔子世家》）

> 孔子删《诗》《书》，定礼乐，赞《周易》，修春秋。②

这些文献记录了孔子整理六经文献典籍的功绩，由此可见，孔子对"六经"进行过编纂修订的说法是有文献依据的，轻易否定是不可取的。

孔子对《诗》的整理是古今学界争论的话题。《史记·孔子世家》说："古者诗三千余篇，及至孔子，去其重，取可施于礼义，上采契后稷，中述殷周之盛，至幽厉之缺，始于衽席……礼乐自此可得而述，以备王道，成六艺。"班固《汉书·艺文志》亦说："古有采诗之官，王者所

---

① 马一浮：《复性书院讲录》，山东人民出版社，1998，第 57 页。
② （宋）朱熹：《论语集注》，《四书章句集注》，中华书局，1983，第 93 页。

以观风俗，知得失，自考正也。孔子纯取周诗，上采殷，下取鲁，凡三百五篇。遭秦而全者，以其讽诵，不独在竹帛故也。"司马迁、班固提出了孔子删诗说，郑玄、陆玑都沿袭此说法。唐代孔颖达提出了不同的看法："案《书传》所引之诗，见在者多，亡逸者少，则孔子所录，不容十分去九，马迁言古诗三千余篇，未可信也。"① 孔颖达之后，逐渐形成了赞同孔子删诗之说和怀疑孔子删诗之说两派，争论不休。总的来说，孔子对《诗》进行过整理这一点是无疑义的。

关于孔子与《尚书》，除上文司马迁提到之外，班固在《汉书·艺文志》中说："《书》之所起远矣，至孔子纂焉。"关于孔子与《礼》，除司马迁《史记》之外，曹元弼《礼经学》卷五《解纷》云："《仪礼》有经有记有传。经制自周公，传之孔子；记与传则出于孔门七十子之徒之所为。"② 清代今文学家邵懿辰认为："经礼三百，曲礼三千。《仪礼》所谓经礼也。周公所制，本有三百之多，至孔子时，即礼文废缺，必不止十七篇，亦不止如《汉志》所云五十六篇而已也。而孔子所为定礼者，独取此十七篇以为数，配六艺而垂万世，则正以冠婚丧祭射乡朝聘八者为天下之达礼也。"③ 关于《乐》，孔子曾说："吾自卫反鲁，然后乐正，《雅》《颂》各得其所。"（《论语·子罕》）这是孔子对"乐"的整理，而《诗》则为乐歌歌辞。后世对有无《乐经》争讼不休，但从孔子的说法来看，整理《诗》《乐》文献是合乎逻辑的。关于孔子与《周易》，《史记·孔子世家》记载："孔子晚而喜易，序彖、系、象、说卦、文言。"孔颖达《周易正义序》云："其《彖》《象》等《十翼》之辞，以为孔子所作，先儒更无异论。"④ 关于孔子修《春秋》，孟子说："世衰道微，邪说暴行有作，臣弑其君者有之，子弑其父者有之。孔子惧，作《春秋》。《春秋》，天子之事也；是故孔子曰：'知我者其惟《春秋》乎！罪我者其惟《春秋》乎！'……孔子成《春秋》而乱臣贼子惧。"（《孟子·滕文公

---

① 《毛诗正义》，《十三经注疏》，第 263 页。
② （清）曹元弼：《礼经学》卷五《解纷》，《续修四库全书·经部礼类》，上海古籍出版社，2002，第 732 页。
③ （清）邵懿辰：《礼经通论》，顾颉刚主编《古籍考辨丛刊》第二集，第 423 页。
④ 《周易正义》，《十三经注疏》，第 11 页。

下》）孟子去孔子不远，其说应该较为可靠。司马迁《史记·孔子世家》云："乃因史记作《春秋》，上至隐公，下讫哀公十四年。"《史记·十二诸侯年表》亦云："是以孔子明王道，干七十余君，莫能用，故西观周室，论史记旧闻，兴于鲁而次《春秋》。"唐代徐彦《公羊传疏》引闵因《序》云："昔孔子受端门之命，制《春秋》之义，使子夏求周史记，得百二十国宝书。"①

从孔子对周代礼乐文化的维护、整理及孔子的礼乐文化教育可知，孔子"诗可以群"的诗学命题是对传统礼乐文化的总结，是对其价值精神的发掘和提炼。

二 "温故知新"：对礼乐交往的创新

"群"在甲骨文中未能检索到，在先秦典籍中"群"有多重含义。其一，"群"谓禽兽共聚，本义为兽群、羊群，指禽兽（尤指羊）相聚而成的集体。如："兽三为群，人三为众。"（《国语·周语》）"谁谓尔无羊？三百维群。"（《诗·小雅·无羊》）"禽兽固有群。"（《庄子·天道》）"国君春田不围泽，大夫不掩群，士不取麛卵。"（《礼记·曲礼》）可见，"群"本义为动物的一种生存习性。其二，"群"，众也，表示数量众多，可指人也可指物。如群臣、群神、群社等。其三，"群"指人的"群聚""合群""会合"之意。如"五族聚群"（《左传·襄公十年》）。其四，从字源学考察，"群"字从羊从君，暗寓着"许多羊由一个手拿羊鞭的牧羊人头头（君）赶着"，② 后演变为统御、整合群体之义，这是"群"的意义扩展到政治方面。《荀子·君道》云："君者何也？曰能群也。能群也者何也？曰善生养人者也，善班治人者也，善显设人者也，善藩饰人者也。"

孔子宣称"述而不作，信而好古"（《论语·述而》），这表示他对上古至三代文化的崇敬，表明了其思想的来源及思想的权威性。但是他为《易》作传，撰写《春秋》，可见并不完全是"述而不作"。实际上，其维护和重建礼乐文化，并非意图完全恢复周代的礼乐文化，而是对礼乐文

① 《春秋公羊传注疏》，《十三经注疏》，第 2195 页。
② 萧兵：《从"羊人为美"到"羊大则美"——为美学讨论提供一些古文字学资料》，《北方论丛》1980 年第 2 期。

化进行改造，为其生活的时代进行言说。

归纳而言，孔子对礼乐文化的态度是"温故而知新"，即从对礼乐文化的借鉴中发掘新的思想内涵。孔子云："不愤不启，不悱不发。举一隅不以三隅反，则不复也。"[①]举一反三是孔子从事教育的重要方法，其教育的侧重点不是将礼乐文化知识照搬照用，而是对礼乐文化的发掘引申，从这里也可以了解孔子思想的生成路径。

周代的礼乐交往可以概括为"王官贵族之群"，它建立在宗法制度的基础上，展现了贵族内部的文雅、亲和，宣扬宗族和睦，以维护宗周宗法制度的完整统一，即周代礼乐文化是王官之学，为宗周政治统治的意识形态服务。但是，宗法制度存在一个致命的弱点，即随着宗子的不断分化、扩散，统一的、庞大的宗族关系必然难以为继，贵族之群必然要走向瓦解，宗族的分化也必然导致礼乐文化走向衰弱崩溃。

孔子处于礼乐文化崩溃的时代，他出身于破落贵族家庭，上承贵族文化，下开诸子之学。他开办私学，投身教育，建立了一套王权之外的思想言说系统。其"群"的思想也有别于周代的"王官贵族之群"，是"君子之群"。

"群"是孔子的重要理想，具有丰富的哲学、社会学、伦理学内涵。《论语》中直接出现"群"字共4次，对孔子"群"的思想阐释可以此为切入点。在孔子的思想中，"群"的一个重要内涵是指士人君子之间的交往融合，这是孔子思想的核心。歌诗奏乐、赋诗言志本是公卿列士礼乐交往交流的典型方式，展现了他们的诗性生存状态。孔子说："不学诗，无以言"，"人而不为《周南》《召南》，其犹正墙面而立也与?"这都是对礼乐交往的概括。但是，孔子的"群"具有新的意义，在孔子看来，"群"是君子应具备的重要品格，孔子说："君子矜而不争，群而不党。"（《论语·卫灵公》）"群居终日，言不及义，好行小慧，难矣哉!"（《论语·卫灵公》）程树德《论语集释》引江熙云："君子以道相聚，聚则为群，群则似党，群居所以切磋成德，非于私也。"[①] 朱熹注云："和以处众

---

① 程树德：《论语集释》，中华书局，1990，第1104页。

曰群。"① 由此可知，"群"是君子之间的交往，君子应该善于以礼义之道交往，通过交流沟通而达到群体关系的融合。君子之间的交往内容为何？这正如孔安国释"诗可以群"所云："群居相切磋。"② 所切磋的正是温良恭俭、君臣父子等礼义道德，并以之来协调规范人际关系，进而"迩之事父，远之事君"，实现政治统御和社会整合，这是孔子"群"的重要思想，"诗可以群"的理论命题也是基于此而提出的。孔子所言君子不是论其出身，不是指世袭贵族，而是以高尚的道德修养为其特质的人，正所谓"君子怀德""君子喻于义"。具体指的对象为"士"，"士志于道"。由此可知，孔子是站在士人的立场进行言说的。周代的社会阶层体系为天子、诸侯、卿大夫、士，士为底层贵族。在上层贵族衰弱之后，孔子作为士人的一员，站在士人的立场言说，力图发掘士人的文化自觉性，弘扬士人的文化主体精神，培养新的知识阶层。孔子以"君子"定位这个阶层，他们与建立在宗法伦理基础上的周代贵族的揖让文明不同，孔子宣扬以仁义道德修养立身，并将其灌注到士人内心，塑造士人的道德自觉性、主体性，强化士人的社会责任感、使命感，开启古代士人的道德传统。因此，孔子"群"的思想与周代礼乐之"群"是站在不同的文化立场进行言说的。

孔子"君子之群"的思想必然导向"王道之群"的言说，君子以道德立身，并由个体的道德修身扩展到社会的道德之治，即"王道"。孔子曰："鸟兽不可与同群，吾非斯人之徒与而谁与？"（《论语·微子》）人不能脱离社会而存在，人与人之间的社会关系是人存在的前提，是人之所以为人的依据。脱离了社会的人与鸟兽无异，这表现了孔子理论明确的现实关怀和社会使命感。孔子对社会蓝图进行了理想的建构，提出了其王道政治的构想。孔子强调"社会之群""天下之群"，提出"老者安之，朋友信之，少者怀之""天下归之"等主张，倡导社会大同，这也是"诗可以群"的重要价值所在。

孔子的这些主张与礼乐文化的贵族立场言说不同，他站在上层权力与

① （宋）朱熹：《论语集注》，《四书章句集注》，第 166 页。
② 《论语注疏》，《十三经注疏》，第 2525 页。

下层民众的中间人的士人立场言说，为王权政治提供了道德基础，同时关注大众民生，这是对礼乐文化的发展超越。

第二节 孔子"诗可以群"诗学观的哲学思想基础

"诗可以群"是孔子为发掘礼乐文化的精神价值而提出的，这一诗学理论建立在孔子"礼""仁"的哲学基础上。孔子发掘了"礼"的内涵，提出了"仁"的学说，并以之构建道德与审美合一的群体交往思想，对春秋末期的社会现实做出回应。

一 以"礼"合群

如何才能实现社会之"群"？在孔子看来，维持群体关系的规范是"礼"。孔子对"礼"的意义和价值进行了全面的总结，以凸显其"群"的意义功用。

（一）"群"的伦理规范

孔子对群体关系的论述主要有三个方面，即"事父""与朋友交""事君"，对此孔子都进行了言说。

1. 父子伦理

父子关系是社会交往的起点，也是群体关系的基础。孔子强调"孝"，这是基于父系氏族血缘关系而产生的宗法伦理，有其悠久的历史渊源和现实合理性。《论语·为政》中孟懿子、孟武伯、子游、子夏都曾向孔子请教孝道。孔子关于"孝"的言论很多，如：

> 子曰："三年无改于父之道，可谓孝矣。"（《论语·学而》）
> 子曰："事父母几谏，见志不从，又敬不违，劳而不怨。"（《论语·里仁》）
> 子曰："父母之年，不可不知也。一则以喜，一则以惧。"（《论语·里仁》）
> 子曰："父母在，不远游，游必有方。"（《论语·里仁》）
> 子曰："夫三年之丧，天下之通丧也，予也有三年之爱于其父母

乎!"(《论语·阳货》)

孟懿子问孝。子曰:"无违。"樊迟御,子告之曰:"孟孙问孝于我,我对曰:'无违。'"樊迟曰:"何谓也?"子曰:"生,事之以礼;死,葬之以礼,祭之以礼。"(《论语·为政》)

孔子的"孝"是心理上对父母的敬重,行为上对父母的服从,以"礼"的原则规范侍奉父母。

"孝"延伸到兄弟之间是"弟",《广雅·释亲》云:"弟,悌也。"《论语·学而》云:"其为人也孝弟,而好犯上者,鲜矣。……孝弟也者,其为仁之本。""弟子,入则孝,出则悌。""弟"是指敬爱遵从兄长,这是同辈亲族之间的关系伦理,以血缘等级为准则。

2. 朋友之道

"孝弟"是亲族关系伦理的规定,朋友之道是扩展到亲族之外的关系。孔子对朋友关系亦有很多阐述。如:

子曰:"忠告而善道之,不可则止,毋自辱焉。"(《论语·颜渊》)
子曰:"爱之,能勿劳乎?忠焉,能勿诲乎?"(《论语·宪问》)
子曰:"居处恭,执事敬,与人忠;虽之夷狄,不可弃也。"(《论语·子路》)
子曰:"老者安之,朋友信之,少者怀之。"(《论语·公冶长》)

孔子的弟子曾子、子夏、子张等对朋友之道都有精彩的言论:

曾子曰:"君子以文会友,以友辅仁。"(《论语·颜渊》)
子夏曰:"君子敬而无失,与人恭而有礼。四海之内,皆兄弟也。"(《论语·颜渊》)
子张曰:"君子尊贤而容众,嘉善而矜不能。我之大贤与,于人何所不容?我之不贤与,人将拒我,如之何其拒人也?"(《论语·子张》)

由此可见，朋友关系是孔子及其弟子讨论的重要话题。孔子将"忠信"作为朋友关系的原则，即真诚地对待其他个体，人与人之间道德地位平等，互相尊敬，以善道进行沟通交流，促进君子品格的形成和群体关系的和谐。

3. 君臣之道

孔子说："《书》云：'孝乎惟孝，友于兄弟，施于有政。'是亦为政，奚其为为政？"他对君臣关系的论述是建立在亲族、朋友伦理关系的基础之上的。孔子对君臣关系有着深刻的言说。第一，君君、臣臣、父父、子子。为政的首要问题是规范政治秩序，明晰君臣父子之间的等级关系，这是政治和谐的基础。第二，"君使臣以礼，臣事君以忠。"在君臣关系中，君臣各自都有其权利义务，君须以礼待下，以礼的等级原则处理上下关系，"上好礼，则民易使也"（《论语·宪问》）。第三，"政者，正也。"为政之道实际上是道德教化的过程，"子帅以正，孰敢不正？"（《论语·颜渊》）"为政以德，譬如北辰，居其所而众星共之。"（《论语·为政》）政治乃群体关系的沟通协调，君主自作表率，通过礼义道德沟通，培养仁人君子，使社会群体归于正道，从而实现社会的整合统一。

（二）"礼"的意义价值

孔子注意到从西周到春秋礼乐文化的发展嬗变，对"礼"的价值进行全面概括，充分发掘其意义。

1. 强化"礼"的情感意义

"夫礼，先王以承天之道，以治人之情。故失之者死，得之者生。《诗》曰：'相鼠有体，人而无礼；人而无礼，胡不遄死？'是故夫礼，必本于天，肴于地，列于鬼神，达于丧祭、射御、冠昏、朝聘。"（《礼记·礼运》）"礼"合于自然之道，通乎人情，对人情进行节制，可以和合群体。

2. 强化"礼"的规范作用

孔子曰："丘闻之：民之所由生，礼为大。非礼无以节事天地之神也，非礼无以辨君臣上下长幼之位也，非礼无以别男女父子兄弟之亲、昏姻疏数之交也；君子以此之为尊敬然。"（《礼记·哀公问》）"礼"是社会普遍的行为规则，可以对人的行为进行节制规范，协调群体关系。

3. 强化"礼"的道德意义

"君子博学于文，约之以礼，亦可以弗畔矣夫！"（《论语·雍也》）"子路问成人。不学礼，无以立。"（《论语·季氏》）"礼"可以成就君子品格，促进合群性品格的形成，促进社会道德素质的提高。

4. 强化"礼"的政治功能

"礼"可以治国，"道之以德，齐之以礼，有耻且格"。（《论语·为政》）"为政先礼。礼，其政之本与！"（《礼记·哀公问》）

从上面的概括可以看出，"礼"凝聚着民族的文化精神，是贯穿个体、家庭、社会、国家的行为规则和道德规范，它是个体修身的重要内容，可以促进人的社会化，促进合群性品格的培养。"礼"可以规范人伦关系和社会秩序，实现群体整合和社会统一。孔子对"礼"的概括总结，是对周代礼乐文化的价值提升和意义转换。

二　"仁爱"合群

孔子将"仁"的思想灌注到其礼乐学说中，对礼乐文化进行提升超越，提出了"仁爱合群"的学说，丰富了其"群"的理论内涵。

（一）"仁爱"：群体相通的情感基础

礼乐制度依据宗族血缘关系，以"尊尊""亲亲"的原则，对人与人的关系，人在社会政治生活中的地位做出明确的规定和安排，建立了有序和谐的社会。随着周王室的衰弱，礼乐制度变得无所依附，其社会控制力不可避免地走向崩溃。

孔子对礼乐文化精神进行深入思考，他说："礼云礼云，玉帛云乎哉？乐云乐云，钟鼓云乎哉？"（《论语·阳货》）"人而不仁，如礼何？人而不仁，如乐何？"（《论语·八佾》）他反对将"礼""乐"只当作外在的形式来看待，而提出了"仁"的思想，将之作为群体关系的普遍原则，这一学说夯实了群体相通的内在基础。

关于"仁"，《论语·颜渊》记载："樊迟问仁。子曰：爱人。""爱"是人际关系的本体，其源头为"孝"，《论语·学而》云："君子务本，本立而道生。孝弟也者，其为仁之本与！"（《论语·学而》）"孝"基于血缘纽带关系，是自然的情感。从孝于父母，敬于兄长，而推及对其他人的

"爱",就是"仁"。即"弟子入则孝,出则悌,谨而信,泛爱众而亲仁。"(《论语·学而》)孔子将"仁"建立在与家庭成员的情感关系上,具有了自明的基础,同时,"仁"的范畴突破了氏族血缘群体内部,扩展到普遍的亲爱关系,成为人际关系的普遍原则。孔子认为,"仁"的情感是自然的、真实的、发自内心的。"巧言令色,鲜矣仁!"(《论语·学而》)因为不是发自真情实感,"刚、毅、木、讷近仁。"(《论语·子路》)因为这是情感的朴实流露。这样原来抽象的"礼"的原则就化为真实自然的情感体验,更具有普遍意义。

孔子的"仁爱之说"是以"仁"充实"礼",对"礼"进行改造,将"礼"从外在的道德规范转变为内在的情感,突出了"礼"的自觉性和情感性。《礼记·仲尼燕居》记载孔子与子游论礼、仁:

> 游进曰:"敢问礼也者,领恶而全好者与?"子曰:"然。""然则何如?"子曰:"郊社之义,所以仁鬼神也。尝禘之礼,所以仁昭穆也。馈奠之礼,所以仁死丧也。射乡之礼,所以仁乡党也。食飨之礼,所以仁宾客也。"

孔子认为郊社之礼、尝禘之礼、馈奠之礼、射乡之礼、食飨之礼的根本是"仁",如此才能引导人们远离罪恶而保全善行。人心之仁蕴蓄在内而外显于礼乐,若无内心之仁,礼乐将失其意义。

"仁爱"之说是对人的生命关怀和精神慰藉,通过人与人之间的互相关爱,使气息相关、生命相通的人们达到生命契合,将社会融合为和谐的整体。正因为"爱","群"才有了内在的情感基础,人与人之"群"才成为可能。群体的融合是人与人之间内在情感的融合,是一种自觉自主的行为,而非用外在规范强制将人们捏合在一起。由此,群体融合成为一种价值追求,乐群、爱群成为中国人的道德素养,嵌入了中国人的精神气质之中。

从历史发展来看,"仁"也是一个比"礼"更具普遍意义的范畴。侯外庐认为:"'仁'字出现最晚在东周后期,至早在齐桓公建立霸业以后。"[1]

---

[1] 侯外庐:《中国思想通史》第一卷,人民出版社,1992,第93页。

"仁"和"礼"是适应不同家庭形态的伦理规范。谢维扬指出:"周代有
两种不同类型的家庭形态,一种类型是与父系宗族相联系,另一种类型则
是与农村公社相联系。"① 陈来认为由不同血缘家庭组成的农村公社有与
之相应的伦理,这就是"仁",他说:

> 从超越个体家庭而着眼在共同体的内部关系来看,"礼"是居住
> 在都邑的父系宗族团体的原理,故礼不下庶人。而"仁"更是农村
> 公社乡里出入的原理。这当然不是否认"礼"还有文明、文化的意
> 义,也不是说"仁"对宗族团体无意义。仁的原理同样对世系的宗
> 族团体有意义,但无法成为其第一原理,只有仁的特殊化表现"孝"
> 才能成为宗族团体的重要准则。在西周时代,农村公社对互助伦理的
> 要求还不可能有思想家为之代表和申明,从而,也就不可能上升为
> "仁"的普遍性原则来表现。这些就是"仁"的原理在西周还不能提
> 出或仅有一些萌芽还不能发展的基本原因。直到春秋末期孔子才把
> "仁"上升为普遍原理。②

因此,孔子的"仁爱"之说,是建立在社会历史发展形势的基础上的。
"仁"是不同血缘关系的人与人之间伦理关系的规定,这一内涵的扩展有
其合理性,符合新的形势,具有时代精神。

由"亲亲"到"仁爱",这一扩展凸显了人的社会性。郭沫若将孔子
的"仁爱之说"解读为"人的发现",人与人之间的"爱"是人的本质。
《汉书·刑法志》云:"不仁爱则不能群。""群"是人与人之间关系的概
念范畴,是人的社会性的根本课题。"仁爱"之说使人与人之伦理关系的
规定从宗族内部扩展到宗族之外,"群"的主体交往对象范围大大扩展,
也使这一理论有了更广阔的视野。通过学习诗乐,感发仁爱之情,实现群
体的团结、融合,使社会整合为一个有机的整体,在群体中实现人的提
升,这是孔子最高的社会理想,也是孔子思想的最终归宿。

---

① 谢维扬:《周代家庭形态》,中国社会科学出版社,1990,第627页。
② 陈来:《古代宗教与伦理——儒家思想的根源》,第315页。

（二）"忠恕"：情感交流的原则

"仁"是"群"的内在基础，而"仁"的践行之道就是"忠恕"。关于"忠恕"，《论语注疏》云："忠，谓尽中心也。恕，谓忖己度物也。"① 朱熹《论语集注》云："尽己之谓忠，推己之谓恕。"② 两者解释相似，谓忠于自己内心真实的情感并推及他人。具体原则如孔子所说："夫仁者，己欲立而立人，己欲达而达人。"（《论语·雍也》）"己所不欲，勿施于人。"（《论语·颜渊》）

这种推己及人的原则，首先要从自己出发，进行主体自觉的"仁道"实践。"爱人"是内在的真情实感，出于人心，故反诸己而可得。正如孔子所云："仁远乎哉？我欲仁，斯仁至矣。"（《论语·述而》）"为仁由己，而由人乎哉！"（《论语·颜渊》）经过主体自觉的内心实践，"仁道"是可以修成的。"性相近，习相远"，每一个个体都有修身成仁，成为君子的潜在可能性。道德实践的方式就是"克己复礼"，节制自己不合"忠恕"之道的私欲，使自己的行为符合礼的要求，"非礼勿视，非礼勿听，非礼勿言，非礼勿动"（《论语·颜渊》）。君子须严格要求自己，克制己欲。"仁"的修养是君子长期的道德实践过程，不能松懈，半途而废，"君子无终食之间违仁，造次必于是，颠沛必于是"（《论语·里仁》），"士不可以不弘毅，任重而道远。仁以为己任，不亦重乎？死而后已，不亦远乎？"（《论语·泰伯》）因此，"仁"应当成为主体最珍贵的道德品格，"志士仁人，无求生以害仁，有杀身以成仁"（《论语·卫灵公》）。通过"克己复礼"的道德实践，"使'仁'成为个体自觉的心理欲求，在情感心理上把个体陶冶为一个具有社会责任感、与人和谐交往、能自觉行'仁'的人"。③ 这种人就是孔子所说的"君子"。

君子还应返身向外，将"仁"推及他人，这是君子的可贵品格。"君子学道则爱人"（《论语·阳货》），"君子和而不同"（《论语·子路》），这是孔子对君子品格的概括。孔子希望通过君子的努力践行，达

---

① 《论语注疏》，《十三经注疏》，第 2471 页。

② （宋）朱熹：《论语集注》，《四书章句集注》，第 72 页。

③ 李泽厚、刘纲纪：《中国美学史》第一卷，中国社会科学出版社，1984，第 128 页。

到"天下归仁"的理想境界。所谓"天下归仁"即"群"的实现,"君子笃于亲,则民兴于仁"(《论语·泰伯》),"君子敬而无失,与人恭而有礼。四海之内,皆兄弟也"。(《论语·颜渊》)"天下归仁"展现了一幅宏伟的社会蓝图,而这也是孔子思想的伟大归宿。

仁爱思想和"忠恕"之道的重要意义在于将每一个个体都视为具有道德自觉的平等主体,这是可以进行平等沟通的基础。人与人之间互相尊重、互相关爱,在实现自我的精神境界之时,以仁爱之心推及他人,在群体道德的提升中实现群体的融合。

综合而言,孔子提倡仁礼合群,"礼"可合群既指其规定了群体伦理关系,又指其具有普遍的社会价值。孔子之"仁"是一种理性的道德情感,以之释"礼",将"礼"情感化、信仰化,意味着须经审美路径才能通往道德之途。

第三节 群体《诗》学与"诗可以群"

孔子的仁礼群体美学思想是其对传统礼乐文化的提升和超越。在礼崩乐坏的情况下,要彰显礼乐文化的价值精神,《诗》是重要的资源。因此,《诗》在孔子的思想学术体系中占据重要的地位,孔子教《诗》、整理《诗》,更注重发掘其内在的价值,将仁礼思想灌注到《诗》的阐释中,发扬群体诗学思想。在丰富《诗》的内涵之时,他提出了解决社会问题之道,即"诗可以群"。

一 以"礼"说《诗》

西周制礼作乐,以"礼"的仪式规范构建群体关系和社会秩序,"乐"包括诗、歌、舞,在祭祀、燕享、乡射、朝聘等典礼活动中表演,以沟通君臣上下、凝聚宗族情感、促进社会稳定。《诗》承载了"礼"的内涵,而以仪式的方式表现。春秋时礼乐文化嬗变,语境的改变并没有导致《诗》的湮灭,而是使其以新的形式出场,并焕发出新的活力。第一,赋诗言志活动兴起,公卿列士在朝聘、会盟、宴饮的场合赋诗言志,借用礼仪乐歌的《诗》之文辞来言志交流,从而形成了"诗以言志"的诗学观念。《国语·鲁语下》云："诗所以合意，歌所以咏诗也。"便是这种用《诗》现象的观念表现。第二，引《诗》言说兴起，《左传》《国语》中都有大量关于引《诗》活动的记载，这种引《诗》交流不拘泥于诗之文辞的本义，常常断章取义，发掘引申，将《诗》导向礼义道德阐释的轨道。《左传·僖公二十七年》说："《诗》《书》，义之府也；礼、乐，德之则也。"《国语·楚语上》说："教之《诗》，而为之导广显德，以耀明其志。"形成了《诗》蕴含礼义道德的诗学观念。

孔子说《诗》的出发点是发扬礼乐文化精神，提升社会的道德，实现社会的融合。孔子对《诗》的理解离不开礼乐文化的语境。以"礼"说《诗》是其《诗》学的突出特点，他斥责季氏用《八佾》，三家唱《雍》诗，这些都是僭礼的行为。他告诫伯鱼学习《周南》《召南》，强调"不学诗，无以言""不学礼，无以立"，学《诗》可以"迩之事父，远之事君"等，这些都是从发扬礼义道德的需要出发的。就《诗》与"礼"的关系而言，《诗》是手段，"礼"是目的。孔子曰："诵诗三百，授之以政，不达；使于四方，不能专对；虽多，亦奚以为？"（《论语·子路》）"诵诗三百，不足以一献。一献之礼，不足以大飨。大飨之礼，不足以大旅。大旅具矣，不足以飨帝。毋轻议礼。"（《礼记·礼器》）这些都强调"礼"在《诗》中的核心地位，故孔子说："不能《诗》，于礼缪。不能乐，于礼素。"（《礼记·仲尼燕居》）

《诗》是孔子进行礼义教育的重要典籍，其教《诗》、说《诗》重在发明礼义。《论语》中有例为证：

> 子贡曰："贫而无谄，富而无骄，何如？"子曰："可也；未若贫而乐，富而好礼者也。"子贡曰："《诗》云：'如切如磋，如琢如磨'，其斯之谓与？"子曰："赐也，始可与言《诗》已矣，告诸往而知来者。"（《学而》）
>
> 子夏问曰："'巧笑倩兮，美目盼兮，素以为绚兮。'何谓也？"子曰："绘事后素。"曰："礼后乎？"子曰："起予者商也！始可与言《诗》矣。"（《八佾》）

"如切如磋，如琢如磨"和"巧笑倩兮，美目盼兮，素以为绚兮"都无明显的"礼"之内涵。孔子教《诗》不是对《诗》进行本义的阐发，而是用断章取义的方式，将《诗》的意义导向"礼"，进行道德诠释，挖掘《诗》的礼乐精神。这种阐释方式，大大丰富了《诗》所蕴含的意义。"礼"与《诗》的紧密关联，是"诗可以群"诗学观的基础。

二　以"仁"说《诗》

孔子以"仁"作为群体关系的本体，强调群体的融洽在于情感的交流。孔子对诗乐进行了更深入的思考。"乐云乐云！钟鼓云乎哉！"诗乐的意义并不在于外在的演奏，而在于其蕴含着的内在的"仁"的情感，正如孔子云"人而不仁，如乐何？"由此形成了孔子以"仁"说《诗》的诗学观。孔子如此钟情于《诗》，是因为诗发乎人情，根植人心，是民族文化精神气质的承载，是重建礼乐精神的重要文本。

"《诗》三百，一言以蔽之，思无邪！"（《论语·为政》）这是孔子基于其"仁"的哲学美学，对《诗》的纲领性概括，是孔子重塑《诗》之意义的重要言说，是对礼乐文化审美意义的发掘。"思无邪"具有丰富的情感内涵。

首先，"思无邪"是对《诗》的音乐义的言说，解释其仪式乐歌的情感内涵。关于"思无邪"，历来颇多争议，观点有如下三种。其一，《诗》之思想内容的概括，包咸以"归于正"来解释"思无邪"。宋代邢昺认为："《诗》之为体，论功颂德，止僻防邪，大抵皆归于正。"[1] 后世儒家拥护此说者颇多。其二，朱熹认为诗"使人得情性之正"，[2] 这是从用诗者角度而言的。其三，据《诗·鲁颂·駉》中"思无邪"的本意为无圉（无边），指《诗》之内容广阔无边，包罗万象。[3] 三种意见都从诗义出发进行解释，但都充满争议，难以获得普遍赞同。实际上，《诗》三百都是仪式乐歌，孔子力图恢复周代礼乐文化，"思无邪"是根据《诗》的音乐内涵来概括的。"《关雎》，乐而不淫，哀而不伤。""师挚之始，《关

---

[1] 《论语注疏》，《十三经注疏》，第 2461 页。

[2] （宋）朱熹：《四书章句集注》，第 53 页。

[3] 孙以昭：《孔子"思无邪"新探》，《安徽大学学报》1998 年第 4 期。

睢》之乱，洋洋乎盈耳哉。"这都是从音乐的角度来评价的。从音乐角度说《诗》是一种常见的阐释方式，郑樵在《六经奥论》卷三说："夫乐之本在《诗》，《诗》之本在声。"① 元代郝敬《论语详解》认为："声歌之道，和动为本，过和则流，过动则荡。"这种解释与孔子是一致的。

"思无邪"同样也适用于孔子对"乐"的诠释。在《论语》中，记载了孔子对音乐的评价："子谓韶，'尽美矣，又尽善也'。谓武，'尽美矣，未尽善也'。"《韶》用以歌颂帝舜的圣德。《武》是周代的大型乐舞《大武》，内容是歌颂武王伐纣的武功。两者都富有美感，但《大武》与兵戈战争相关，故孔子对其有微词，这是将乐的审美意义和道德意义结合在一起。"子在齐闻《韶》，三月不知肉味。曰：'不图为乐之至于斯也！'"（《论语·述而》）通过心灵的陶冶，忘却尘世功利，达到了道德提升的境界。"子语鲁大师乐。曰：'乐其可知也：始作，翕如也；从之，纯如也，皦如也，绎如也，以成。'"（《论语·八佾》）一套乐声演奏，纯正和谐。可见，孔子论诗乐是一体的，都符合"思无邪"的主旨。"思无邪"是孔子将《诗》还原为礼仪乐歌的经典化阐释，它确立了《诗》的权威地位。

其次，"思无邪"也是对《诗》进行道德意义的重构。春秋时期赋诗、引诗大量出现，以《诗》的文辞义交流已经成为普遍现象。孔子将"思无邪"作为用诗、学诗的标准，进行意义的建构。孔子云"诗可以兴，可以观，可以群，可以怨"。"诗可以群"强调《诗》所包含的礼乐内涵即仁礼道德对群体关系的建构，这种诗学和社会学相结合的思想是儒家诗学的特色。孔子强调的不是严格的秩序原则规范，而是追求群体内部情感的交流，注重群体关系的审美表现。即"诗可以群"与"诗可以兴，可以观，可以怨"是结合在一起的。关于兴、观、怨，《论语注疏》引孔安国和郑玄注为："引譬连类""观风俗之盛衰""怨刺上政"。② 朱熹《论语集注》分别释为"感发志意""考见得失""怨而不怒"。③ 这些解释都蕴含了其各自时代的见解，实际上，"兴""怨"都是对《诗》的情

---

① （宋）郑樵：《通志》，第 865 页。
② 《论语注疏》，《十三经注疏》，第 2525 页。
③ （宋）朱熹：《四书章句集注》，第 178 页。

感意义的发掘，强调通过学诗激发"仁"的情感，对自身的情感进行调节，在"仁"的情感中交流和合，实现群体关系的和谐，这与孔子"思无邪"之说是一致的。

以"思无邪"为标准的意义重构，赋予了《诗》丰富的审美意蕴空间。后世常将"思无邪"理解为"学诗之法"。宋代李樗、黄櫄《毛诗集解》云："孔子尝教学者以学诗之法矣，曰诗三百，一言以蔽之曰思无邪。此一言盖学者之枢要也。……夫诗者，可以兴，可以观，可以群，可以怨，迩之事父远之事君，皆自思无邪之一言而入焉。……学者不可言语文字求当，自思无邪一言而入之也。"[1] 这段话可以说点出了孔子以"思无邪"教诗的实质。朱熹云："诗三百，一言以蔽之，曰思无邪，与《关雎》乐而不淫，哀而不伤，皆圣人教人读诗之法。"[2] 孔子这种对《诗》进行意义重构的方法，成为后世儒家思想家构建话语体系通行不变的法则。

最后，"思无邪"为"礼乐之原"，是对礼乐本体精神的还原。孔子诗教实为对士人君子的礼乐精神教育，而《诗》何以能够包蕴礼乐精神，"思无邪"的道德阐释何以有自明的基础，《礼记·孔子闲居》中有一段论述：

> 子夏曰："敢问《诗》云'凯弟君子，民之父母'，何如斯可谓民之父母矣？"孔子曰："夫民之父母乎！必达于礼乐之原，以致五至，而行三无，以横于天下，四方有败，必先知之。此之谓民之父母矣。"子夏曰："民之父母，既得而闻之矣，敢问何谓五至？"孔子曰："志之所至，诗亦至焉。诗之所至，礼亦至焉。礼之所至，乐亦至焉。乐之所至，哀亦至焉。"

虽然这段话是否出自孔子，学界曾有怀疑。但相同的说法在上海博物馆藏战国楚竹简《民之父母》篇也有记载，[3] 据学者考证，上博藏简《民之

---

[1] （宋）李樗、黄櫄：《毛诗李黄集解》卷一，《文渊阁四库全书》第 71 册，第 2 页。

[2] （宋）朱熹：《答程允夫》，《晦庵集》卷四十一，《文渊阁四库全书》第 1144 册，第 203 页。

[3] 参见马承源主编《上海博物馆藏战国楚竹书》（二），上海古籍出版社，2002。

父母》确系战国孟子以前遗物，非后人伪造所成。这段话所揭示的礼乐与诗的关系，与孔子思想是一致的。"凯弟君子，民之父母"，乃赞美成王行乐易之德，为民之父母。凯悌（弟）为和乐貌，是"思无邪"之情。"礼乐之原"是对礼乐本原的追问，如孔子所说，心之所至为志，志外化为诗、礼、乐种种外在的形式。循诗可至于礼乐，但它们的内在本体都是相同的。也就是说礼乐源于内心，是内心无邪的本真状态，即孔子的"仁"或"道"。因此，孔子的"思无邪"之说，不仅是继承，更是一种创建。它使《诗》与人伦道德、政治教化在本原上成为一体，使《诗》承载着"仁"或"道"，成为思想言说不断阐发的精神宝库。

三 仁爱交往的意义

（一）"诗可以群"诗学观强调群体关系的审美化

周代礼乐活动给人际关系蒙上了一层温情脉脉的色彩，这深为孔子所敬仰。春秋时期，礼仪作为礼乐文化的外在形式，其功能作用出现了弱化倾向，而在孔子看来，礼仪与礼义是同构的，礼仪的崩坏也就是礼义的消解，两者不能割离，孔子坚持"告朔饩羊"之礼仪便可为证。孔子的群体关系思想强调审美的表达、情感的合和，这与礼乐文化的精神是一脉相承的。孔子的礼义道德并非抽象的、僵化的行为规则，而是具体的、可感的、生动的审美化表现。孔子强调群体关系的审美化包括了三方面。

1. 交往主体须具有审美化品格

"群"为君子间的礼乐道德交往融合，交往主体必须具有礼乐修养。孔子曰："质胜文则野，文胜质则史。文质彬彬，然后君子。"（《论语·雍也》）刘宝楠《论语正义》云："礼有质有文，质，本也。礼无本不立，无文不行，能立能行，斯谓之中。失其中则偏，偏则争，争则相胜。"[1]《论语·颜渊》中子贡亦云："文犹质也，质犹文也。虎豹之鞟，犹犬羊之鞟。"因此，"质"和"文"是君子品格之一体两面，两者不可分割。故孔子坚持以"文"来培养弟子，"行有余力，则以学文"（《论语·学而》）。"文之以礼乐，亦可以为成人矣！"（《论语·宪问》）孔子对君子

---

[1] （清）刘宝楠：《论语正义》，中华书局，1990，第233页。

品格的规定赋予了士人阶层审美气质，影响了后世士人阶层的审美追求。

2. 群体交往以审美方式展现

在孔子的思想中，人伦关系、礼义道德以审美之"文"来表现，同时处于群体关系之中的交往主体应具备审美化品格，从而使群体关系以审美的交往形式来体现。对此，孔子有生动的履践，如《论语·乡党》记载：

> 孔子于乡党，恂恂如也，似不能言者。其在宗庙朝廷，便便言，唯谨尔。
>
> 朝，与下大夫言，侃侃如也。与上大夫言，訚訚如也。君在，踧踖如也，与与如也。
>
> 君召使摈，色勃如也，足躩如也。揖所与立，左右手，衣前后，襜如也。趋进，翼如也。宾退，必复命，曰："宾不顾矣。"
>
> 入公门，鞠躬如也，如不容。立不中门。行不履阈。过位，色勃如也，足躩如也，其言似不足者。摄齐升堂，鞠躬如也，屏气似不息者。出降一等，逞颜色，怡怡如也。没阶，趋进，翼如也。复其位，踧踖如也。
>
> 执圭，鞠躬如也，如不胜。上如揖，下如授，勃如战色，足蹜蹜如有循。享礼，有容色。私觌，愉愉如也。

孔子根据场合的不同以相应的审美方式来表达，在乡党、宗庙、朝廷中言貌不同，在接待外宾、上朝以及出使聘问时都非常讲究礼节仪式，在审美的形式展现中蕴含了礼义道德，确立了群体秩序，和合了群体之情。

3. 政治整合的审美化

在孔子看来，政治整合也是通过审美的方式来实现的。《论语·卫灵公》记载："颜渊问为邦。子曰：'行夏之时，乘殷之辂。服周之冕，乐则《韶》《舞》。放郑声，远佞人；郑声淫，佞人殆。'"孔子集合了历代礼制的特点，以之为治国之道，表现了孔子对政治的审美化追求。

《诗》是群体交往的文本，用《诗》是群体关系审美化的重要方式。它来源于社会群体的生活，用于典礼演奏，是礼仪与礼义的结合体。扩展而言之，礼乐之文同样具有审美意义，用于群体交往，实现群体的审美融合，故与《诗》有着相同的意义。

（二）以文会友，以友辅仁

孔子认为，修身和交友都是主体以道德践仁，是让人愉快的事情。孔子的修身面向实际，注重实践，指向自我与他人的交往，因此学习与交往是一致的。通过学习诗书礼乐，提高道德修养，培养合群能力；同时在交往中，朋友之间互相辅助，培养仁德，促进君子品格的修养。这种理想的境界即孔子弟子曾子所说的"君子以文会友，以友辅仁"（《论语·颜渊》）。

关于"以文会友，以友辅仁"，孔安国曰："友以文德合也。友有相切磋之道，所以辅成己之仁。"① 朱熹云："讲学以会友，则道益明。取善以辅仁，则德日进。"② 这两种解释都不够全面，未揭示"以文会友"在春秋时期的时代性特征。程树德《论语集释》引刘源渌《冷语》云："文者，礼乐法度刑政纲纪之文。当时文武之道未坠于地，识大识小，莫不有文武之道焉。夫孔子宪章文武，教门弟子，以此讲学，以此修德，如所谓两君相会，揖让而入门，入门而县兴，揖让而升堂，升堂而乐奏，君子于是知仁焉。"③ 这种解释指出了"以文会友"的西周礼乐文化之精神实质，但其实还包括了春秋以来的赋诗、引诗的交往方式。

"以文会友，以友辅仁"是群体之间的审美化交往。"仁"是素朴的、本真的感情。孔子对《诗》的特点归纳为"思无邪"，这就是"仁"，即《诗》的情感还原到本真状态就是"仁"。孔子评《诗》很重视《诗》的感情，如，"《关雎》乐而不淫，哀而不伤"，就是由奏乐引起的无邪感情。孔子承认人的感情的丰富性，但必须予以适当节制，使之符合一定道德取向，正所谓"克己复礼为仁"。孔子的情感说最后必须归依于"仁"，即道德与情感自然融合的理想状态。正是因为承认《诗》之感情性，才使《诗》可以"群"。"群"是君子之交，交往的本体是"仁爱"之情，"仁爱"之情自然纯真，才能达到人与人之间真实无隔的交往。从这个意义

---

① 《论语注疏》，《十三经注疏》，第 2505 页。
② （宋）朱熹：《论语集注》，《四书章句集注》，第 140 页。
③ 程树德：《论语集释》，第 878 页

上说,"诗可以群"是一种审美的境界。君子以《诗》交往,在歌诗吟诵中,涵咏体会,切磋砥砺,以本体之真感发仁爱之情。这是由诗乐触动感性情感而引发的道德情感,道德的追求通过审美的方式来实现,理性的"群"通过感性的交往来实现。

"诗可以群",而群体交往的实现,须经由"兴于诗,立于礼,成于乐"的过程。通过学《诗》,进行礼乐的修养学习,造就文质彬彬之君子。因此《诗》是士人君子道德修养的通行文本,关系到人的自我道德实现。《诗》、礼、乐原本是古代教学内容的先后顺序安排,孔子将其归纳为"兴于诗,立于礼,成于乐",也可将它当作进行人生修养的三个步骤。"兴于诗",朱熹释曰:"兴,起也。诗本性情,有邪有正,其为言既易知,而吟咏之间,抑扬反复,其感人又易入。故学者之初,所以兴起其好善恶恶之心,而不能自已者,必于此而得之。"① 通过学诗兴起好善恶恶之情,这种感情必须以礼节制,礼以恭敬辞让为本,能使人卓然自立;乐乃心的愉悦状态,主和,是"仁"的情感的本真显现。通过这一修养过程,"外在的规范最终转化为内在的心灵的愉快和满足,外在和内在、社会和自然在这里获得了人的统一,这也就是'仁'的境界"。②

以《诗》交流是传统的交往方式,"诗可以群"具有政治功用内涵。孔子曰:"人而不为《周南》《召南》,其犹正墙面而立也与?"(《论语·阳货》)"诵诗三百,授之以政,不达;使于四方,不能专对;虽多,亦奚以为?"(《论语·子路》)学诗不能仅仅掌握其外在的文辞意义,更要领悟其内在的礼乐精神,这样才能精通权威的表意机制,将其更好地用于达政、专对。因此,以《诗》言说实质是礼乐的交往,"诗可以群"之说具有明确的政治目的。孔子理想的政治是道德政治。孔子宣称"为政以德,譬如北辰,居其所而众星拱之"(《论语·为政》),主张"道之以德,齐之以礼,有耻且格"。反对"齐之以刑"(《论语·为政》)。在孔子这里《诗》是用于群体教化的,君子以其高尚的道德进行审美化育,使社会依照礼的规范而运行,用仁爱道德凝聚人心,将社会整合为一体。

---

① (宋)朱熹:《四书章句集注》,第 104 页。
② 李泽厚、刘纲纪:《中国美学史》第一卷,第 117 页。

这样，"诗可以群"的思想被提高到更高的层面，大大强化了以《诗》交往的政治权威性，并对后世的诗学思想产生了深远的影响。

综合而言，孔子"诗可以群"的诗学命题，是对春秋末期社会政治思想文化状况的回应，具有丰富的内涵。"诗可以群"是孔子对礼乐文化价值精神的概括，但更重要的是孔子站在士人阶层的立场进行言说。"诗可以群"蕴含了孔子的社会美学理想。《诗》蕴含仁义，可以之培养道德君子的审美性品格，以之实现群体关系的审美化，并以审美化的方式促进社会整体道德化。

第五章

"诗可以群" 思想在战国诗学中的发展

　　孔子之后，孔门后学继续从群体性、社会性视角治《诗》，上博简战国楚竹书《孔子诗论》是其中一部重要的文献，具有丰富的群体诗学内涵。战国时期，礼乐文化衰变，社会失去了主流思想意识。各派学说、各种思想，竞相兴起。儒家之外的其他诸子百家的言说，普遍对儒家思想进行批评。但经过孟子、荀子的发扬，儒家文化展现了其强盛的生命力，群体关系学说和群体诗学观也获得了新的意义。

第一节　上博简《孔子诗论》的交往诗学观

　　上博简《孔子诗论》（以下简称《诗论》）是近年来学界研究的热点，它于 1994 年被从香港抢救购入，由上海博物馆收藏整理。2001 年《上海博物馆战国楚竹书（一）》出版，整理后的《诗论》列于其中，共有残简二十九支，《诗论》是由整理者马承源命名的。马承源推断这批竹简很可能与湖北荆门郭店楚简同时代，应为楚国迁郢以前贵族墓中的随葬物。① 关于《诗论》的作者，存在很大争议，马承源认为是孔子，② 廖名春认为是子羔，③ 裘锡圭、李学勤、范毓周、朱渊清认为是子

---

　　①　马承源主编《上海博物馆藏战国楚竹书》（一），上海古籍出版社，2001，序言第 2 页。
　　②　马承源：《〈诗论〉讲授者为孔子之说不可移》，《中华文史论丛》2001 年第 3 辑。
　　③　廖名春：《上博〈诗论〉简的作者和作年》，简帛研究网站，http://www.bamboosilk.org，2002 年 1 月 17 日。

夏,① 黄锡全以为是子上（即孔子曾孙，子思儿子），② 陈立以为是孔门再传弟子。③ 就目前这些看法而言，似乎都有可能，但还是缺乏明确的证据，有待更多的资料来证明。从《诗论》行文看，可以确定其为孔门后学所编定、整理，代表了编定者对其诗学观念的认同，属儒家学派的思想。《诗论》论诗既有系统化的通论，又有对具体诗篇的论述，丰富了儒家诗学思想。

一 《诗》的群体交往之功用

周代制礼作乐，建立了庞大的礼乐制度，以礼乐典礼仪式来协调君臣、宗族、宾客之间的关系。春秋时期，在朝聘、会盟、燕享等礼仪活动中"赋诗言志"，是礼乐文化嬗变、礼义凸显背景下"诗可以群"新的表现形态。基于此，孔子做出了"诗可以群"的理论概括，并且以"仁"的哲学为基础，赋予礼乐交往新的意义。

综观《诗论》，其同样是站在礼乐文化的立场论《诗》的，并通过论《诗》，赋予礼乐文化新的内涵。这主要表现在两个方面。

第一，论《诗》之"群"的功用。"群"有群治、合群之意，在周代通过礼乐制度、仪式来实现。

> 第一简：行此者其有不王乎？孔子曰："《诗》亡隐志，乐亡隐情，文亡隐音。"

此简开头提出《诗》与"王"的关系，是《诗论》的纲领性阐述。王天下即为群治，《诗》可以用于调节群体关系，整合社会秩序，具有重要的社会功能。由此，《诗》之志、乐之情都是群体性的，不是一己的情感志向。

---

① 濮茅左：《关于上海战国竹简中"孔子"的认定——论〈孔子诗论〉中合文是孔子而非卜子、子上》，《中华文史论丛》2001 年第 3 辑。

② 黄锡全：《"孔子"乎？"卜子"乎？"子上"乎？》，简帛研究网站，http：//www.bamboosilk.org，2001 年 2 月 26 日。

③ 陈立：《孔子诗论的作者与时代》，上海大学古代文明研究中心、清华大学思想文化研究所编《上博馆藏战国楚竹书研究》，上海书店出版社，2002，第 68—69 页。

第三简：邦风，其纳物也溥，观人俗焉，大敛材焉。

"大敛材"，即可群聚人才之意，是指《邦风》具有团结群体，凝聚人心的社会功用。

第四简：曰："《诗》，其犹旁门与？""残民而怨之，其用心也将何如？"曰："《邦风》是也。""民之有戚患也，上下之不和者，其用心也将何如？"

濮茅左根据《诗论》的叙述顺序逻辑推论，第四简后还有"曰：'《小雅》是也。'"① 这种推论是比较稳当的。此简言《邦风》可以通达人情物理，《小雅》具有沟通君臣上下、下言上达、体察民情、实现群体和谐的功用，这体现了礼乐治国的传统思想。

第二十三简：《鹿鸣》，以乐始而会，以道交见善而效，终乎不厌人。《兔罝》，其用人，则吾取……

此简揭示了《鹿鸣》的礼乐交往意义，在宴飨活动中歌诗奏乐，以道交往，交流思想，沟通情感，突出了诗的群体交往功用。

第二，从仪式乐歌的角度论诗。《诗论》阐释《颂》《大雅》《小雅》《邦风》，强调了其仪式乐歌意义。例如：

第二简：《颂》，旁德也，多言后；其乐安而迟，其歌申而寻，其思深而远。至矣！《大雅》，盛德也，多言……

第三简：也，多言难而怨悱者也；衰矣，小矣！《邦风》，其纳物也溥，观人俗焉，大敛材焉。其言隐，其声善。

---

① 上海大学古代文明研究中心、清华大学思想文化研究所编《上博馆藏战国楚竹书研究》，第24页。

这两简明确指出了《颂》和《邦风》的音乐特点，照此逻辑，也应点明了《大雅》《小雅》的仪式乐歌意义，惜竹简亡佚不全，难以考究。从这里看，《诗论》论诗是对礼乐用诗意义的阐释。

二 《诗》的礼义内涵

随着周代礼乐制度的衰弱，群体之间揖让周旋的礼仪走向僵化，但礼乐文化的内在价值并未随之消亡，而是继续发展，注重对"礼"之本，即礼义的开掘。孔子重视群体关系的审美化展现，又强化了"礼"的价值，并以"仁"释礼，强化"礼"的情感性和履践的自觉性。

《诗论》论诗基于礼乐文化的立场，也注重阐释《诗》所蕴含的礼义。《诗论》中共有 4 次直接提到"礼"：

> 第五简："是也。""有成功者何如？"曰："《颂》是也。"《清庙》，王德也，至矣！敬宗庙之礼，以为其本；秉文之德，以为其鞶，"肃雍……"

此简强调了"宗庙之礼"，它是祭祀祖先的礼仪制度，宗庙之礼包含了丰富的群体礼义内涵。第一，昭孝。《国语·鲁语》说："夫祀，昭孝也。各致齐敬于其皇祖，昭孝之至也。"孔子亦说："修宗庙，敬祀事，教民追孝也。"《礼记·孔子闲居》《礼记·王制》说："宗庙，有不顺者为不孝；不孝者，君绌以爵。变礼易乐者，为不从；不从者，君流。"这是源于血缘亲情而产生的礼仪，传达了群体共同的情感和信仰，表达了对先祖的孝思和忠诚。第二，序长幼亲疏关系。《国语·鲁语》说："夫宗庙之有昭穆也，以次世之长幼，而等胄之亲疏也。"《中庸》云："宗庙之礼，所以序昭穆也；序爵，所以辨贵贱也；序事，所以辨贤也；旅酬下为上，所以逮贱也；燕毛，所以序齿也。践其位，行其礼，奏其乐，敬其所尊，爱其所亲，事死如事生，事亡如事存，孝之至也。""宗庙之礼"以血缘关系安排现实的宗亲等级秩序，区分上下亲疏，而遵守这一秩序就是"孝"。第三，宗庙之礼具有政治意义。在周代家国一体的政治架构中，君权和族权一体，对周代祖先的"孝"便是对周王室政权的拥护，因此宗庙又是朝廷或政权的代称。《国语·周语下》："是以人夷其宗庙，而火焚其彝器，子孙为隶，下夷于民。"《墨子·非命下》："不顾其国家百姓之政，繁为无用，暴逆百姓，遂失其宗庙。"因此，宗庙之礼具有群治内涵。

　　第二十五简：《大田》之卒章，知言而有礼。

这也是以"礼"论诗，《大田》卒章为："曾孙来止，以其妇子。馌彼南亩，田畯至喜。来方禋祀，以其骍黑，与其黍稷。以享以祀，以介景福。"这是表示祭祀祈福之意。

　　《诗论》对《颂》《大雅》《召南·甘棠》诗歌的论述多言先祖之德，虽未直接出现"礼"字，但对先祖盛德的赞颂，也是"礼"的重要内涵，是对《诗》之礼义的探索。如：

　　第二简：《颂》，旁德也，多言后；……《大雅》，盛德也，多言。
　　第六简："多士，秉文之德。"吾敬之。《烈文》曰："亡竞维人，丕显维德。呜呼！前王不忘。"吾悦之。"昊天有成命，二后受之。"贵且显矣！颂……
　　第七简："怀尔明德。"曷？诚谓之也。"有命自天，命此文王。"诚命之也。信矣！孔子曰："此命也夫！文王唯裕已，得乎此命也。"
　　第十五简：及其人，敬爱其树，其报厚矣！《甘棠》之爱，以召公……
　　第二十四简：以□□之故也。后稷之见贵也，则以文武之德也。吾以《甘棠》得宗庙之敬……

《诗论》以"德"总论《颂》《大雅》，具体诗篇如《颂》中的《清庙》《烈文》《昊天有成命》；《大雅》中的《文王》《大明》；《召南》中的《甘棠》。这些诗篇都赞颂先祖之德，表现出礼义朝道德化方向发展的趋势。

《诗论》在对《关雎》进行阐释时提出了"以色喻礼"的观点。《诗论》有四简涉及《关雎》，具体如下：

第十简：《关雎》之怡……曰："童而皆贤于其初者也。《关雎》以色喻于礼。"

第十一简：《关雎》之怡，则其思瞚矣。

第十二简：好，反纳于礼，不亦能改乎？

第十四简：以琴瑟之悦，拟好色之愿；以钟鼓之乐……

《关雎》之"色"指"窈窕淑女，君子好逑"，是说"君子"对"淑女"的爱慕之情，是男女之间自然的情感。五彩斑斓的喜怒哀乐情感，是生命存在的自然形态，表现了人的天性。"以琴瑟之悦，拟好色之愿；以钟鼓之乐"，意为情感的展现须以礼乐进行约束，使符合群体之道。孔子云："《关雎》乐而不淫，哀而不伤"，情感自然呈现而又有所节制，这就促进了群体关系的沟通协调。

三 《诗》的情感内涵

《诗论》第一简云："《诗》亡隐志，乐亡隐情，文亡隐言。"这可视为《诗论》的纲领性命题。以"情"论诗是《诗论》的最大特色，无论对《颂》《大雅》《小雅》《邦风》的概括性评价，还是对具体诗篇的分析，《诗论》都注重揭示其表达的情感内涵。

第二简：（颂）其思深而远。

第三简：（小雅）多言難而怨退者也，衰矣！小矣！

第四简："残民而怨之，其用心也将何如？"曰："《邦风》是也。""民之有戚患也，上下之不和者，其用心也将何如？"（曰：《小雅》是也。）

《颂》为祭祀之诗，蕴含了深远绵长的追思；《大雅》简文散佚，暂不论。《小雅》多说忧患、怨恨；《邦风》强调"怨"之情感的表现。

第十简：《关雎》之怡、《樛木》之时、《汉广》之智、《鹊巢》之归、《甘棠》之报、《绿衣》之思、《燕燕》之情。

第十一简：情爱也。《关雎》之怡，则其思赜矣。《樛木》之时，则以其禄也。《汉广》之智，则知不可得也。《鹊巢》之归，则遹者……

第十六简：《绿衣》之忧，思古人也。《燕燕》之情，以其蜀也。孔子曰："吾以《葛覃》得是初之诗。民性固然，见其美，必欲返其本，夫葛之见歌也，则……"

第十八简：因《木瓜》之报，以喻其怨者也。《杕杜》，则情喜其至也。

第二十六简：忠。《邶·柏舟》闷。《谷风》怀。《隰有长楚》得而悔之也。

以上所列大部分都是以一个字概括诗所表达的情感，并且强调情感的纯正、有度，如第十一简是对第十简的解释，《关雎》之怡，是因为思念之情；《樛木》合时，故而得到福禄；《汉广》的理智，乃知道其不可得。这种阐释强调了"礼"对感情的节制，使感情不至于游离流荡。

《诗论》论诗所表现的是具有普遍意义的感情，如：

第十六简：吾以《葛覃》得是初之诗，民性固然。见其美，必欲反其本。

第二十简：币帛之不可去也，民性固然。其隐志必有以喻也，其言有所载而后纳，或前之而后交，人不可干也。

第二十四简：吾以《甘棠》得宗庙之敬，民性固然。

《诗论》在论诗之情感时，常常强调"民性固然"。与《诗论》同时面世的《性情论》说："性自命出，命自天降，道始于情，情生于性。"由这些论述可知，"情"生于"性"，"性"为天地自然之本性，也就是说，这里将对"情"的论述建立在人性论的基础上。因此，普遍的民情即为民性。《诗论》对先祖的孝思、夫妇之情论述较多，这些都为群体之情。

《诗论》以"情"论诗是孔子《论语》中以"仁"论诗的进一步发展。《诗》所承载的是礼乐文化,孔子以"仁"注入"礼",将"礼"转变为内在的道德自觉,对《诗》的解释着重挖掘其内在的道德情感,这种道德情感需要经过"克己复礼"的修养而获得。而《诗论》则将"情"作为主体,"情"生于"性",即情感的源头是纯正的,"礼"是规范情感的表达,即"礼以饰情"(《礼记·曾子问》)。这种阐释实际上揭示了《诗》的文学本体意义。

四 《诗》的情感交流意义

《诗》是西周礼乐制度的产物,其意义在于用。正是礼乐之用的需要,促进了诗的采集、创作、编辑、整理,从而形成了《诗》。《诗》首先充当周代雅乐以为典礼之用,如在祭祀、乡饮酒、乡射、燕礼等礼仪活动中用以演唱,是一种程式化表演活动,具有仪式交流的功用,此时《诗》所承载的是仪式意义。春秋时期,礼乐文化嬗变,《诗》的仪式交流意义逐渐衰弱,用《诗》的方式也相应地转变。人们在朝聘、会盟、燕享等外交场合赋《诗》,在论说中引《诗》,但所言说的不是《诗》的仪式意义,而是以断章取义的方式引申出礼义,表现出对"礼"的文化精神的坚守和对《诗》的交流文化意义的认同。这种礼义的交流是理性的交往沟通,尽管其外在的呈现方式具有审美的意义。《论语》中孔子的仁礼哲学诗学强化了"礼"的道德色彩和道德自律性,他以"仁"定位人与人之间的关系,开始将道德交流导向情感方向,但还是理性有余,感性不足。

《诗论》尽管也强调《诗》的礼义内涵,但其以"情"说诗,突出了"情"的本体地位,将礼义道德情感化。《诗论》论诗虽然也是基于《诗》之用而言说的,但非以理性体悟的方式发掘《诗》的礼义,而是以审美感受的方式体味《诗》的情感。《诗论》中有不少例证:

第六简:"多士,秉文之德。"吾敬之。《烈文》曰:"亡竞维人,丕显维德。呜呼!前王不忘。"吾悦之。

第二十一简:《宛丘》,吾善之。《猗嗟》,吾喜之。《鸤鸠》,吾信之。《文王》，吾美之。

第二十二简：《宛丘》曰："洵有情，而无望。"吾善之。《猗嗟》曰："四矢反，以御乱。"吾喜之。《鸤鸠》曰："其仪一兮，心如结也。"吾信之。《文王》曰："文王在上，於昭于天。"吾美之。

《诗论》中常用一个字来表示主体的审美感受，如"敬""悦""善""喜""信""美"等，这些都是表示情感的词语，是对《诗》的情感评价。其中第二十二简是对第二十一简情感评价的具体解释，尽管指出了《诗》的礼义道德内涵，却是以情感体验来传达的。因此，《诗论》表现了群体之间情感的交流，赋予了"诗可以群"新的内涵。

第二节　孟子的交往诗学观

孟子有远大的抱负、充分的自信，所谓"如欲平治天下，当今之世，舍我其谁也"（《孟子·公孙丑上》）。他认为当时的社会圣王不作，诸侯放恣，处士横议，杨墨之道，邪说诬民，充塞仁义，造成人心离散，道德败坏，社会不群。孟子"欲正人心，息邪说，距诐行，放淫辞，以承三圣"，这就是孟子学说的出发点。孟子是儒家"亚圣"，他继承了孔子的"仁学"哲学观点，并对其做了进一步阐释，提出了"性善论"的主张。孟子主张"仁政"，将孔子之"仁"从君子人格修养发展到政治实践方面。孟子还提出了"以意逆志"的诗学阐释学主张，揭示了诗歌交往的意义交流方式，是中国古典诗学理论的一个重要命题，受到后人的重视。

一　群体相通的心性基础

关于群体相通的内在基础，孔子认为是"仁"，并且"仁"是血缘关系的伦理"孝"的扩展推广。但这种说法缺乏先验的、自明的合理性。孟子继承了孔子的学说，并做了进一步阐释："仁也者，人也。合而言之，道也。"（《孟子·尽心下》）孟子认为"仁"是人之所以为人的根本属性，孟子同时以"道"释"仁"，指出"仁"的本质，人道即仁道。孟子又提出："仁，人心也。"（《孟子·告子上》）仁为人心，是人之性，人人都天生具有。在孟子看来，善是人的天生本性，所谓"人皆有不忍人之心"，这种"不忍人之心"就是"仁"。

> 孟子曰："人皆有不忍人之心。先王有不忍人之心，斯有不忍人之政矣。以不忍人之心，行不忍人之政，治天下可运之掌上。所以谓人皆有不忍人之心者，今人乍见孺子将入于井，皆有怵惕恻隐之心，非所以内交于孺子之父母也，非所以要誉于乡党朋友也，非恶其声而然也。由是观之，无恻隐之心，非人也；无羞恶之心，非人也；无辞让之心，非人也；无是非之心，非人也。恻隐之心，仁之端也；羞恶之心，义之端也；辞让之心，礼之端也；是非之心，智之端也。人之有是四端也，犹其有四体也。"（《孟子·公孙丑上》）
>
> 孟子曰："乃若其情，则可以为善矣，乃所谓善也。若夫为不善，非才之罪也。恻隐之心，人皆有之；羞恶之心，人皆有之；恭敬之心，人皆有之；是非之心，人皆有之。恻隐之心，仁也；羞恶之心，义也；恭敬之心，礼也；是非之心，智也。仁义礼智，非由外铄我也，我固有之也，弗思耳矣。"（《孟子·告子上》）

从孟子的论述可知，"仁"来自人生而具有的"不忍人之心"，发端于"恻隐之心""羞恶之心""辞让之心""是非之心"，即所谓"四端"。"四端"是人之所以异于禽兽的内在属性，体现为仁、义、礼、智四种道德，从人的本性上说明，仁、义、礼、智非由外铄我，而是根植于心。"心"既为本然，则人人具有，此"心"同于彼"心"，"仁义"为人之本性。对此，孟子有具体的论述：

> 口之于味也，有同耆焉；耳之于声也，有同听焉；目之于色也，有同美焉，至于心，独无所同然乎？心之所同然者何也？谓理也，义也。圣人先得我心之所同然耳。故理义之悦我心，犹刍豢之悦我口。（《孟子·告子上》）

孟子以人与人"口之于味""耳之于声""目之于色"的感官相同做类

比,指出人心也是相同的。"仁之于父子,义之于君臣,礼之于宾主,知之于贤"是人之天性。主体成仁向善的道德实践是一种愉悦的审美感受过程,是人心自觉的行为。

孟子仁义论、性善论、四端说的论述相对于孔子的"仁者爱人""忠恕"说更具有普遍的意义。孟子将"仁"归之于人性之善,归之于天生具有的不忍心之心,使"仁"的情感、道德内涵有了先验的基础。因此,在向善成仁的道德实践的可能性层面,人是平等的,没有主次高低之分,孟子宣称"圣人,与我同类者"(《孟子·告子上》),"人皆可以为尧舜"(《孟子·告子上》)。孟子的这一观点具有重要意义,"夫仁,天之尊爵也,人之安宅也"(《孟子·公孙丑上》)。"仁"是上天赐予人的最尊贵的爵位,是人最安逸的住所,是人立于天地间的基础。孟子曰:

> 有天爵者,有人爵者。仁义忠信,乐善不倦,此天爵也;公卿大夫,此人爵也。古之人修其天爵,而人爵从之。今之人修其天爵,以要人爵;即得人爵,而弃其天爵,则惑之甚者也,终亦必亡而已矣。(《孟子·告子上》)

赵岐注曰:"天爵以德,人爵以禄。"孙奭疏曰:"孟子言有所谓天爵者,有所谓人爵者,仁义忠信四者,又乐行其善而不厌倦者,是所谓天爵也;自公卿大夫者,是所谓人爵。此孟子所以自解之也。自古之人,修治其天爵,而人爵自然从之……今之人修其天爵,以要求人爵,既得其人爵而又弃其天爵,则蔽惑之甚者也。"① 孟子的天爵、人爵论突破了过去高下、尊卑的等级观念,他将主体的仁义忠信人格修养作为高贵低下的评判依据,而非以世俗的等级高下做判断,是一种思想的解放,他大胆地说出:"贼仁者谓之'贼',贼义者谓之'残'。残贼之人谓之'一夫'。闻诛一夫纣矣,未闻弑君也。"这样,孟子高举士人君子主体人格高贵性和独立性的旗帜,使"仁"成为主体道德实践的自觉欲求,成为人与人之间交

---

① 《孟子注疏》,《十三经注疏》,第 2753 页。

往的通行规范。

孟子的仁义、性善学说，指出了仁义是人之本性，是人人生而具有的本心，从而揭示出人人都可以成仁向善。在人与人的交往相处中，本心是交往真正达成的前提。孟子的观点阐明了人与人之间"合群"的人性论基础。

二　诗乐蕴蓄仁义

仁义礼智非由外铄，而是根植于心，因此，主体的道德人格修养须以内省的功夫直见心性，彰显仁义，正如孟子云："万物皆备于我矣。反身而诚，乐莫大焉。强恕而行，求仁莫近焉。"（《孟子·尽心上》）外在之事，大则君臣父子，小则事物细微，其当然之理皆源于内在心性，反身而诚则仁。如何直达内心，澄明心性？孟子认为："尽其心者，知其性也。知其性，则知天矣。存其心，养其性，所以事天也。"（《孟子·尽心上》）性有仁、义、礼、智四端，心以制之。人只要尽自己的道德本心，养育身心，涵养性情，则可谓知其性矣。只要能存其本心，养育其善性，就可谓仁人。关于存心养性的必要性和重要性，孟子举了一个生动的譬喻进行论述：

> 孟子曰："牛山之木尝美矣，以其郊于大国也，斧斤伐之，可以为美乎？是其日夜之所息，雨露之所润，非无萌蘖之生焉，牛羊又从而牧之，是以若彼濯濯也。人见其濯濯也，以为未尝有材焉，此岂山之性也哉？虽存乎人者，岂无仁义之心哉？其所以放其良心者，亦犹斧斤之于木也，旦旦而伐之，可以为美乎？其日夜之所息，平旦之气，其好恶与人相近也者几希，则其旦昼之所为，有梏亡之矣。梏之反覆，则其夜气不足以存；夜气不足以存，则其违禽兽不远矣。人见其禽兽也，而以为未尝有才焉者，是岂人之情也哉？故苟得其养，无物不长；苟失其养，无物不消。孔子曰：'操则存，舍则亡；出入无时，莫知其乡。'惟心之谓与？"（《孟子·告子上》）

牛山之木曾经非常秀美，然而受到斧斤之伐，则不能保持秀美；虽为斧斤所伐，但因日夜之生息、雨露之润泽，又有嫩芽新枝长出来；然牛羊又放牧到这里，它就变成光秃秃的了。与此类似，仁义之心乃人之本性，人之所以去其良心而无仁义，亦如牛山之木之遭际，人日夜所滋养的善心，受到白天所作所为的搅乱而丧失殆尽，以至近于禽兽。正如孙奭云："然人情本欲为善矣，但利欲从而梏亡之矣。"① 孟子意在说明，仁义礼智的修养贵在养心，只在内心求之。养心是长期的道德实践功夫，要时时去除心之遮蔽，破除各种利欲的滋扰，保持本性澄明。"养心莫善于寡欲。"寡欲而能静心，则心性之善自显。孟子反对自暴自弃、不蓄养仁义的行为，"自暴者，不可与有言也；自弃者，不可与有为也。言非礼义，谓之自暴也；吾身不能居仁由义，谓之自弃也"（《孟子·离娄上》）。而善于存心养性者，则为君子。孟子曰："君子所以异于人者，以其存心也。君子以仁存心，以礼存心。仁者爱人，有礼者敬人。爱人者，人恒爱之；敬人者，人恒敬之。"《孟子·离娄下》）正因为君子以仁存心，以礼存心，故能爱人及受人爱，敬人而受人敬，君子之"群"从而实现。

孟子认为仁义礼智是主体的内在心性，成仁向善是主体内在的心理需求，道德精神的实践亦能给人以心灵的愉悦。孟子高唱主体的人格美，"充实之谓美，充实而有光辉之谓大"（《孟子·尽心下》），强调主体道德的人格必须进行不懈的积蓄培养，如何进行蓄养，孟子曰：

> 仁之实，事亲是也；义之实，从兄是也；智之实，知斯二者弗去是也；礼之实，节文斯二者是也；乐之实，乐斯二者，乐则生矣；生则恶可已也，恶可已，则不知足之蹈之手之舞之。（《孟子·离娄上》）

《孟子注疏》释："仁义之本在于事亲之孝、从兄之悌，智之本实在知事亲之孝，从兄之悌而弗去之也。礼之实在仁义，则威仪为礼之华也。乐之实在仁义，则节奏为仁之华也。"② 从这里可知，仁义孝悌是礼乐之本，而礼乐则是仁义孝悌的外在显现。孟子认为"理义之悦我心"（《孟子·

---

① 《孟子注疏》，《十三经注疏》，第 2751 页。
② 《孟子注疏》，《十三经注疏》，第 2723 页。

告子上》），事亲从兄，出于心中，则乐生于事亲从兄之仁义之心。乐（包含诗乐舞）由仁义充实，流通而不郁，日进而不已。在孟子看来，诗乐可以促进道德的涵养，使人在审美愉悦中达到内心的澄明，彰显人的本真，实现人格的提升。

在孟子的观念中，《诗》表达性情，发于内心，蕴含着先王之道，仁义之情，是其性善论的重要依据，更是君子修身养性的重要载体。孟子十分娴熟于《诗》的应用，阐发《诗》的仁义之情和仁政之道。陈澧在他的《东塾读书记》卷三说"孟子引《诗》者三十，论《诗》者四"。① 据笔者统计，孟子所引的诗，《周颂》1 次、《鲁颂》2 次、《大雅》19 次、《小雅》4 次、《国风》2 次。从孟子引《诗》看，他注重中和雅正之音，恭敬庄重之辞，从中可发明仁义之道。试举数例证之：

孟子曰："孝子之至，莫大乎尊亲；尊亲之至，莫大乎以天下养。为天子父，尊之至也；以天下养，养之至也。诗曰：'永言孝思，孝思维则。'此之谓也。"（《孟子·万章上》）

孟子曰："诗云：'天生蒸民，有物有则。民之秉夷，好是懿德。'孔子曰：'为此诗者，其知道乎！故有物必有则，民之秉夷也，故好是懿德。'"（《孟子·告子》上）

孟子曰："诗云：'既醉以酒，既饱以德。'言饱乎仁义也，所以不愿人之膏粱之味也；令闻广誉施于身，所以不愿人之文绣也。"（《孟子·告子》上）

第一个例子中孟子引诗以说明孝亲之义；第二个例子中孟子引诗及孔子语为依据，以阐发其性善之论；第三个例子中孟子断章取义，提出饱乎仁义对于修身的重要性。

孟子认为《诗》记录和反映的是"王者之迹"，《诗》的内涵与孟子的仁义学说具有内在的一致性，学诗用诗是促进君子仁义道德修养的重要方式，在《诗》的审美陶冶中，主体人性之善得以显露，君子在此境界

---

① （清）陈澧：《东塾读书记》，三联书店，1998，第 46—47 页。

中可以心气平和，和谐交往，其乐融融。

三　与民同乐的群体交往诗学

在孟子的仁学思想中，士人君子应存心养性，蓄养仁义。同时孟子认为仁义修养应该贯彻到政治实践领域，以仁义之道统御人民，以己之善心感发民之善心，把社会治理成仁爱之社会，将人民整合为和谐之整体。孟子认为："尧舜之道，不以仁政，不能平治天下。今有仁心仁闻而民不被其泽，不可法于后世者，不行先王之道也。"（《孟子·告子下》）尧舜以仁政而平治天下，今虽有仁心、仁闻，但无仁政，无先王之道，因而不可法于后世。故孟子非常推崇仁政，"三代之得天下也以仁，其失天下也以不仁。国之所以废兴存亡者亦然。天子不仁，不保四海；诸侯不仁，不保社稷；卿大夫不仁，不保宗庙；士庶人不仁，不保四体。今恶死亡而乐不仁，是犹恶醉而强酒"（《孟子·离娄上》）。孟子还提出了实行仁政，仁覆天下的远大理想。

以"仁政"学说为基础，孟子提出了"与民同乐"的诗乐思想。这在《孟子·梁惠王》中有具体阐述，主要内容如下。一是古之人与民偕乐，能乐也。如《大雅·灵台》周人歌周王兴建灵台。二是今之乐犹古之乐，只要君与民同乐。三是独乐乐不若与众乐乐，与少乐乐不若与众乐乐。四是独乐的实质是仁爱不及民众，故不乐。与众乐乐的实质为以民为本，以仁为政，仁爱施及百姓。五是乐民之乐者，民亦乐其乐；忧民之忧者，民亦忧其忧。孟子"与民同乐"诗学思想体现了其独特的政治美学，基于其性善论，政治统治亦须施以善政，以统治者之仁爱来激发百姓的仁爱，即所谓"老吾老，以及人之老；幼吾幼，以及人之幼……推恩足以保四海，不推恩无以保妻子"（《孟子·梁惠王上》），以仁政达到人和。而这种仁政是以使用艺术手段（乐 yuè）达到审美愉悦（乐 lè）的方式来实现，用诗乐来协调感情，沟通君民，政治和审美在孟子思想中融为一体。

与民同乐诗学的基础是基于性善哲学的审美共通性。乐本于仁义而发于心，此心同于彼心，因此，在艺术的审美陶冶中，可以实现心与心的交融。故孟子特别重视"乐"对人心的陶冶塑造功能。孟子曰："仁言不如仁声之入人深也，善政不如善教之得民也。善政，民畏之；善教，民爱之。善政得民财，善教得民心。"（《孟子·尽心上》）赵岐注："仁言，政教法度之言也，仁声，乐声雅颂也。仁言之政虽明，不如雅颂感人心之深也。善政是人不违上，善教使民尚仁义，心易得也。"[1] 孟子说明了"与民同乐"发生的机制，仁声是以"仁"为内涵的音乐，它发自人心，是道德情感的真实表现，故能感发人之善心，使人相亲相爱，达到"诗可以群"的境界。孔子的"诗可以群"诗学观侧重君子之间的交往，君子在群居中相互切磋、砥砺，实现个人修养的提升及群体的和谐。孟子将诗乐交流扩充到普通民众，扩展到政治统治层面，使诗乐的适用主体增多、适用领域扩大。

四　以意逆志：群体交流的路径

"与民同乐"的审美理想与孟子"仁覆天下"（《孟子·离娄》）的政治理想是一致的。艺术审美并非仅仅停留在表层的愉悦，而是要达到心性的交流，摒除私欲，还原人之善性，促进主体人格的提升，实现人与人之间本真的交流，达到群体的和谐。那么，主体间的诗乐交流何以可能？孟子提出了"以意逆志"说，《孟子·万章上》记载：

> 咸丘蒙曰："诗云：'普天之下，莫非王土；率土之滨，莫非王臣。'而舜既为天子矣，敢问瞽瞍之非臣，如何？"
> 曰："是诗也，非是之谓也；劳于王事而不得养父母也。曰：'此莫非王事，我独贤劳也。'故说诗者，不以文害辞，不以辞害志。以意逆志，是为得之。如以辞而已矣，《云汉》之诗曰：'周余黎民，靡有孑遗。'信斯言也，是周无遗民也。孝子之至，莫大乎尊亲；尊亲之至，莫大乎以天下养。为天子父，尊之至也；以天下养，养之至也。诗曰：'永言孝思，孝思维则。'此之谓也。《书》曰：'祗载见瞽瞍，夔夔斋栗，瞽瞍亦允若。'是为父不得而子也？"

关于"以意逆志"，赵岐解释说：

志，诗人志所欲之事。意，学者之心意也。孟子言说诗者当本之（志），不可以文害其辞，文不显乃反显也。不可以辞害其志，辞曰："周余黎民，靡有孑遗。"志在忧旱灾民无孑然遗脱不遭旱灾者，非无民也。人情不远，以己之意，逆诗人之志，是为得其实矣。①

赵岐指出"意"是读者之意，"志"为诗人之志，"以己之意，逆诗人之志"。朱熹释为：

文，字也。辞，语也。逆，迎也。云汉，《大雅》篇名也。孑，独立之貌。遗，脱也。言说诗之法，不可以一字而害一句之义，不可以一句而害设辞之志，当以己意迎取作者之志，乃可得之。若但以其辞而已，则如《云汉》所言，是周之民真无遗种矣。惟以意逆之。则知作诗者之志在于忧旱，而非真无遗民也。②

两相比较，除个别词语训义不同之外，朱熹的观点与赵岐大体相同。而清代的吴淇则提出了另外的解释：

诗有内有外。显于外者曰文曰辞，蕴于内者曰志曰意。此意字与"思无邪"之思字皆出于志。然有辨：思就其惨淡经营言之，意就其淋漓尽兴言之，则志古人之志而意古人之意，故选诗中每每以古意命题是也。汉宋诸儒以"志"字属古人，而"意"为自己之意。夫我非古人，而以己意说之，其贤于蒙之见也几何矣！不知"志"者古人之心事，以"意"为典，载"志"而游，或有方或无方，意之所到，即志之所在。故以古人之意，求古人之志，乃就诗论诗，犹之以人治人也。即以此诗论之。"不得养父母"，其志也；"普天"云云，文辞也；"莫非王事，我独贤劳"，其意也。故用此意以逆之，而得其志，在养亲而已。③

① 《孟子注疏》，《十三经注疏》，第 2735 页。
② （宋）朱熹：《孟子集注》，《四书章句集注》，第 306 页。
③ （清）吴淇：《六朝选诗定论》，广陵书社，2009，第 34 页。

吴淇认为，"志"为诗人之志，但"意"是作品文辞的意义，"以意逆志"是"以古人之意，求古人之志"。

对于吴淇的说法，敏泽提出批评："因为'说《诗》者'已经了解了作者之意，再去'钩考'作者之志就属多余了。"① 总体而言，以读者之"意"逆诗人之"志"说较为合理。在孟子的观念中，《诗》是仁义道德的文本，它作用于读者和作者之间，或者是读者和读者之间，是人与人之间交流的中介。"意"，《说文解字》"意，志也。从心音，察言而知意也"。段注："志即识，心所识也。意之训为测度，为记。训测者，如《论语》'毋意毋必'，'不逆诈，不億不信'，'億则屡中'，其字俗作億。"② 段玉裁训为"测度"是比较确切的，"意"是读者发出的"测度"，包含着读者的主观能动性，这种能动性其实就是指读者自觉的道德追求。"逆"《说文》训为"迎"，以"己意"主动地迎合诗人之"志"，是读者和作者心灵的交流。交流的媒介是"文""辞"，根据上下文可知，"文"是文字，"辞"是篇章。"不以文害辞，不以辞害志"即谓不拘泥于个别文字的意义，不拘泥于篇章的言词义，而追求对篇章整体意义的理解，也就是对作者之志的把握，这就是"以意逆志"的心灵交流机制。

问题是不拘泥文字义和言辞义，何以就能保证把握作者之"志"？"志"毕竟是藏在心中的，由于诗歌语言的多义性，"志"很难在字面上明确地体现出来。对此方玉润在《诗经原始》卷首就提出疑问：

> 诗辞与文辞迥异。文辞多明白显易，故即辞可以得志。诗辞多隐约微婉，不肯明言，或寄托以寓志，或甚言而惊人，皆非其志之所立。若徒泥辞以求，鲜有不害辞者。孟子斯言，可谓善读《诗》矣，然而自古至今，能以己意逆诗人之志者，谁哉？

方玉润对"以意逆志"理解的有效性提出了异议，这个问题有普遍性。

---

① 敏泽：《中国文学理论批评史》，人民文学出版社，1981，第55页。
② （清）段玉裁：《说文解字注》（影印经韵楼藏版），上海古籍出版社，1988，第502页。

不过，孟子认为《诗》作为"仁声"，发端于人的本心，体现了仁义本性，所谓诗人之志乃诗人之良心，读者之心与作者之心是可以相通的。孟子主张的"以意逆志"，目的不是追求《诗》的客观意义，而是发明深藏于作者内心的"仁义"本性，以本真之心的交流促进道德修养与群体和谐。这可以从孟子的说《诗》实践中得到证明：

> 公孙丑问曰："高子曰：《小弁》，小人之诗也。"孟子曰："何以言之？"
>
> 曰："怨。"
>
> 曰："固哉，高叟之为诗也！有人于此，越人关弓而射之，则己谈笑而道之；无他，疏之也。其兄关弓而射之，则己垂涕泣而道之；无他，戚之也。《小弁》之怨，亲亲也。亲亲，仁也。固矣夫，高叟之为诗也！"
>
> 曰："《凯风》何以不怨？"
>
> 曰："《凯风》亲之过小者也；《小弁》，亲之过大者也。亲之过大而不怨，是愈疏也；亲之过小而怨，是不可矶也。愈疏，不孝也；不可矶，亦不孝也。孔子曰：'舜其至孝矣，五十而慕。'"（《孟子·告子下》）

《小弁》是一首被父放逐、抒写怨愤之作，因"亲之过大"。《凯风》诗序言"美孝子也"是比较合理的，孟子言"亲之过小"，不知何据。他说此二诗就是从己意出发去逆作者之志，他承认"怨"之情感的合理性，《小弁》之怨，是热爱亲人，合乎仁的。但"怨"之情感也有尺度，"亲之过大而不怨，是愈疏也；亲之过小而怨，是不可矶也。愈疏，不孝也；不可矶，亦不孝也"。"以意逆志"最终发掘的"志"，在此表现为"孝"，这是内在的本真情感，读者之"意"和作者之"志"在审美还原到本真之"孝"时自然是相通的，这就是孟子的内在逻辑。同样，通过审美还原，破除心之遮蔽，自然得和平中正之情，个体的善心得以感发，群体的和洽由此形成。

以意逆志是内在良心的沟通，它不取某一文辞之义，不取诗篇表面之义，而是直达内在心性，是情感还原到原点时的交流。孟子的"以意逆志"说进一步夯实了"诗可以群"的基础。

第三节　荀子的交往诗学观

荀子对"群"的思想有深刻的阐释，他提出了"群居和一"的社会理想，反映了战国后期人们对社会稳定、统一的祈求。为此，他对"礼"的意义进行改造，强化其法度、规范的意义，以之实现社会的整合。基于此，荀子大力挖掘《诗》的礼义思想，将《诗》经典化，提倡礼乐一体的和同诗学观。

一　"礼"的法度内涵

《韩非子·五蠹》云："上古竞于道德，中世逐于智谋，当今争于气力。"荀子生活的战国后期，奸诈纷乱，传统的价值观念已经失去了影响力，社会失去了约束力量，因此处世行事的自然欲望就凸显出来，这也正是荀子人性恶学说的背景。对于如何"一天下建国家"，许多思想家都提出了自己的主张，《荀子·非十二子》中提及的它嚣、魏牟、陈仲、史鳅、墨翟、宋钘、慎到、田骈、惠施、邓析、子思、孟轲等十二人的学说，在荀子看来，都有这样或那样的缺陷，或"不足以合文通治"，或"不足以合大众，明大分"，或"不足以容辨异，县君臣"，等等。荀子评价的标准是"礼"，十二子学说违礼，故非之。荀子推崇"礼"，以此为治乱之本。"礼"是三代以来，特别是西周时期实行的一套政治宗法原则。以周王室为核心，天下共尊一主，维持稳定的局面，是荀子理想的"先王之道"。周室衰败，礼崩乐坏，原有的价值体系逐渐失去了控制力。孔子、孟子为适应这种现实，对"礼"进行改造，他们都着重从内在精神的超越性层面阐发"礼"的合理性，但这相对于战国时期的社会状况来说，思想言说力是不够的，故荀子批评子思、孟轲的学说为"僻违而无类，幽隐而无说，闭约而无解"。荀子在继承前人学说的基础上，对"礼"学说体系进行了一系列重构。

（一）荀子引"法"入"礼"，以节制人之欲望，使人无争

荀子说：

> 礼起于何也？曰：人生而有欲；欲而不得，则不能无求；求而无度量分界，则不能不争；争则乱，乱则穷。先王恶其乱也，故制礼义以分之，以养人之欲、给人之求，使欲必不穷乎物，物必不屈于欲，两者相持而长。是礼之所起也。（《荀子·礼论》）

人生而有各种各样的欲望，这些欲望纠结在一起，就产生各种矛盾、冲突、对立、纷争，故需要"礼"来协调矛盾、冲突，节制欲望，又在一定程度上满足欲望。因此，"礼"的内容的一个重要方面就是对物质利益的划分：

> 分均则不齐，势齐则不壹，众齐则不使。有天有地而上下有差，明王始立而处国有制。夫两贵之不能相事，两贱之不能相使，是天数也。势位齐而欲恶同，物不澹则必争，争则必乱，乱则穷矣。先王恶其乱也，故制礼义以分之，使有贫富贵贱之等，足以相兼临者，是养天下之本也。（《荀子·王制》）

荀子认为根据社会成员的等级差异进行利益的划分，才能防止争端。荀子对"礼"的这种界定，赋予了"礼"法度的品格，具有现实功利性和深厚的政治基础。

（二）确立了礼的意识形态权威和上层建筑秩序

为了确立礼的意识形态权威，荀子将"礼"归为先王之道，荀子强调"不法先王，不是礼义"（《荀子·非十二子》），"先王制礼义以分之"（《荀子·王制》），礼作为圣王之迹，具有不言自明的正统和权威，这是不容置疑的。荀子把建立在权威的意识形态基础上的"礼"作为治国之本，"《礼》者，法之大分，类之纲纪也"（《荀子·劝学》）。"人无礼则不生，事无礼则不成，国家无礼则不宁。"（《荀子·修身》）荀子将"礼"扩展到政治统治的各个方面：《王制》言行王政基础在"礼"，《富

国》言富国以"礼",《王霸》言王霸大业"礼"为基础;《议兵》言以
"礼"为兵战无不胜;《强国》言强国以"礼"。礼不仅为外在的制度规
范,同时也是内在的意识形态,是立身之本,《劝学》劝导学"礼",《修
身》以合"礼"为修身标准,《荣辱》指出合"礼"则荣,非"礼"则
辱。"礼"的实质是贵贱、亲疏、贫富的等级秩序,而君道是礼制秩序的
最高代表,"道者何也?曰:君道也。君者何也?曰:能群也"。(《荀
子·君道》)"君者,善群也。群道当,则万物皆得其宜,六畜皆得其
长,群生皆得其命。故养长时,则六畜育;杀生时,则草木殖;政令时,
则百姓一,贤良服。"(《荀子·王制》)正因为如此,荀子认为人之君主
掌管着"分之枢要","故美之者,是美天下之本也;安之者,是安天下
之本也"。(《荀子·富国》)荀子树立了礼义原则的权威性,同时又强化
了君主的神圣性,将君权与儒家思想结合起来,使群体的组织原则和组织
结构有了稳固的基础。

二 "群居和一"的社会理想

荀子同孔子、孟子一样,同样关注人和人的社会性,重视"群"的课
题。荀子明于天人之分,"天行有常,不为尧存,不为桀亡"(《荀子·天
论》),天道自然运行,自有其日月交替、寒暑转化、草木荣枯,并不影响
人世的祸福兴废。人生于自然界,"最为天下贵也",因为"水火有气而无
生,草木有生而无知,禽兽有知而无义",而人"有生、有知,亦且有义"
(《荀子·王制》),可谓卓立于自然界中。人的力气虽然不如牛,跑步不
如马,而牛马却为人所用。人之为人最重要的特点是"能群",荀子云:
"人能群,彼不能群也。"(《荀子·王制》)这是人胜于自然万物之处。
人能够组织起来,成为一个整体,所谓"一则多力,多力则强,强则胜
物,故宫室可得而居"(《荀子·王制》),依靠群体的力量,战胜自然,
求得生存。"能群"的特点凸显了人的独特价值和地位。

在荀子的"群"理论中,"群"是一个有秩序的严密整体。"人何以
能群?曰:分。"(《荀子·王制》)"分"是建构"群"的前提,是群体
整合的基础,"群而无分则争,争则乱,乱则离,离则弱,弱则不能胜
物"(《荀子·王制》)。为什么要"分"?荀子认为这是人的天性所致。

荀子与持性善之说的孟子不同，持"性恶论"：

> 今人之性，生而有好利焉，顺是，故争夺生而辞让亡焉；生而有疾恶焉，顺是，故残贼生而忠信亡焉；生而有耳目之欲，有好声色焉，顺是，故淫乱生而礼义文理亡焉。然则从人之性，顺人之情，必出于争夺，合于犯分乱理，而归于暴。（《荀子·性恶》）

> 人之情，食欲有刍豢，衣欲有文绣，行欲有舆马，又欲夫余财蓄积之富也；然而穷年累世不知不足，是人之情也。（《荀子·荣辱》）

荀子所谓"性"，是人天生的属性，《性恶》中说："凡性者，天之就也，不可学，不可事。……不可学，不可事，而在人者，谓之性。"《正名》也说："生之所以然者谓之性。"人生来就有喜欢财利之心，有忌妒憎恨之心，有耳目之贪欲，这些都是人的天性，如果放任人的本性，依顺人的情欲，不加以抑制、引导和规范，就会出现争抢掠夺，会出现违反等级名分、扰乱礼义法度的行为，而最终走向暴乱。

既然欲望为人之天性，人岂非与禽兽相类？荀子认为："人之所以为人者何已也？曰：以其有辨也。"（《荀子·非相》）辨，即辨别，因为人有"知"，有认识能力，能够对事物进行区别，禽兽有父有子，但没有父子之间的亲情；有雌有雄，但没有男女之间的界限。而人类社会的道德规范，对所有的事物界限都有所区别。

"辨莫大于分"，杨倞注："有上下亲疏之分也。"① 是指人的职分、地位、等级、权利、身份、亲疏等级关系等。"分"对人及相应的各种事物的规定，使人和物都处于一定位置，在一定规范内行事，人与人、人与物都有相对应的关系，从而将社会整合为一个有序的整体。没有"分"，"群"就会是一种混沌的状态，就没有群体的凝聚力。

"分"表现在多方面：有职业的分工，"农农、士士、工工、商商"（《荀子·王制》）；有"君子"与"小人"的区别，"君子以德，小人以力。力者，德之役也"（《荀子·富国》）；有社会分工的区别；有社会等

---

① （清）王先谦：《荀子集解》，中华书局，1988，第79页。

级的分别；有人伦关系的区分等。"分莫大于礼"，"分"在道德范畴方面的规定性就是"礼"，"礼"是"分"的核心。以"礼"的要求确定名分，就是"义"，"分何以能行？曰：义。故义以分则和，和则一，一则多力，多力则强，强则胜物，故宫室可得而居也。故序四时，裁万物，兼利天下，无它故焉，得之分义也"（《荀子·王制》）。根据道义确定名分，人们就能和睦协调，就能团结一致，战胜外物，正是有名分道义，才能协调万事万物，使天下都得利。故"无分者，人之大害也；有分者，天下之本利也"（《荀子·富国》）。因此，"礼"是"群"得以建构的根本原则。

既然人都是有欲望的，如何能保证"分"不被"性"支配呢？荀子认为"礼莫大于圣王"（《荀子·非相》），遵循礼法没有比效法圣明的帝王更重要的了，故"礼"实为圣王之道或曰先王之道。荀子极力推尊先王之道的至高地位：

> 先王之道，仁之隆也，比中而行之。曷谓中？曰：礼义是也。道者，非天之道，非地之道，人之所以道也，君子之所道也。（《荀子·儒效》）

先王之道，是仁德的最高体现，因为先王是顺着中正之道来实行的。礼义就是这种中正之道，它是人类应遵循的准则，是君子所遵循的原则。先王之道是先王根据人的天性制定的，"故先王案为之制礼义以分之，使有贵贱之等，长幼之差，知愚、能不能之分，皆使人载其事而各得其宜。然后使悫禄多少厚薄之称，是夫群居和一之道也"。（《荀子·荣辱》）有了等级关系和伦理关系之分，每个人都各守其分，各守其职，没有争斗，人与人之间自然可以群居和一。

相较于孔子、孟子，荀子"群"的观念更具有现实理性，他认为人的欲望、争夺是其天性，若任由其发展泛滥，整个社会将混乱无序，因此需要有一套外在的规范加以约束，社会才能走向有序，这种思想因应了当时社会走向统一的趋势。这一外在的规范就是礼法，荀子以之为"先王之道"强化其权威性、合理性，并以君王掌握"分之枢要"作为礼法执行的权力保证。荀子的"群"是整个社会的成员各安于其等级、身份、地位，不争不夺，形成一个在差异基础上有秩序的社会共同体。

三　群体和同诗学

（一）《诗》的经典化

荀子对《诗》的评价、应用是从其礼学观点出发考察的，若要"礼"的规范能够有效地维持，需要有一套传统价值系统和信仰系统。《诗》乃先王遗迹，在对"礼"的内在精神价值的重构中具有无与伦比的地位。《荀子·儒效》云：

> 圣人也者，道之管也：天下之道管是矣，百王之道一是矣。故《诗》《书》《礼》《乐》之道归是矣。《诗》言是，其志也，《书》言是，其事也，《礼》言是，其行也，《乐》言是，其和也，《春秋》言是，其微也。故《风》之所以为不逐者，取是以节之也；《小雅》之所以为《小雅》者，取是而文之也；《大雅》之所以为《大雅》者，取是而光之也；《颂》之所以为至者，取是而通之也。天下之道毕是矣。乡是者臧，倍是者亡；乡是如不臧，倍是如不亡者，自古及今，未尝有也。

在荀子的学说中，"礼"的最高表现就是圣人之道。《诗》与《书》《礼》《乐》《春秋》一起构成了圣人之道的完整体系，所谓"天下之道毕是矣"。荀子对这些典籍做了经典化、权威化的阐释，将五经作为圣人之道的载体，《诗》言圣人之志，《书》记圣人政事，《礼》载圣人行为，《乐》说圣人和谐心情，《春秋》承载圣人微言大义。《诗》之风、雅、颂也都体现了圣人之道的精神。因此荀子最后归结，"乡是者臧，倍是者亡"。将五经的价值推到顶峰，树立了经典无上的权威。

《荀子·劝学》云：

> 学恶乎始？恶乎终？曰：其数则始乎诵经，终乎读《礼》；其义则始乎为士，终乎为圣人。真积力久则入，学至乎没而后止也。故学

数有终，若其义则不可须臾舍也。为之，人也；舍之，禽兽也。故《书》者，政事之纪也；《诗》者，中声之所止也；《礼》者，法之大分，类之纲纪也。故学至乎《礼》而止矣。夫是之谓道德之极。《礼》之敬文也，《乐》之中和也，《诗》《书》之博也，《春秋》之微也，在天地之间者毕矣。

根据五经为"圣王之道"精神载体的经典化原则，以"诵经"（杨倞注：经，谓《诗》《书》）开始，终乎读《礼》，领悟经典之义，即完成成人的过程，学习经典与否是人与禽兽的区别之处，这体现了经典的权威地位。

《荀子·荣辱》则对经典的功用进行了阐述：

夫先王之道，仁义之统，《诗》《书》《礼》《乐》之分。彼固为天下之大虑也，将为天下生民之属，长虑顾后而保万世也。其流长矣，其温厚矣，其功盛姚远矣，非顺孰修为之君子，莫之能知也。……以治情则利，以为名则荣，以群则和，以独则足，乐意者其是邪！

《诗》《书》《礼》《乐》作为先王之道的体现，是后世万代的指导原则，它蕴积深厚，功绩遥远，是放之四海而皆准的真理，是人与人之关系的终极价值规范。

（二）隆礼义而杀《诗书》

基于礼义话语的建构，荀子强调学诗、用诗要发掘《诗》的礼义内涵，并提出了"隆礼义而杀《诗》《书》"的主张。《荀子·儒效》云：

不学问，无正义，以富利为隆，是俗人者也。逢衣浅带，解果其冠，略法先王而足乱世术，缪学杂举，不知法后王而一制度，不知隆礼义而杀《诗》《书》，其衣冠行伪已同于世俗矣，然而不知恶者；其言议谈说已无异于墨子矣，然而明不能别；呼先王以欺愚者而求衣食焉，得委积足以掩其口，则扬扬如也，随其长子，事其便辟，举其上客，偲然若终身之虏而不敢有他志，是俗儒者也。法后王，一制度，隆礼义而杀《诗》《书》，其言行已有大法矣，然而明不能齐，法教之所不及，闻见之所未至，则知不能类也，知之曰知之，不知曰不知，内不自以诬，外不自以欺，以是尊贤畏法而不敢怠傲，是雅儒者也。法先王，统礼义，一制度，以浅持博，以古持今，以一持万，苟仁义之类也，虽在鸟兽之中，若别白黑，倚物怪变，所未尝闻也，所未尝见也，卒然起一方，则举统类而应之，无所拟怍，张法而度之，则暗然若合符节，是大儒者也。

荀子强调学《诗》《书》的基本态度就是注重实际功用，"隆礼义而杀《诗》《书》"，在学习中效法古代的圣明帝王，发掘《诗》《书》的礼义价值，并将其作为为人处事的指针，不能仅仅把握《诗》《书》表面的一些知识。荀子根据这个标准将"儒"分俗儒、雅儒、大儒三种。因此，在荀子的思想体系中，《诗》是"礼义"的素体，被抹上了浓烈的政治化色彩，出现了工具化倾向。

荀子自己就是"隆礼义而杀《诗》《书》"的忠实实践者，《荀子》全书引诗83次，都是在论证自己的观点，以构建自己的思想体系。荀子的议论与所引《诗》的本义有的完全契合，有的部分相合，有的只有字面上的关联，有的议论是用所引《诗》的比喻义。可见，荀子并不追求《诗》的本义，而是以《诗》证礼，采用断章取义的方式，在《诗》中引申出礼义的内涵，挖掘经典的精神，例如：

> 人无礼则不生，事无礼则不成，国家无礼则不宁。《诗》曰："礼仪卒度，笑语卒获。"此之谓也。（《荀子·修身》）
>
> 《诗》曰："平平左右，亦是率从。"是言上下之交不相乱也。（《荀子·儒效》）

这些解释，都不是《诗》的原意。荀子引《诗》不受诗句文辞的约束，而直接发掘礼义。这种阐述成为《诗》的意义生成的重要模式，推动了经学的发展。

（三）礼乐一体的和同诗学

荀子的礼义学说是主张建立等级秩序规范，将人与人之间的关系限定在贵贱、尊卑、长幼、亲疏的等级秩序中，并且用不容置疑的先王之道，在制度和道德观念上赋予这种等级秩序强制性、不可逾越性，这就容易限制人的本性，造成人与人之间关系的疏离。如果是这样，必然形成分裂的张力，光是强调差别就不能形成一个融洽的整体，"群"就不能够实现。因此，要使"群"的理想得以实现，就必然要考虑到如何安置人的情感、欲望的问题。孔子、孟子的群体学说，都是建立在内在情感的交融之上的，荀子虽强调人的外在等级规范秩序，但也没有回避情感问题。《荀子·乐论》云：

> 夫乐者，乐也，人情之所必不免也。故人不能无乐；乐则必发于声音，形于动静；而人之道——声音、动静、性术之变，尽是矣。故人不能不乐，乐则不能无形，形而不为道，则不能无乱。

"乐"是包括诗、乐、舞的综合的艺术活动。荀子承认人的情感，乐是人情的必然需要，由人的本性自然生发，情是乐的本体。每个人都有情，并通过乐表现出来。承认情感的普遍性便确认了人有沟通的可能，"群"的实现在于在情感上接受秩序，并且保持人与人之间的和谐关系，正所谓"乐合同，礼别异"（《荀子·乐论》）。

荀子认为"礼乐之统，管乎人心"。乐生于自然的情感，是人欲望的表现，应以礼义加以节制。荀子对"乐"的阐释同样建立在礼义学说的基础上，他对"乐"进行礼义化的规范：

> 先王恶其乱也，故制《雅》《颂》之声以道之，使其声足以乐而不流，使其文足以辨而不諰，使其曲直、繁省、廉肉、节奏，足以感动人之善心，使夫邪污之气无由得接焉。是先王立乐之方也。（《荀子·乐论》）
>
> 乐者，圣人之所乐也，而可以善民心，其感人深，其移风易俗易，故先王导之以礼乐而民和睦。（《荀子·乐论》）

荀子对"乐"的阐释也与《诗》一样，采用了经典化、权威化的策略，所谓"先王立乐之方""乐者，圣人之所乐也"，"乐"被灌注了至高无上的礼义内涵，成为"礼"的附庸。对"乐"的学习要善于把握其中的礼义内涵：

> 故听其《雅》《颂》之声，而志意得广焉；执其干戚，习其俯仰屈伸，而容貌得庄焉；行其缀兆，要其节奏，而行列得正焉，进退得齐焉。故乐者，出所以征诛也，入所以揖让也。征诛揖让，其义一也。出所以征诛，则莫不听从；入所以揖让，则莫不从服。（《荀子·乐论》）

听《雅》《颂》之声，心胸宽广；执干戚而舞，则容貌庄重；迎合乐舞节奏，则队列整齐。所以乐对外可用来征伐，对内可用来行礼让。乐可用于征伐，这是荀子的新论，可见荀子论"乐"的政教化色彩非常浓厚，他将艺术审美附上浓重的外在功利规范，大大压缩了"乐"的审美空间。

荀子不仅重视用"乐"来和合社会秩序，同时也重视借由"乐"的礼义内涵来促进人性品格的提升：

> 君子以钟鼓道志，以琴瑟乐心。动以干戚，饰以羽旄，从以磬管。故其清明象天，其广大象地，其俯仰周旋有似于四时。故乐行而志清，礼修而行成。耳目聪明，血气和平，移风易俗，天下皆宁，美善相乐。故曰：乐者，乐也。君子乐得其道，小人乐得其欲。以道制欲，则乐而不乱；以欲忘道，则惑而不乐。故乐者，所以道乐也。金石丝竹，所以道德也。乐行而民乡方矣。故乐者，治人之盛者也，而墨子非之。（《荀子·乐论》）

所谓"乐者，治人之盛者也"，荀子认为人性本恶，恶而争，争则无群治。而"乐"可化性而起伪，"乐"之礼义法度可矫正人之情性，使礼义法度成为主体的人格修养，使礼义秩序为人们所自然接受。

荀子论乐特别重视其和同功能。如：

> 故乐在宗庙之中，君臣上下同听之，则莫不和敬；闺门之内，父子兄弟同听之，则莫不和亲；乡里族长之中，长少同听之，则莫不和顺。故乐者，审一以定和者也，比物以饰节者也，合奏以成文者也；足以率一道，足以治万变。(《荀子·乐论》)

荀子从政治和伦理的角度论述乐的和同功能，"乐"可以消弭君臣、父子、长幼等等级差异造成的心理隔离，实现人与人之间情感的沟通。"乐"为人情，发自人欲，并节之礼义，这使得乐既能够满足情感的需要，又符合礼义的要求，从而达到人与人之间的和谐融洽境界。由于"乐"具有和同之功能，故可用于群治，"乐中平，则民和而不流；乐肃庄，则民齐而不乱。民和齐，则兵劲城固，敌国不敢婴也。如是，则百姓莫不安其处，乐其乡，以至足其上矣"(《荀子·乐论》)。"群"的实现最终归于和，是和而不流的境界。荀子之"和"的情感附上了更多外在规范的压制，表现为对外在秩序的认同，多了政教色彩，少了审美意味。

孔子言"诗可以群"是以诗乐来培育仁爱情感，以礼乐精神充实君子，实现群体的和合，意图恢复周代的礼制秩序。孟子的群体诗学是以仁义之情推及普通民众，以"不忍人之心"来推行"仁政"。荀子的群体诗学是以《诗》之礼义规范情感，使归于和，实现社会的和谐有序。

第六章
"以文会友"的"诗可以群"
审美交往实践

　　"诗可以群"最早的形态是礼乐用诗,其中"诗"是指《诗》三百,是周代典礼化的《诗》。在礼乐文化向儒家思想发展的过程中,《诗》分别经历了先秦儒家经典化的《诗》、汉代及以后经学化的《诗经》两种形态,在其形态发展过程中,"诗可以群"的诗学理论内涵不断发展演变。同时"诗可以群"又转化为后世"以文会友"的诗歌交往实践行为,诗歌被用于日常的交往沟通,成为"百姓日用而不知"的行为方式、交往习惯,在古代产生了重要的影响。"以文会友"的诗歌交往由礼乐交往转化而来,在后世成为一种礼俗,是社会流行的交往风尚,令士人醉心其中。自魏晋以来,个体化诗歌创作兴起,诗歌交往活动日趋频繁,展现了审美的交往关系。"以文会友"的诗歌交往具有深厚的文化意蕴,它促进了中国古代诗人群体的壮大,培育了士人的审美品格;它促进了诗歌的普及繁荣和诗歌形态的发展,影响了诗歌的风貌。对其进行考究,可以进一步丰富"诗可以群"的内涵。

第一节　"以文会友"的交往形态

　　"以文会友"在后世成为文士的日常审美交往方式,其具体形态丰富多样,在不同的历史时期各有特点。通过对交往形态的具体分析,可以展示诗歌在社会生活中的应用广度,揭示古人审美的生命活动,以及诗歌在中国传统文化中的重要意义。

一 士人的交往群聚传统

两周时期，礼典用诗、赋诗言志，表现了公卿列士的高雅风流。春秋战国时期，诸子学派兴起，聚徒讲学，"群居相切磋"，形成规模较大的士人群聚。孔子弟子盖三千，孟子"后车数十乘，从者数百人，以传食于诸侯"(《孟子·滕文公下》)，战国时期齐人田骈招收弟子过百人，这种交游群聚的目的主要是对学说进行探讨。战国时期"天下诸侯方欲力争，竞招英雄，以自辅翼。此乃得士则昌，失士则亡之秋也"。① 为了增强政治实力，各国兴起了养士之风。如战国"四公子"和秦国丞相吕不韦等都大规模地收养门客。齐国稷下学宫的纵论国事更突出表现了士人的主体精神，"(齐)宣王喜文学游说之士，自如驺衍、淳于髡、田骈、接予、慎到、环渊之徒七十六人，皆赐列第，为上大夫，不治而议论。是以齐稷下学士复盛，且数百千人"。(《史记·田敬仲完世家》)稷下先生"不任职而论国事"，进行自由的批评、议论。与稷下学宫类似的是更早时期郑国的乡校，"夫人朝夕游焉，以议执政之善否"(《左传·襄公三十一年》)。通过自由的议论，士人阶层以道谋生，积极地干预政治，奠定了中国古代知识分子的精神基础。

汉初沿袭战国养士之风，当时的藩王如吴王刘濞、梁孝王刘武、淮南王刘安等广延宾客，蔚然成风。萧统《答晋安书》云："梁王好士，淮南礼贤，远致宾游，广招英俊。"(《全梁文》卷二十)这些依附藩王的士人富有文才，不同于战国士人群聚的处世横议，如"梁园宾客"邹阳、枚乘、司马相如等人因对辞赋的共同兴趣而群聚，② 形成了文学交游群体。汉武帝以后，随着中央集权的强化、儒家礼制建设的加强，文士依附于皇权，主体性受到压制，自由议论的风气不再，转化成"言语侍从"。如班固《两都赋序》说：

---

① (秦)孔鲋：《孔丛子》，《丛书集成初编》，第41—42页。
② 参见《史记·司马相如列传》："(相如)以赀为郎，事孝景帝，为武骑常侍，非其好也。会景帝不好辞赋，是时梁孝王来朝，从游说之士齐人邹阳、淮阴枚乘、吴庄忌夫子之徒，相如见而说之，因病免，客游梁。梁孝王令与诸生同舍，相如得与诸生游士居数岁，乃著子虚之赋。"

至于武、宣之世，乃崇礼官，考文章。内设金马、石渠之署，外兴乐府、协律之事，以兴废继绝，润色鸿业。是以众庶悦豫，福应尤盛，白麟、赤雁、芝房、宝鼎之歌，荐于郊庙。神雀、五凤、甘露、黄龙之瑞，以为年纪。故言语侍从之臣，若司马相如、虞丘寿王、东方朔、枚皋、王褒、刘向之属，朝夕论思，日月献纳。而公卿大臣御史大夫兒宽、太常孔臧、大中大夫董仲舒、宗正刘德、太子太傅萧望之等，时时间作。或以抒下情而通讽谕，或以宣上德而尽忠孝，雍容揄扬，著于后嗣，抑亦《雅》《颂》之亚也。

文学创作作为"言语侍从"活动，其功能主要是歌功颂德、润色鸿业，"抒下情而通讽谕""宣上德而尽忠孝"，沟通君臣上下的关系，维护君王的正统和权威，它实际上是汉代礼制的一部分，是礼乐文化在汉代的具体表现，完全是政治的需要。这批言语侍从之臣大量创作辞赋，以取悦君王，形成了汉大赋创作的繁荣。但由于人身依附帝王的关系，他们被帝王视为倡优，如司马迁《报任安书》所云："固主上所戏弄，倡优畜之，流俗之所轻也。"（《汉书·司马迁传》）文士地位低下，文学创作也为人所轻，扬雄称其为"童子雕虫篆刻"，流于技艺，"壮夫不为"（扬雄《法言·吾子》）。尽管如此，这种沟通君臣的文学交流活动毕竟还是推动了文学创作向前发展。

汉末建安以降，社会分裂动荡，政权更迭频繁，在政治权力的裂变之下，儒家思想的意识形态控制力量已经大为削弱，士人与君王的政治合作关系也受到严重破坏。士人不再沉湎于皓首穷经，致力于政治意识形态的言说，而是将注意力返归自身，重视当下的生活。他们在交往上非常活跃，出入于公府，徜徉于山水，纵情于游宴，在群体的交游中吟诗作赋，谈文论艺，展现了士人阶层的精神风貌和高雅风度。

二 魏晋六朝的诗歌交往活动

魏晋以来，士人之间交往活动的兴起，是这一时期名士风度的重要表现。士人的诗歌交往活动有多种形式。

（一）依附君王公卿，充当文学侍从

建安时期，邺下文人的诗歌交往成就了这一时期诗歌创作的辉煌。是

时，曹操大举招揽贤才，先后发布三次求贤令。同时曹丕和曹植也争相吸纳才学之士以为羽翼，于是包括王粲、陈琳、刘桢、阮瑀、应玚、徐干等建安七子在内的诸多文士先后来到邺城。邺下文人以文学侍从的身份聚集，如徐干"为司空军谋祭酒掾属，五官将文学……太祖并以琳、瑀为司空军谋祭酒，管记室，军国书檄，多琳、瑀所作也。……玚、桢各被太祖辟为丞相掾属。玚转为平原侯庶子，后为五官将文学"（《三国志·魏书·王粲传》）。"凡此数子（指陈、徐、刘、应），于雍容侍从，实其人也。"（吴质《答魏太子笺》）他们从事的是文书、文学之类的事务，与曹氏父子是主客关系，但非以道术，而是以文才为曹氏父子所招揽。众多文士簇拥在曹氏父子周围，使邺城成为一个文化中心，出现了后人称道的"邺下风流"，其文学交游活动如"南皮之游""西园宴游"，都是文雅盛事。曹丕对这种宴游活动念念难忘：

> 每念昔日南皮之游，诚不可忘。既妙思六经，逍遥百氏，弹棋间设，终以六博，高谈娱心，哀筝顺耳。驰骛北场，旅食南馆，浮甘瓜于清泉，沈朱李于寒水。白日既匿，继以朗月，同乘并载，以游后园。舆轮徐动，参从无声，清风夜起，悲笳微吟，乐往哀来，怆然伤怀，余顾而言，斯乐难常，足下之徒，咸以为然。（《与朝歌令吴质书》）

> 昔日游处，行则同舆，止则接席，何尝须臾相失！每至觞酌流行，丝竹并奏，酒酣耳热，仰而赋诗。当此之时，忽然不自知乐也。（《与吴质书》）

从上面的文字可知，士人的聚会宴饮活动非常丰富，研习六经，探讨百家，对弈高谈，欣赏音乐，驰骋骑射，诗酒酬酢，展现了文人士子生动的生活场景。"酒酣耳热，仰而赋诗"是何等的自由挥洒，高雅风流。《文心雕龙·明诗篇》云："建安之初，五言腾踊，文帝陈思，纵辔以骋节，王徐应刘，望路而争驱。并怜风月，狎池苑，述恩荣，叙酣宴，慷慨以任气，磊落以使才。造怀指事，不求纤密之巧；驱辞逐貌，唯取昭晰之能，此其所同也。"在刘勰看来，邺下文士充分展露自己鲜活的生命，作品不事雕琢，感情真挚，直抒胸臆，渗透了诗人深厚的社会人生体验，体现了建安文学的特色。他们以异于两汉士人的新形象、新风貌出现在舞台上，以诗歌宴乐交游，创造了建安文学的繁盛。

邺下文人创造了文学侍从群体创作的典范，后世王公大臣纷纷效仿，招揽文士。如西晋权臣贾谧门下吸纳了著名文士如陆机、陆云、潘岳、石崇、欧阳健、左思、挚虞、刘琨等人，号称"二十四友"，历来被视为"贵游豪戚浮竞之徒"的群聚。刘宋时期临川王刘义庆也广招四方文学之士，聚于门下。齐梁时期，文惠太子萧长懋、竟陵王萧子良、昭明太子萧统以及梁简文帝萧纲都大力延纳文学之士。文士也纷纷依附王公大臣，"（文惠太子）引接朝士，人人自以为得意"（《南史·文惠太子传》）。"竟陵王子良开西邸，招文学，高祖（梁武帝萧衍）与沈约、谢朓、王融、萧琛、范云、任昉、陆倕等并游焉，号曰八友。"（《梁书·武帝本纪》）这种依附现象是那个时代文士普遍的生存状态，它与齐梁君王、太子、藩王对文学的热爱提倡密切相关，上有所好，下必效之。文士也可以借此攫取政治资源，获得政治地位，同时获得群体的身份认同。他们热衷于文学，专力于诗文创作，积极探索诗歌的表现技巧，探求诗歌的内在形式美，开创了永明体诗歌，促进了诗歌艺术的发展。

（二）文士之间"以文学友会"

建安以来，文人之间的诗文交往活动也日渐兴盛，展现了文士新的存在方式。魏晋时期，竹林七贤的交往名动一时。《世说新语·任诞篇》记载："陈留阮籍、谯国嵇康、河内山涛三人年皆相比，康年少亚之。预此契者，沛国刘伶、陈留阮咸、河内向秀、琅邪王戎。七人常集于竹林之下，肆意酣畅，故世谓竹林七贤。"他们率性而为，任诞放旷，充分展现出那个时代的名士风范。不过，七贤聚首的主要活动是清谈，谈论老庄思想，不以诗文交往为胜。西晋的"金谷诗会"和东晋的"兰亭雅集"是文士诗文交往活动的典型，都是山水游乐赋诗活动。"金谷诗会"参加者"凡三十人"，"兰亭雅集"二十六人赋诗，十五人不能赋诗。[1] 这是文士群体自由自在的活动，他们纵情于山水游乐，赋诗述怀。在这种欢聚交流

---

① （东晋）王羲之：《临河叙》，见（清）严可均《全晋文》，商务印书馆，1999，第258页。

中，士人回到生命的本真状态，诗成为士人群体情绪排遣的重要载体，一觞一咏中，传达出士人共同的生命体验，"感性命之不永，惧凋落之无期"（石崇《金谷诗序》），"向之所欣，俯仰之间，已为陈迹，犹不能不以之兴怀"（王羲之《三月三日兰亭诗序》）。士人们就是在这种群体的欢聚之中，实现了情感的宣泄和心灵的交融。

文士之间的诗文聚会活动在南北朝时期非常多。"（谢安）寓居会稽，与王羲之及高阳许询、桑门支遁游处，出则渔弋山水，入则言咏属文，无处世意。"① "元嘉五年，灵运既东还，与族弟惠连、东海何长瑜、颍川荀雍、泰山羊璿之，以文章赏会，共为山泽之游，时人谓之四友。"② "初，僧孺与乐安任昉遇竟陵王西邸，以文学友会。"③ "梁天监初，昉出守义兴，要溉、洽之郡，为山泽之游。昉还为御史中丞，后进皆宗之。时有彭城刘孝绰、刘苞、刘孺、吴郡陆倕、张率，陈郡殷芸，沛国刘显及溉、洽，车轨日至，号曰兰台聚。"④ 诗文交往成为文士日常生活的重要方面，文士们在交往中明确地体验到自己的生命存在。

（三）家族内部的文学赏会

魏晋南北朝是士族门阀盛行的时代，他们不仅在政治上占据重要地位，也引领着当时文化的发展。其时出现了很多家族文化群体如琅琊王氏、陈郡谢氏、吴郡陆氏、吴兴沈氏等。其在家族内部常常有文学赏会活动，以陈郡谢氏为例，东晋谢安常常举行诗文赏会，《世说新语》有两则记载：

> 谢太傅寒雪日内集，与儿女讲论文义，俄而雪骤，公欣然曰："白雪纷纷何所似？"兄子胡儿曰："撒盐空中差可拟。"兄女曰："未若柳絮因风起。"公大笑乐。（《言语篇》）
>
> 谢公因子弟集聚，问："毛诗何句最佳？"遏称曰："'昔我往矣，杨柳依依；今我来思，雨雪霏霏。'"公曰："'訏谟定命，远猷辰告。'"谓："此句偏有雅人深致。"（《文学篇》）

---

① （唐）房玄龄等：《晋书》，中华书局，1974，第2072页。
② （梁）沈约：《宋书》，中华书局，1974，第1774页。
③ （唐）姚思廉：《梁书》卷三十三，中华书局，1977，第154页。
④ （唐）李延寿：《南史》卷二十五《到彦之传》，中华书局，1975，第678页。

谢安常常与家族成员讲论文义，重视文学才华的培养和传承，这成为谢氏家族的重要文化传统，经过数代还在延续。谢氏家族中先后诞生了谢混、谢瞻、谢灵运、谢惠连、谢庄和谢朓等负有盛名的诗人。在谢氏家族的内部诗文聚会中，长辈还常用诗歌对后辈子弟进行规诫，《宋书》卷五十八《谢弘微传》记载：

> 混风格高峻，少所交纳，唯与族子灵运、瞻、曜、弘微并以文义赏会。尝共宴处，居在乌衣巷，故谓之乌衣之游。混五言诗所云"昔为乌衣游，戚戚皆亲侄"者也。……常云："阿远刚躁负气；阿客博而无检；曜恃才而持操不笃；晦自知而纳善不周，设复功济三才，终亦以此为恨；至如微子，吾无间然。"又云："微子异不伤物，同不害正，若年迨六十，必至公辅。"尝因酣宴之余，为韵语以奖劝灵运、瞻等曰："康乐诞通度，实有名家韵，若加绳染功，剖莹乃琼瑾。宣明体远识，颖达且沈俊，若能去方执，穆穆三才顺。阿多标独解，弱冠慕华胤，质胜诚无文，其尚又能峻。通远怀清悟，采采摽兰讯，直绻鲜不踬，抑用解偏吝。微子基微尚，无倦由慕蔺，勿轻一篑少，进往将千仞。数子勉之哉，风流由尔振，如不犯所知，此外无所慎。"灵运等并有诫厉之言，唯弘微独尽褒美。

"乌衣之游"的参与者都是家族成员，它既是诗文欢聚活动，同时也是家族子弟的文化教育活动。在文义赏会中，谢混作为长者对族内子弟逐一点评，指出他们气质禀性、行为操守方面的优缺点，重视培养名家风度和文学才华。颇具特色的是他还用韵语进行规诫勉励，深具家族传统风范，在传承家族文化的同时，增强家族群体的凝聚力。可以说谢氏家族赫赫声名的来源不仅是其政坛上的功绩，更突出的是其在文化上的重要影响。①

---

① 虽然东晋时谢安子侄立下彪炳功勋，但由于政权的纷争、更迭，谢氏子弟也多遭不幸，故出现逃离政治的倾向。如谢瞻警告谢晦："吾家以素退为业，不愿干预时事，交游不过亲朋，而汝遂势倾朝野，此岂门户之福邪？"（《宋书》卷五十六《谢晦传》）而文化传统的延续不绝使谢氏家族得以延续显赫。

三 唐代的诗歌交往活动

魏晋南北朝士人群体性的诗歌交往活动是士族贵族的文雅盛事，是"名士风流"的重要体现，体现了他们在文化上的优越性。唐代国力强盛，三教并行，思想多元，特别是以诗取士的进士制度，在官吏的选拔上打破了门阀士族的垄断地位，使寒门士子有了跻身政治上层的机会，从而改变了士人阶层的成分结构。诗歌交往的主体构成发生了重大变化，不再局限于士族贵族，而扩大到庶族士人。

以诗取士，催生出一个善于诗歌创作的文人队伍，诗歌交往群体快速扩大，中唐时人沈既济说，"及永淳（682—683 年）之后，太后君天下者二十余年，当时公卿百辟，无不以文章达，因循遂久，浸以成风"。① 宋王应麟《困学纪闻》云："唐以诗取士，钱起之《鼓瑟》，李肱之《霓裳》是也，故诗人多。"② 这个群体不重经史，尤重诗文，诗是士人的身份表征，士人常常通过诗赋来赢得其政治和社会地位，整个社会形成了学诗作诗的风尚。"上自王侯有土之君，下至武夫卒史缁流羽人伎女优伶之属，人人学诗。一篇之工播在人口，故诗人易以得名。"③ 可见，以诗取士形成了唐代诗人群体的文化特色，影响了社会的风尚。在唐代，诗歌交往是士人建立社会关系、博得社会声誉、获取功名的重要手段，也是文人士子日常交际应酬的重要方式。唐代士人的诗歌交往活动非常丰富，如干谒、漫游、侍从、宴集等。

（一）诗歌干谒

士人诗文交往的目的之一是博得声誉，求得引荐，夺取功名。在进士科考前后，士人往往参加很多诗文交往活动，其中就有干谒。

唐代虽然开放了士人的考试仕进之路，但唐初录取的名额非常有限，"其进士大抵千人，得第者百一二；明经倍之，得第者十一二。……开元以后，四海晏清，士无贤不肖，耻不以文章达。其应诏而举者，多则二千人，

---

① （唐）沈既济：《词科论》，《全唐文》，中华书局，1983，第 4868 页。
② （宋）王应麟著，（清）翁元圻等注《困学纪闻》，上海古籍出版社，2008，第 1938 页。
③ （明）黄淳耀：《闵裴村诗集序》，《陶庵全集》卷二，《文渊阁四库全书》第 1297 册，第 641 页。

少犹不减千人，所收百才有一"。① 因此，通过考试仕进之路非常艰难。同时，唐代科举考试不糊名，这就使主司不是完全根据考卷的情况来评定、取舍，还要参照士人平素的声名、权要的举荐、与主司的交谊以及各方面的关系。因此，士人要博取功名必须积极进行干谒活动，结交权要，以求得举荐。干谒活动主要是以诗歌投献，其中执贽谒见是主要的干谒形式。学界已有学者考证，执贽谒见是儒家传统礼仪中"士相见礼"的礼仪，它承载着儒家"礼"的文化精神，具有功利性和礼仪性的双重内涵。② 在执贽谒见活动中，有一种特定的行为叫"行卷"。《云麓漫钞》云："唐之举人，先借当世显人，以姓名达之主司，然后以所业投献；踰数日又投，谓之温卷，如《幽怪录》《传奇》等皆是也。盖此等文备众体，可以见史才、诗笔、议论。至进士则多以诗为贽，今有唐诗数百种行于世者是也。"③ 程千帆的《唐代进士行卷与文学》说："所谓行卷，就是应试的举子将自己的文学创作加以编辑，写成卷轴，在考试以前送呈当时在社会上、政治上和文坛上有地位的人，请求他们向主司即主持考试的礼部侍郎推荐，从而增加自己及第的希望的一种手段。"④ 干谒活动还盛行于进士后的铨选和入幕府荐举中，构成了唐代文士政治生活、日常生活的重要部分。

唐代许多著名诗人都有干谒的经历，李白有着"不屈己，不干人"的精神品格，但在现实面前也不得不"遍干诸侯"，"历抵卿相"（李白《与韩荆州书》）。杜甫《自京赴奉先县咏怀五百字》云："独耻事干谒"，但其《奉赠韦左丞丈二十二韵》却云："骑驴十三载，旅食京华春。朝扣富儿门，暮随肥马尘。"道出了干谒的屈辱。高适《行路难》："有才不肯学干谒，何用年年空读书。"白居易《见尹公亮新诗，偶赠绝句》："袖里新诗十首余，吟看句句是琼琚。如何持此将干谒，不及公卿一字书。"这些诗歌道出干谒之途的艰辛。

（二）漫游结交

文人在中进士之前外出漫游是其兼济天下的表现，除干谒请托、结交

---

① （唐）杜佑：《通典》，中华书局，1988，第 357 页。
② 王佺：《唐代文人执贽干谒现象研究》，《北京大学学报》2010 年第 2 期。
③ （宋）赵彦卫：《云麓漫钞》卷八，中华书局，1996，第 135 页。
④ 程千帆：《唐代进士行卷与文学》，上海古籍出版社，1980，第 3 页。

权贵之外，还可以见识风土人情、增长见识。士人在游历中进行诗文交往，结成深厚的友谊。如唐朝天宝三载（744），李白被赐金放还，归途中在洛阳遇到了杜甫，二人相携同游，至汴州，逢高适，三人同游梁园，饮酒赋诗。后来，李白、杜甫与高适告别，还一同游了任城和兖州，成为诗歌史上的一件盛事。李白《梁园吟》《秋猎孟诸野》《鲁郡东石门送杜二甫》、高适《宋中》、杜甫《与李十二同寻范十隐居》《赠李白》等诗篇都记录了这段游历。

（三）宫廷侍从

胡震亨《唐音癸签》云："有唐吟业之盛，导源有自。文皇英姿间出，表丽缛于先程。玄宗材艺兼该，通风婉于时格。是用古体再变，律调一新；朝野景从，谣习浸广。重以德、宣诸主，天藻并工，赓歌时继。上好下甚，风偃化移，固宜于喁遍于群伦，爽籁袭于异代矣。"① 唐代帝王爱好文学，多有诗作，常常与文士酬和，导致了宫廷诗风的盛行，文士应景作诗，充当诗歌侍从，对诗歌的发展起了重要的引导和提倡作用。关于唐代帝王与群下赓唱的情况，《唐音癸签》进行了统计："历朝诸帝，与群下赓唱篇目，正史不概具，今从实录、会要、类要、文馆、集贤、两京等记遗事，及册府元龟、玉海诸类书抄缀于后备考，用见风之本自上云。"明确地点出了应制赓歌之风本自皇帝提倡，胡氏对唐朝各帝王宴饮游玩赋诗的情况做了统计：高祖 2 次；太宗 7 次；高宗 4 次；中宗 35 次；玄宗 16 次；肃宗 1 次；德宗 6 次；文宗 3 次；宣宗 2 次（《唐音癸签》卷二十七）。帝王对诗歌的喜爱自此可见一斑。朝中众多文士参与应制赋诗，如太宗朝宫廷诗人群、中宗朝文馆学士群，都是充当宫廷诗歌侍从，大量创作应制诗。

（四）诗人宴集

唐人文士热衷于宴集。翻看《全唐诗》和《全唐文》就可以知道，游宴赋诗是唐代文人间非常流行的诗文活动。游宴继承了金谷宴游、兰亭雅集的传统，赋诗唱和，表现政治生活之外的士人群体接近山水、怡情悦性的共同旨趣。如王维与裴迪、崔兴宗的辋川游乐唱和。在诗文交往中还

---

① （明）胡震亨：《唐音癸签》，上海古籍出版社，1981，第 281 页。

逐渐产生了诗人群，中唐有两大著名的诗人群，即韩孟诗人群和元白诗人群。贾晋华的著作《唐代集会总集和诗人群研究》对唐代的诗人群做了大量的考证，如大历浙东诗人群、浙西诗人群、以白居易为首的闲适诗人群、襄阳诗人群、咸通苏州诗人群、韩孟诗人群、五代庐山诗人群等，从中反映了唐五代诗人诗歌交游的繁盛。

当然，诗人进行诗文交流群聚的方式很多，例如文人的祖饯、送别、曲江宴游等也是促成诗作大量产生的重要因素，无法一一列举。诗文交往也由礼乐活动逐渐演变，发展为文人的日常交往行为。西周、春秋时期的歌诗奏乐是礼乐文化活动，具有"别异""和同"的社会功效，魏晋南北朝时期，诗歌开始用于私人领域的交往，那是贵族之间的文雅交往。但是到了唐朝，随着政治权力对庶族士人的开放，诗歌被广泛应用，既可用于宫廷游宴、应制，也可用于干谒、请托求进、日常聚会交往。在此过程中，诗逐渐世俗化，成为流行于普通大众间的艺术方式，唐代盛传的"红叶题诗"故事即为生动例证。

四　诗歌交往的社会意义

魏晋南北朝的诗歌交往多为宫廷、贵族的群体诗歌交往活动，特别是宫廷的诗歌活动促进了交往诗歌创作的兴盛。到了唐代，诗歌交往已不限于贵族集团的雅致生活，而是广大文士日常生活交际的重要部分，具有丰富的社会意义。

（一）赋诗交往是士人的社会阶层确认和士人身份的自我定位

文士是社会中的一个特殊阶层，他们需要通过一定行为来确立自己在社会中的存在和位置。士人是社会中的知识阶层，是传统文化的传承者。传统文化的基础是礼乐文化，礼乐文化尚文。因此，"文"也是士人阶层的重要特征。士人"以文会友"可以说是周代礼乐文化在后代的印记。士人群体的赋诗交往活动彰显了这一社会阶层的存在，使士人阶层在社会中占据重要的位置，成为一支不可忽视的社会力量。赋诗交往也是文人确定自我社会身份的活动。人是社会中的人，每一个个体都不能离开特定的群体孤立存在。文士们通过赋诗交往，加入群体关系之中，跻身于文士阶层，这是对自我的定位。正因为如此，文士们要积极地参与交往赋诗活动。文士们通过将自己定位于文士阶层，可以共享这一群体各种共同的权力利益，特别是在以诗取士的社会背景下，文士的身份更是许多人努力的目标。

（二）赋诗交往也是场域内的竞争活动

构成交往场域的文士之间为了争夺有利的地位，常常相互竞争。在士人与君王的诗文交往领域，士人常常通过诗歌来获取统治者的青睐，这种竞争关系非常明显，前文已有所述。在文士之间的交往中，竞争关系也依然存在，往往是一种所谓"文友诗敌"的关系。士人常常通过诗歌活动凸显自己在这个群体中的地位，因此，文士们总是尽力展现自己的才华和能力，如杜甫云："语不惊人死不休。"白居易《刘白唱和集解》叙述了诗文竞争的心态："（予）戏微之云：'仆与足下，二十年来为文友诗敌，幸也，亦不幸也。吟咏情性，播扬名声，其适遗形，其乐忘老，幸也；然江南士女，语才子者，多云元白，以子之故，使仆不得独步于吴越间，此亦不幸也。'"① 正是通过诗歌的酬唱往来，白居易得以"播扬名声"，成为一代文坛宗主。这种诗歌创作对技巧、形式越来越重视。

（三）赋诗交往还是一种获取情感满足的活动

文士宴集赋诗往往是一种情感场域的活动，明人杨士奇《新正宴集诗序》云："朋友之交久，其于会遇，乐也；会而相契于心，相忘于物我，又乐也；如又有文焉，乐之至也。"② 赋诗交往可以陶冶性情，求得情感的满足。在中国这个伦理社会，人际关系、人伦情感对每一个个体来说都是非常重要的，人伦情感是人根本的情感需求。在亲情、爱情、友情三者中，亲情是天然的关系，爱情受礼教的束缚，而友情则需要积极主动地去建构，古代如此多的交往诗歌根源即在此。

第二节　"以文会友"的交往诗歌形态

"以文会友"交往场域的多样，交往关系的复杂，决定了交往诗歌的

---

① 《全唐文》，第 6920 页。
② （明）杨士奇：《东里集·续集》卷十五，《文渊阁四库全书》第 1238 册，第 562 页。

形态也丰富多样。魏晋南北朝以来,赠答、公宴、唱和、应制等新的诗歌形态相继产生,并且诗歌数量较大。唐代这类诗体的创作,特别是唱和诗的创作更是繁荣,其形式也繁富多样,并促使新的诗歌流派产生。

一 魏晋南北朝交往诗歌的兴起

诗歌因交往而作,用于人与人之间的交往,这是魏晋南北朝时期诗文创作的一大特色,这类作品在魏晋南北朝的诗歌作品中占很大比重。以《昭明太子文选》选录的各体诗歌统计为例,如表 6-1 所示。

表 6-1 《昭明太子文选》各体诗歌选录统计

单位:首,人

类别	杂诗	赠答	杂拟	乐府	行旅	游览	咏史	咏怀	公宴	哀伤	祖饯	游仙	补亡	挽歌	杂歌	招隐	献诗	述德	劝励	百一	反招隐	军旅	郊庙
作品数	93	72	63	40	36	23	21	19	14	13	8	8	6	5	4	3	3	2	2	1	1	1	1
作者数	27	24	10	10	11	11	9	3	13	9	7	2	1	3	4	2	2	1	2	1	1	1	1

从表 6-1 中可以看出,因人与人之交往而创作的诗歌主要有赠答、公宴、祖饯、献诗、劝励五类,其作品数量和作者数量都占相当大的比重。在其他类别的诗歌中也有不少因交往宴游而创作的,如"游览"类的《魏文帝芙蓉池作》《从游京口北固应诏》《颜延年应诏观北湖田收》《徐敬业古意酬到长史溉登琅琊城诗》等;"杂诗"类中有不少诗歌唱和之作,如《和伏武昌等孙权故城》《和王著作八公山》《和徐都曹》《和王主簿怨情》《沈休文和谢宣城》等。另外,根据逯钦立编《先秦汉魏晋南北朝诗》,唱和诗作在魏晋南北朝时期数量庞大,但《昭明太子文选》中却未将之归为一类,可见它在当时尚未引起足够的重视。从这些诗作涉及的诗人来看,以作品数量较多的赠答、公宴、祖饯三类为例:赠答诗所收诗人有王粲、刘桢、曹植、嵇康、司马彪、张华、何邵、陆机、潘岳、潘尼、傅咸、郭泰机、陆云、刘琨、卢谌、谢瞻、谢惠连、谢灵运、颜延之、王僧达、谢朓、陆厥、范云、任昉共二十四人;公宴诗所收诗人有曹植、王

粲、刘桢、应场、陆机、陆云、应贞、谢瞻、范晔、谢灵运、颜延之、丘迟、沈约共十三人；祖饯诗所收诗人曹植、孙楚、潘岳、谢瞻、谢灵运、谢朓、沈约共七人。建安以来卓有创作成就的诗人几乎都涉及交往诗歌的创作，可见这种赋诗交往促进了魏晋南北朝诗歌创作的巨大发展。

吴承学、何志军的《诗可以群——从魏晋南北朝诗歌创作形态考察其文学观念》一文指出，魏晋南北朝时期大量新起的诗歌创作形态反映出更为深层的文学倾向和风气——追求集体性、功利性与交际功能，充分地体现了儒家"诗可以群"的美学观念。① 这些新起的诗歌形态包括：唱和诗，赠答诗，公宴诗，应制、应令、应教、奉和、奉答诗，同题诗，分题或分韵诗，赋得诗，联句诗等。笔者据逯钦立辑校的《先秦汉魏晋南北朝诗》对魏晋及宋齐梁陈时期主要的交往诗歌做了统计，并参照现有的统计数据，列表如表 6-2 所示。

表 6-2　魏晋及宋齐梁陈时期交往诗歌创作情况统计

类别	时代						合计
	魏	晋	宋	齐	梁	陈	
赠答诗	47	466	67	21	220	17	838
唱和诗		9	18	106	282	26	441
公宴诗	36	75	36	58	193	26	424
祖饯及送别诗	10	39	24	19	105	21	218
应制、应诏、应令、应教诗		22	17	29	125	20	213
赋得体诗					48	68	116
联句诗		3	8	1	20	0	32

从表 6-2 中可以看出，通过诗歌进行的交往主要分为两类。一是文士之间的交往。这从大量的赠答、唱和、祖饯及送别诗作中可见一斑，其反映了那个时代文士之间的日常交往和审美人生，在交往中传达感情，沟通心灵，增进友谊，以审美的方式应对世俗人生，展现士族文人的高雅气度。

---

① 吴承学、何志军：《诗可以群——从魏晋南北朝诗歌创作形态考察其文学观念》，《中国社会科学》2001 年第 5 期。

二是文士与帝王公卿之间的交往。这从公宴诗，应制、应诏、应令、应教诗，赋得体诗等诗歌形态中充分表现出来。这些作品多为颂美诗歌、遵命诗歌，它们无须承担"上以风化下，下以风刺上"的重大使命，主要功用是润色鸿业，沟通君臣、臣僚之间的感情，故得到帝王们的提倡鼓励。如梁武帝对诗歌独有偏好，《梁书》卷三十三《刘孝绰传》记载："高祖雅好虫篆，时因宴幸，命沈约、任昉等言志赋诗。"正是帝王的提倡促进了诗歌创作的巨大发展。

交往诗歌具有应酬、审美娱乐功能，在群体性的诗歌创作中，文士们往往逞才争胜，不甘人后，这是一种竞技的游戏，在沟通感情时也促成了诗歌创作技巧的发展进步，推动了诗歌艺术性、审美性的提高。

二　唐代交往诗歌的繁荣

进入唐代，交往诗歌的创作进入了繁荣阶段。翻检《全唐诗》，从诗题来看，可以反映因交往、应酬活动而作的有应制、应诏、应教、应令、宴会（宴集）、赋得、赠（奉赠、寄赠、敬赠）、酬（奉酬、寄酬）、答（奉答、敬答、寄答）、寄、贻、赐、和（奉和、酬和、敬和）、送、饯、别、赋得、分韵、联句（柏梁体）、同题等，这些诗题或是标明了诗歌投赠的对象，或是标明了交往应酬诗歌的体式。这些交往应酬的诗歌文体大多在魏晋南北朝时期已经产生，而在唐代，这类诗歌的创作显然丰富得多，从诗题的关键词所添加的修饰词语，如"奉赠、寄赠、敬赠"可以看出，其交往的对象显得更多元化，交往的内容更加丰富，交往的目的和功用也更加复杂多样，涉及文人士子政治、经济以及个人生活多个方面，显然诗歌不再仅仅是上层政治生活的仪式，也不再仅仅是贵族高雅的艺术点缀，而是唐人日常生命活动的重要展现。从《全唐诗》的标题可以看出，这些诗歌创作占据着绝对主体的地位，再加上还有不少咏物诗、游戏诗、杂体诗等在标题上虽未显出，却是因友情、交往、应酬而创作的诗歌，可以说蔚为大观，在被誉为诗国高潮的唐代，这类诗歌有其独到的意义和地位。

应酬、交往诗歌发生在特定的交往场域中。按照交往场域的不同，可以将交往诗歌分成宫廷交往场域诗歌、士人干谒求仕场域诗歌、士人之间日常交往场域诗歌三个部分，由此展现为应制诗，干谒诗，宴会、酬唱、赠答、联句诗。

（一）应制诗

唐代特别是初唐帝王大多爱好诗歌，由于宫廷的引导，初唐时期应制诗歌发展走向繁荣。有学者统计，唐五代共有应制诗 770 首，其中初唐应制诗占 90%，① 包括宫廷饮宴、游幸、节日等应制之作。"初唐应制，千口一声。"② 历来对其的评价较为负面，但作为一种文化现象，它有自身的意义。唐代应制诗不是一味地颂圣、阿谀，它还表现了大唐气象、盛世情怀。同时，"游宴以兴其篇，奖赏以激其价"（胡震亨《唐音癸签》卷二十七），激烈竞争的创作场域，也能激发出诗人的创作才性，如宋之问"赋诗夺锦袍"③ 及其与沈佺期诗歌竞争的故事④即可为例证。另外，通过应制诗的创作实践，沈佺期、宋之问还完成了诗歌声律的规范化，这是对近体诗歌发展的重要贡献，唐人已经对其重要意义有了深刻的认识，如元稹《唐故工部员外郎杜君墓志铭序》指出："沈宋之流，研练精切，稳顺声势，谓之为律诗。由是而后，文体之变极焉。"⑤

应制诗创作于士人与宫廷之间的关系场域中，而且是发生在宫廷典礼的活动中，如朝会、岁时节日、宫廷宴会等。因此，应制诗歌必然具有典礼的仪式性、严肃性、规范性、雅洁性，无论对感情、语词还是形式都有一定要求，作者的表达必须符合场域中自己的身份地位。如葛立方《韵语阳秋》云："应制诗非他诗比，自是一家句法，大抵不出于典实富艳尔。"⑥ 应制诗歌的内容主要是颂美，它实际上充当了礼乐活动的符号，

① 程建虎：《文化资本的获取和转换——从另一角度观照初唐应制诗的嬗变》，《学术论坛》2006 年第 5 期。

② （清）贺裳：《载酒园诗话》，郭绍虞《清诗话续编》，上海古籍出版社，1983，第 304 页。

③ 《唐诗纪事》卷十一记载：武后游龙门，命群臣赋诗，先成者赐以锦袍，左史东方虬诗成，拜赐，坐未安，之问诗后成，文理兼美，左右莫不称善，乃夺锦袍赐之。

④ 《唐诗纪事》卷三记载：中宗正月晦日幸昆明池，赋诗，群臣应制百余篇。帐殿前结彩楼，命昭容选一首为新翻御制曲。从臣悉集其下，须臾纸落如飞，各认其名而怀之。既进，唯沈、宋二诗不下。又移时，一纸飞坠，竞取而观，乃沈诗也。及闻其评曰："二诗工力悉敌。沈诗落句云'微臣雕朽质，羞睹豫章材'，盖词气已竭。宋诗云'不愁明月尽，自有夜珠来'，犹陟健举。"沈乃伏，不敢复争。

⑤ 《唐故检校工部员外郎杜君墓志铭序》，《元稹集》，中华书局，1982，第 601 页。

⑥ （宋）葛立方：《韵语阳秋》，何文焕《历代诗话》，中华书局，1981，第 498 页。

以规范参与主体各自的权力、身份关系,直接营造、渲染出王朝的盛世氛围,彰显礼乐文章之盛,这本身就是盛世王朝的表现。

(二)干谒诗

干谒诗是唐代文士向当朝官僚、权贵请求引荐、擢拔的文本,在整个唐代都有创作,但相对来说,初盛唐时期干谒诗的创作更为繁盛。高宗永隆二年(681),以诗取士正式实行,干谒文本在初唐早期主要是骈文,到盛唐时期则普遍为诗歌;这一时期政治较为开明,科举制度、举荐制度、铨选制度都相对公正,这吸引着大量文士走上干谒之途,他们为求及第、入仕、转调、升迁、入幕而从事诗文干谒。从《全唐诗》诗题看,"(奉、敬)赠……""(奉)寄……""上……""(敬)献……""(奉)呈……"等表示谦卑、恭敬的词语,加上姓氏、官职表示投赠对象,这样就是特征比较明显的干谒诗。对于干谒诗的发展情况,学界有过统计,"初盛唐一百四十年间留下的干谒诗多达一百一十二首,涉及的诗人有二十六人。其中李白、杜甫、高适、储光羲的干谒诗数量较大。李白三十首,杜甫二十八首,高适十一首,储光羲十二首"。①虽然这一数据还是比较粗略,但可大致反映干谒诗创作的概况。安史之乱后,接踵而来的社会动乱、朋党之争以及吏治腐败,使士人逐渐失去仕进干政的信心和热情,同时在客观上也逐渐缺少公平引荐的机会,干谒诗的创造不复初、盛唐时代的繁荣。

以诗谒见是彰显士人文化身份、品性修养、艺术才能的重要方式,是一种高雅含蓄的交往。以诗干谒作为交流方式,是历史生成的,同时又是以诗取士的产物,是现实的需要。

在文士与权贵人士干谒交往的场域中,为了达到干谒的最佳效果,干谒诗的创作就应注意交往场域的各种关系,符合干谒主体的身份,对主体的意愿进行适当的表达。干谒诗歌的创作往往由投赠对象的身份、地位、品性以及干谒主体的目的需求所决定。干谒诗有一套固定的创作模式,即称颂投赠对象、展现己之才能或遭际、表达希望汲引之意。为求得当权人士的引荐,诗人小心翼翼地处理双方的关系,对投赠对象尽量称颂而不显

---

① 赵继红:《初盛唐干谒诗论》,硕士学位论文,陕西师范大学,2001,第11页。

阿谀，表现出尊敬、谦卑的态度，赞美其家世、官品、人品、交谊、诗才、知遇、高位、权势、战功等，根据不同对象的特点合理地把握颂扬的尺度。如"所不卖公器，动为苍生谋"（王维《献始兴公》），"谏官非不达，诗义早知名"（杜甫《敬赠郑谏议十韵》），"都尉朝天跃马归，香风吹人花乱飞。银鞍紫鞚照云日，左顾右盼生光辉"（李白《走笔赠独孤驸马》），"公族称王佐，朝经允帝求。本枝疆我李，盘石冠诸刘"（高适《奉酬睢阳李太守》）。这种称颂有时不免太过，如杜甫《奉赠鲜于京兆二十韵》称颂奸臣鲜于仲通"异才应间出，爽气必殊伦。始见张京兆，宜居汉近臣。骅骝开道路，雕鹗离风尘"。这种称颂就有太过阿谀攀附之嫌疑，钱谦益云："古人不轻谀人若此。"① 仇兆鳌则为其辩护："少陵之投京兆，邻于饿死。当时不得已而姑为权宜之计，后世宜谅其苦心，不可以宋儒出处深责唐人也。"② 可见，这种过度阿谀影响到后人对杜甫的评价。而在诗人表达自己时，往往展现出豪迈自信与沦落悲悯两个矛盾的方面。一方面，要获得青睐、举荐就必须展现自己的才能、操守、品格，表现出自信心。李白《上李邕》云："大鹏一日同风起，扶摇直上九万里。假令风歇时下来，犹能簸却沧溟水。"表现出极度的豪迈自信。杜甫《奉赠韦左丞丈二十二韵》云："甫昔少年日，早充观国宾。读书破万卷，下笔如有神。赋料扬雄敌，诗看子建亲。李邕求识面，王翰愿为邻。自谓颇挺出，立登要路津。致君尧舜上，再使风俗淳。"不免有自我吹嘘之嫌，也许在这一特定情境下，这是有必要的。另一方面，为了求得悲悯同情，表现仕进的紧迫，诗人在诗歌中常常表达求遇的艰辛、生活的困顿。如杜甫《敬赠郑谏议十韵》"野人宁得所，天意薄浮生。多病休儒服，冥搜信客旌。筑居仙缥缈，旅食岁峥嵘。使者求颜阖，诸公厌祢衡"着力铺排沦落之意，这既有可能是现实，也是一种表现的策略。诗歌最后的点题一般是含蓄表达希求汲引之志，孟浩然《望洞庭湖赠张丞相》云："欲济无舟楫，端居耻圣明。坐观垂钓者，徒有羡鱼情。"以隐喻的方式委婉地道出，不卑不亢，彰显自身人格。这种希望汲引的意图也往往借报国、为苍

---

① （清）仇兆鳌：《杜诗详注》，中华书局，1979，第144页。
② （清）仇兆鳌：《杜诗详注》，第144页。

生的名义托出,"借君驰沛艾,一战取云中"(沈佺期《骢马》),"应须救赵策,未肯弃侯嬴",(李白《赠升州王使君忠臣》)"迟尔为舟楫,相将济巨川"(孟浩然《洞庭湖寄阎九》),这符合《仪礼·士相见礼》"与大人言,言事君"的礼仪要求,同时也是诗人干谒的一个高明策略。

关于干谒诗的体裁选择,也是有讲究的。杜甫醉心于五排的创作,是因为五排诗体适合表现杜甫的才学能力,莫砺锋云:"杜甫的五排却十之七八是投赠之作……五排这种诗体既要求声韵、对偶的整齐和律,又要求词藻、典故的富丽精工,写作的难度要超过其他诗体,同时也就最适宜于表现作者的才学。而且五排形式严整,风格也随之较为庄严雄丽,最适宜用来歌功颂德。所以当杜甫要想以投献诗篇的方式得到达官贵人的赏识、汲引时,长篇的五排显然是最合适的诗体。"[①] 这种分析恰当地把握了杜甫的心理。由此也可以说明,诗歌体裁的选择也同样离不开干谒场域的制约。

(三)宴会、酬唱、赠答、联句诗

唐代文士之间的日常诗文交往活动频繁,各种宴集聚会有大量诗作,包括赠答诗、唱和诗、游宴诗、送别诗、联句诗、分韵诗、同题诗等。其中宴会或游宴诗、送别诗是就交往活动的内容而言的诗歌文体,赠答、唱和、联句等是就交往诗文表达方式而言的文体。当然在这两类之间有很多交集,例如宴会或游宴诗之中就包括了赠答、唱和、游宴、联句等,同时宴会诗中也有很多饯别之作。

唱和诗自魏晋南北朝时期开始兴起,陶渊明创作了第一首和诗,南朝宋时鲍照、江淹也有数篇和诗,但无多大影响。南朝齐时皇室形成接纳文士的风气,竟陵王萧子良开西邸,招文学,形成了以萧子良为核心的文人集团,文惠太子萧长懋、豫章王萧嶷、随郡王萧子隆也都曾大力招纳文士。这种因王室的招纳而形成的文人群体集体唱和,唱和诗大量出现。竟陵王西邸文士创作了不少唱和诗,唱和的形式除了一唱一和之外,还有其一,一唱多和,如萧子良作《登山望雷居士精舍,同沈右卫过刘先生墓下作》,谢朓、沈约、虞炎、柳恽都创作了《奉和竟陵王〈经刘瓛墓

---

① 莫砺锋:《杜甫评传》,南京大学出版社,1993,第 33 页。

下〉》与之唱和；其二，多唱一和，如范云、沈约、虞炎、刘绘、王融、萧琛、谢朓、江孝嗣、王常侍等饯别谢朓，作《饯谢文学离夜》，谢朓作《和别沈右率诸君》与他们进行唱和。南朝梁唱和诗数量众多，奉和帝王之作是这一时期唱和诗的主体，萧衍、萧统、萧纲、萧绎都大力招揽文士，举行诗文活动，臣僚奉和之作大量产生，奉和的内容多为与宫廷生活有关的侍宴、咏物、男女之情等。据赵以武《唱和诗研究》统计：萧梁时期"和诗粗计有一百七十余题首，是唐以前留下来的和诗总数的一半。……梁代诗作里原唱为萧衍父子四人而出现的和诗多达百余首，又占梁代和诗的大半"。① 南朝陈唱和诗数量较少。概而言之，魏晋南北朝时期，唱和诗的繁荣主要在宫廷。在皇帝公卿的倡导下，文士们积极参与唱和，即所谓奉和，这些作品占了这一时期唱和诗的主体地位，同时这种唱和活动更多的是发挥文士们文学侍从的作用。而此时文士之间的交往唱和尚不是很普遍，远不如同期的赠答诗。

唐初诗风沿袭六朝，亦有不少宫廷奉和之作，而文人之间的诗歌唱和到中晚唐时期才兴盛。首先，大量创作唱和诗的多为中晚唐诗人，赵以武统计了唐五代和诗数量前十名的诗人为：白居易、陆龟蒙、刘禹锡、皮日休、张说、权德舆、徐铉、元稹、韩愈、卢纶。可见绝大多数为中晚唐诗人。② 其中张说为盛唐诗人，其唱和作品多为奉和之作，非文士之间的唱和交流。其次，唱和酬答诗集大量出现。胡应麟《诗薮》云："唐人唱和寄赠，往往类集成编，然今传世绝少，以未经刊落，故尤难远。姑记其目于左：令狐楚《断金集》一卷，《元白倡和集》一卷，《三州倡和集》一卷，《许昌诗》一卷，《洛阳集》七卷，《彭阳倡和集》三卷，裴均《寿阳倡和集》一卷，《渚宫倡和集》二十卷，《岘山倡和集》八卷，《荆潭倡和集》一卷，《荆夔倡和集》一卷，《盛山倡和集》一卷，《刘白倡和集》三卷，《名公倡和集》二十卷，《汉上题襟集》十卷，《松陵集》十卷，《灵澈倡酬集》十卷，《广宣倡和集》一卷，《五僧诗》一卷，《僧中十哲集》一卷，《赠毛仙翁诗》一卷，《贺监归乡集》一卷，《浙东酬倡

---

① 赵以武：《唱和诗研究》，甘肃文化出版社，1997，第123页。
② 赵以武：《唱和诗研究》，第392页。

集》一卷,《白监东都诗》一卷。……至《通考》则仅存《汉上题襟集》
《松陵》数种。"① 可见唐代出现了大量的唱和诗集,惜已大量亡佚。最
后,唱和诗的体制也发生了重大的变化。魏晋南北朝的唱和诗是"和意
不和韵",这种趋势一直持续到初盛唐时期,大历以来开始发生变化,
"至大历中,李端、卢纶野寺病居酬答,始有次韵"。② 中唐时期,元白致
力于"和韵"而非"和意",元稹《上令狐相公诗启》云:"居易雅能为
诗,就中爱驱驾文字,穷极声韵,或为千言,或为五百言律诗,以相投
寄,小生自审不能有以过之,往往戏排旧韵,别创新词,名为次韵相酬,
盖欲以难相挑耳。"③ 张表臣《珊瑚钩诗话》云:"前人作诗,未始和韵。
自唐白乐天为杭州刺史,元微之为浙东观察,往来置邮筒倡和,始依韵,
而多至千言,少或百数十言,篇章甚富。"④ 和韵的方式有次韵(按照原
诗的韵和用韵的次序来和诗)、依韵(按原诗韵部和诗)、用韵(用原诗
的韵而不依次序)。这种诗歌创作迅速成为一种风尚,风靡一时,元稹
《白氏长庆集序》云:"予始与乐天同校秘书之名,多以诗章相赠答。会
予遣掾江陵,乐天犹在翰林,寄予百韵律诗及杂体,前后数十章。是后,
各佐江、通,复相酬寄。巴、蜀、江、楚间泊长安中少年,递相仿效,竞
作新词,自谓为'元和诗'。"⑤ 可见元白的酬答唱和之作在当时影响极
大,并促成一种新的诗歌流派"元和体"的形成和流行。晚唐皮日休、
陆龟蒙继承了这种和韵酬唱方式,到宋代更是大盛。后代不少诗论家都论
及此,贺裳《载酒园诗话》云:"古人和意不和韵,故篇什多佳。始于
元、白作俑,极于苏、黄助澜,遂成艺林业海。"⑥ 贺贻孙《诗筏》云:
"自元、白及皮、陆诸人以和韵为能事,至宋而始盛,至今踵之。"⑦ 宋代
唱和诗集更是数量众多,清人汪师韩《诗学纂闻》曰:"诗有数人唱和因

---

① (明)胡应麟:《诗薮》,上海古籍出版社,1958,第166页。
② (明)胡震亨:《唐音癸签》,第26页。
③ (唐)元稹:《上令狐相公诗启》,《全唐文》卷六百五十三,第6641—6642页。
④ (宋)张表臣:《珊瑚钩诗话》,何文焕《历代诗话》,第458页。
⑤ 《元稹集》,第554页。
⑥ (清)贺裳:《载酒园诗话》,郭绍虞《清诗话续编》,第282页。
⑦ (清)贺贻孙:《诗筏》,郭绍虞《清诗话续编》,第193页。

既而汇为一集者"，"宋以后尤不可胜数"。① 可见，诗歌唱和成为文人之间日常交往的重要方式。

联句诗也是唐代文人诗歌交往的重要形式，它是一种集体性创作的诗歌形态，由二人或多人共作一诗，连缀成篇。最早的联句诗，历史上普遍认为是汉武帝柏梁联句，刘勰《文心雕龙·明诗》云："回文所兴，则道原为始；联句共韵，则《柏梁》余制。"这也是学界普遍认同的观点。②"柏梁体"形式为每句七言，各联一句，共用一韵。这种"柏梁体"君臣联句一直受到后代帝王的效仿，成为宫廷雅事，如宋孝武帝《华林都亭曲水联句效柏梁体》、梁武帝《清暑殿联句柏梁体》、梁元帝《宴清言殿作柏梁体》。据《旧唐书》《唐诗纪事》等文献记载，唐代太宗、高宗、中宗、玄宗都曾与臣下效"柏梁体"君臣联句。因此，柏梁体联句是君臣交往的重要形式，是君王文雅盛事的表现。文人之间的联句创作，较早的有晋朝贾充《与妻李夫人联句》，六朝时期，有不少文人联句，且形式较"柏梁体"更为灵活，或联一句，或联两句，也有联四句且意思完整的。王士禛《带经堂诗话》卷一说："联句昔人各赋四句，分之自成绝句，合之乃为一篇，谢朓、范云、何逊、江革辈多有此体。"③ 唐代文人之间的联句创作兴盛，多为文人群体宴集时的游戏之作，《全唐诗》收录联句诗 140 首，《全唐诗补编》12 首。唐代联句形式多样，有古体、排律，有三言、四言、五言、七言，甚至有严维和鲍防等八人的《一字至九字诗联句》。联句作为集体创作，须才力均敌，方能浑成。如李东阳《麓堂诗话》云："联句诗，昔人谓才力相当者乃能作。"④ 赵翼《瓯北诗话》卷三说："盖昌黎本好为奇崛奡皇，而东野盘空硬语，妥帖排奡，趣尚略同，才力又相等，一旦相遇，遂不觉胶之投漆，相得无间，宜其倾倒之至也。今观诸联句诗，凡昌黎与东野联句，必字字争胜，不肯稍让；与他人联句，则平易近人。可知昌黎之于东野，实有资其相长之功。宋人疑

---

① （清）汪师韩：《诗学纂闻》，丁福保《清诗话》，上海古籍出版社，1978，第 442 页。
② 学界对联句的起源有多种不同的说法，总体而言，普遍认为始于汉武帝"柏梁联句"，笔者亦从此说。
③ （清）王士禛：《带经堂诗话》，人民文学出版社，1963，第 31 页。
④ （明）李东阳：《麓堂诗话》，丁福保《历代诗话续编》，中华书局，1983，第 1391 页。

联句诗多系韩改孟，黄山谷则谓韩何能改孟，乃孟改韩耳。此语虽未免过当，要之二人工力悉敌，实未易优劣。"① 赵翼此说是很有道理的。如果说元白次韵酬唱是元白诗派的典型表现，那么韩孟联句则体现了韩孟诗派典型的语体特征，即追求深险怪僻的语言表现。由于韩孟类似的艺术追求，他们达到了联句艺术的顶峰。清人方世举《兰丛诗话》云："韩、孟联句，是六朝以来联句所无者，无篇不奇，无韵不险，无出不扼抑人，无对不抵当住，真是国手对局。"文士之间的诗歌交往对中唐两大诗派的产生具有重大的影响作用。

当然文士之间的交往之作还有很多，如赠答诗、游宴诗、送别诗、咏物诗等，这些诗体都有相当大的数量，无法一一述说，它们和唱和诗、联句诗一起，贯穿着文士的日常交往生活，是文士们生命形态的生动展现。

第三节 "以文会友"的诗学意义

"君子以文会友，以友辅仁"（《论语·颜渊》），这是曾子对春秋以前礼乐用诗实践的概括总结。发源于礼乐用诗的"以文会友"传统在后世成为一种交往礼俗，是文士交往的基本形式和其生命活动的生动展现，也是古代诗歌生成的基本生态。魏晋南北朝以来，随着诗歌创作文人化、个体化的兴起，文士之间的诗文聚会活动纷纷出现，各种文人群体、诗歌流派和诗社在诗歌交往中不断涌现。同时，用于"以文会友"礼俗交往的诗歌形态如赠答、唱和、公宴、联句等竞相产生，大大丰富了诗歌的表达方式，扩大了诗歌的表现领域。浏览自六朝到清代的诗歌，可以清楚地发现，因交往而创作的诗歌作品数量巨大，占据着古代诗歌的主体地位。毫不夸张地说，正是"以文会友"的交往传统把诗歌创作推向繁荣，成就了中国古代的"诗国"盛况。这一诗歌交往传统蕴含深厚的民族文化底蕴，对其进行深入的审视，可以发现其独到的价值和意义。

---

① （清）赵翼：《瓯北诗话》，人民文学出版社，1963，第 29 页。

一 歌诗为礼

关于"以文会友",程树德《论语集释》引刘源渌《冷语》云:"文者,礼乐法度刑政纲纪之文。"① "文"是指礼乐制度的外在表现形态。《礼记·乐记》云:"屈伸俯仰,缀兆舒疾,乐之文也。""升降上下,周还裼袭,礼之文也。"可见"以文会友"是一种交往礼制。西周制礼作乐,以礼乐治国,用礼乐来规范贵族内部的等级秩序,协调人际关系,实现政治稳定和社会和谐。礼乐之"文"包括各种仪式、彝器、诗乐等。西周鼎盛时仪节形式繁富,《礼记·礼器》有"经礼三百,曲礼三千"之说。"以文会友"则是礼会交接的重要形式,是礼乐制度的实践形态,通过交往中礼乐之文的展现以区别亲疏、上下,和谐群体。春秋时期,公卿列士在朝聘、会盟、燕享中赋诗言志,以温婉含蓄、合乎礼仪的方式进行交往对话,从而促进邦交、增进团结、争夺外交利益。赋诗言志展现了公卿列士深厚的礼乐修养和雍容高雅的审美品格。

"以文会友"的礼乐交往蕴藏着深厚的思想内涵。中国传统思想追求社会的和谐有序,而交往互动是实现这一目的的重要方式。《彖传·泰》云:"'泰,小往大来,吉,亨',则是天地交而万物通也,上下交而其志同也。"自然界的生生不息在于各种事物之间的交相互通,人类社会的正常运行也需人与人之间的交往互动,交往是天地运行之常道,也是人伦纲常之道,因此,交往礼会具有形而上的意义。后世儒家士人不断强化交往的价值和意义:

> 夫交接者,人道之本始,纪纲之大要,名由之成,事由之立。②
> 入有父子兄弟之亲,出有君臣上下之谊,会聚相遇,则有耆老长幼之施,粲然有文以相接,欢然有恩以相爱。③
> 夫阴阳交,万物成;君臣交,邦国治;士庶交,德行光。同忧乐,共富贵,而友道备矣……交乃人伦之本务,王道之大义,非特

---

① 程树德:《论语集释》,第 878 页。
② (唐)欧阳询:《艺文类聚》,上海古籍出版社,1982,第 393 页。
③ 《汉书》,中华书局,1962,第 2516 页。

士友之志也。①

由此可见，传统文化重视群体关系的交融亲和，在儒家思想看来，人是处于特定伦理结构和社会系统之中的，离开了群体，脱离了君臣、父子、夫妇、兄弟、朋友关系，个人将无所依傍，殆如禽兽。如孔子云："鸟兽不可与同群。"（《论语·微子》）要保持群体的和谐稳定，群体内成员必须进行交往互动，通过交往强化伦理纲常，建立社会等级规范，维护社会的稳定和人际关系的和谐，沟通上下，经邦纬国。因此，交往是人的社会存在方式，"以文会友"正是通过礼乐之文的交往来实现儒家的社会理想的。

"以文会友"经历了从礼制到礼俗的变化，交往方式也由用《诗》以交往发展到作诗以交往。② 交往礼俗内蕴着传统的精神信仰、思维模式、价值观念和行为方式，这种礼俗作为文化模式，是士人群体共同遵守的行为范式，支配着士人的交往行为，促进了古代诗歌的发展繁荣。建安时期，邺下文人相聚"洒笔以成酣歌，和墨以藉谈笑"（《文心雕龙·诗序》）。东晋的"兰亭雅集"一直被传为佳话，成为后世文人效仿的典范。南朝刘宋时期谢氏家族的"乌衣之游"，齐梁时期的"西邸文会"都在当时产生了巨大影响。唐代的元白酬唱、韩孟联句，宋代的西昆酬唱、坡门酬唱都促成了诗歌流派的形成。宋明时期，诗社大量出现，文士的诗文交往日益密切。"以文会友"的交往礼俗还影响了诗歌创作形态的产生，魏晋南北朝以来兴起的宴饮诗、赠答诗、唱和诗、联句诗、送别诗都可追溯到传统的礼乐交往形态。宴饮诗源于西周春秋的燕享活动传统，赠答诗源于礼乐典礼的交往仪节，唱和诗、联句诗"其源远矣，自舜作歌，皋陶飏言赓载，及《柏梁联句》"。③ 送别诗与先秦临别赠言的传统相关。同时，"以文会友"的交往范围也不断扩大，拜访、干谒、酬谢、庆贺、吊丧、以诗代书等诗歌交往活动频繁。粗略浏览魏晋南北朝以来的历

---

① （魏）曹操、曹丕、曹植：《三曹集》，岳麓书社，1992，第 181 页。
② 《左传》中记载了赋诗造篇的情况，但这只是极少数，不是公卿列士诗歌交往的主要形式。
③ （宋）江少虞：《事实类苑·唱和联句》，《文渊阁四库全书》第 874 册，第 323 页。

朝诗歌，可以发现这类诗作数量巨大，作者众多，反映了古代文士"以文会友"的生动形态。"以文会友"的礼俗将庞大的文士群体纳入了一种共同的生命活动之中，从中可以窥见文士鲜活的生命存在。

"以文会友"的交往礼俗使诗歌创作呈现出应酬化特征，叶燮《原诗》云："建安、黄初之诗，乃有献酬、纪行、颂德诸体。遂开后世种种应酬等类。"① 随着唐宋以来士人阶层的扩大，"以文会友"扩大到庶族民间，"歌诗为礼"的应酬之风日益兴盛，一直到清代，应酬之风兴盛不衰，叶燮说："每见时人，一部集中，应酬居什九有余，他作什一不足。"② 钱锺书说："从六朝到清代这个长时期里，诗歌愈来愈变成社交的必需品，贺喜吊丧，迎来送往，都用得着，所谓'牵率应酬'。"③ 这种诗歌应酬其实就是中国传统诗礼风俗的典型表现，诗歌为交往礼仪而作，这种礼俗造就了诗人、诗歌的大量产生，促成了诗歌的繁荣。后人对诗歌应酬多有非议，朱庭珍在《筱园诗话》中云："诗家以不登应酬作为妙。此是正论。……所谓应酬者，或上高位，或投泛交，既无功德可颂，又无交情可言，徒以慕势希荣。逐利求知，屈意颂扬，违心诀媚，有文无情，多词少意，心浮而伪，志躁以卑。以及祝寿贺喜，述德感恩，谢馈赠，叙寒暄，征逐酒食，流连蒸游，题图赞像，和韵叠章。诸如此类，岂非词坛干进之媒，雅道趋炎之径。"④ 对应酬之作大加鞭挞。清人吴乔《围炉诗话》亦批评了明诗的应酬之风："诗坏于明，明诗又坏于应酬。"⑤ 但对应酬诗亦非一味贬斥，沈德潜《说诗晬语》说："应酬诗，前人亦不尽废也。然必所赠之人何人，所往之地何地，一一按切，而复以己之情性流露于中，自然可咏可歌。"⑥ 相对而言，叶燮的观点较为圆融，他说："应酬诗有时亦不得不作，虽是客料生活，然须见是我去应酬他，不是人人可将去应酬他者。如此，便于客中见主，不失自家体段，自然有性有情，非幕下客及捉刀人所得代为也。……抑他人之诗乎？若惩噎而废食，尽去应酬

---

① （清）叶燮：《原诗》，人民文学出版社，1979，第 4 页。
② （清）叶燮：《原诗》，第 69 页。
③ 钱锺书：《宋诗选注》，三联书店，2002，第 66 页。
④ （清）朱庭珍：《筱园诗话》，郭绍虞《清诗话续编》，第 2405—2406 页。
⑤ （清）吴乔：《围炉诗话》，郭绍虞《清诗话续编》，第 594 页。
⑥ （清）沈德潜：《说诗晬语》，人民文学出版社，1979，第 250 页。

诗不作，而卒不可去也。须知题是应酬，诗自我作，思过半矣。"① 叶燮注意到应酬诗创作的礼俗性和社会必要性，提倡应酬诗也要表现个性，要有真性情，在坚持"以文会友"的礼俗交往时，不放弃对诗艺的追求。总而言之，无论对诗歌应酬是褒是贬，它作为传统礼俗是中国古代一个独特的文化现象，表现了特定的文化模式、行为方式、道德精神和审美心理，直到今天还有影响。

二 缘情放言

权德舆《唐使君盛山唱和集序》云："士君子以文会友，缘情放言。"② "缘情放言"确实概括了"以文会友"的情感交流内涵。"情"在此是有特定意指的：一指人伦之情，二指群体欢聚娱乐之情。

第一，"以文会友"是人伦情感的交流融合。在"以文会友"的交往活动中，诗歌的赠答酬唱、交流往还只是"文"之表，而"文"之质则为人伦相交之道。宋人袁甫《经筵讲义》云："所谓文者，非词华之谓也。……所谓文者即道也，彝伦之懿，粲然相接者皆文也。"③ "文"的意义不在于华丽的文辞，而在于构建仁爱和谐的群体关系。儒家思想强调"以文会友，以友辅仁"，通过仁爱情感的相接，构建君臣、父子、夫妇、兄弟、朋友之间的亲和。而人伦关系的融洽贵乎真情，"五伦非情不亲，情之用大矣"。④ 人际交往应酬易，情投意合难。元人戴表元《城东倡和小序》云：

> 余少时学诗，诵夫子之说，曰可以兴，可以观，可以怨，易知也，至于可以群而难之。有老先生教余，汝他日当自解此，非可以言语悟也。盖自弱冠出游，至于今，阅历三纪，平生所过从延接贵贱浮沉贤愚聚散无虑千数，至是而始略知。夫交之难而尤未知群之难也，非群之道难于交，而交之可致不如群之不可致也。⑤

---

① （清）叶燮：《原诗》，第69页。
② 《全唐文》，第5001页。
③ （宋）袁甫：《蒙斋集》卷一，《文渊阁四库全书》第1175册，第336页。
④ （清）谢章铤：《赌棋山庄词话》，唐圭璋《词话丛编》，中华书局，1986，第3335页。
⑤ （元）戴表元：《剡源集》卷十，商务印书馆，1935，第157页。

戴氏指出了"交"与"群"的不同,"交"虽难犹可为,而"群"却"不可致"。"群"是指志趣相投的友朋之间同声相应、同气相求,这往往可遇而不可求。然而,诗歌发于内心,表达真实的性情,可以促进交往的深入,如宋祁《春集东园诗序》云:"会之难常,诗之可以群也。"① 诗歌是可以用来表现人伦之情的,与友朋的聚合觞咏、相知相契是诗歌重要的表现内容。"伐木丁丁,鸟鸣嘤嘤。出自幽谷,迁于乔木。嘤其鸣矣,求其友声。相彼鸟矣,犹求友声。矧伊人矣,不求友生?"(《诗经·小雅·伐木》),表现了对友情的热切追求。"良时不再至,离别在须臾。屏营衢路侧,执手野踟蹰"(《李陵与苏武诗》),苏李赠答诗表达了离别时的怅惘愁绪,动人心魄。唐代元白的诗歌唱和在朴素的语言中传达了两人之间深厚的感情。对于"以文会友"的情感互动,钟嵘《诗品序》曾云:

> 嘉会寄诗以亲,离群托诗以怨。至于楚臣去境,汉妾辞宫;或骨横朔野,魂逐飞蓬;或负戈外戍,杀气雄边;塞客衣单,孀闺泪尽;或士有解佩出朝,一去忘返;女有扬蛾入宠,再盼倾国。凡斯种种,感荡心灵,非陈诗何以展其义;非长歌何以骋其情?故曰:"诗可以群,可以怨。"

传统礼乐文化基于血缘亲情、宗法伦理以整合社会,群体是个体身心的归宿,是情感栖息之地。"嘉会寄诗以亲"表现了人们对亲情、友情的依赖,"离群托诗以怨"表现了"离群"的悲戚,从反面强调人与人之间对情感亲和的渴求。因此,诗歌交往是情感慰藉的重要方式。白居易《与元九书》亦云:"与足下小通则以诗相戒,小穷则以诗相勉,索居则以诗相慰,同处则以诗相娱。"② "以诗相戒""以诗相勉""以诗相慰""以诗相娱"涉及友朋交往的各个生活层面,洋溢于其中的是挚友间浓郁的情谊和相处的乐趣。霍松林在《唐音阁杂俎》中云:"中华民族有一个力图

---

① (宋)宋祁:《景文集》卷五,《文渊阁四库全书》第1088册,第46页。
② 《白居易集》,中华书局,1979,第965页。

搞好人与人之间各种关系的优良传统，反映在诗歌创作中，就出现了各种描写、歌咏各种人与人之间关系的优秀篇章，读这些诗篇，用孔子的话来表述，就是'可以群'，即有助于搞好人与人之间的关系。……诗是抒情的，有音乐性的，以音韵悠扬的诗章传达人与人之间的深情厚谊，最能感化人，使人的道德情操，精神境界变得愈美好。"① 这番话可以理解为"以友辅仁"的现代诠释。

第二，"以文会友"是文士群体的欢聚娱乐，体现了诗歌娱情的诗学美学观。西周春秋礼乐时代，"诗"归属于"乐"，"乐者，乐也"（《荀子·乐论》），"乐"具有娱乐、陶冶的美学功效，通过群体的欢娱维系群体的和谐。因此诗原本就有娱情的属性，如《诗经·小雅·鹿鸣》云："呦呦鹿鸣，食野之芩。我有嘉宾，鼓瑟鼓琴。鼓瑟鼓琴，和乐且湛。我有旨酒，以燕乐嘉宾之心。"表现了群臣宾客的欢聚宴饮之乐。周代典礼乐歌的演奏也具有浓厚的娱乐成分，如《仪礼·乡饮酒礼》正歌的演奏包括：工歌《鹿鸣》《四牡》《皇皇者华》，笙奏《南陔》《白华》《华黍》，间歌《鱼丽》，笙《由庚》；歌《南有嘉鱼》；笙《崇丘》；歌《南山有台》，笙《由仪》；合乐《关雎》《葛覃》《卷耳》《鹊巢》《采蘩》《采苹》。正歌之后，尚有无算乐。这种举行礼仪活动时的大型歌唱特别是仪式之后的"无算乐"，具有强烈的娱乐色彩。群体欢聚娱乐只要"乐而不淫"，限定在等级制度允许的范围之内，便符合礼的原则。诗歌交往娱情的观念在后世不断发展，建安文士"每至觞酌流行，丝竹并奏，酒酣耳热，仰而赋诗"。② 兰亭雅集"一觞一咏，亦足以畅叙幽情"。③ 到了唐宋时代，士人阶层扩大，交游增多，群体娱乐赋诗活动则更为普遍，从文籍中大量的宴游诗、宴游诗序就可见一斑。杨炯《李舍人山亭诗序》云："唯谈笑可以遣平生，唯文词可以陈心赏。"④ 元结《刘侍御月夜宴会序》亦云："日昔相会，第欢远游，始与诸公待月而笑语，竟与诸公爱月而欢醉，咏歌夜

---

① 霍松林：《唐音阁杂俎》，上海书店出版社，2000，第252页。
② （魏）曹操、曹丕、曹植：《三曹集》，第161页。
③ （清）严可均：《全晋文》，第258页。
④ 《杨炯集》，中华书局，1980，第43页。

久，赋诗言怀。"① 友朋相娱咏歌娱乐，在群体的欢愉中纾解心情，求得内心的释放，这是"以文会友"的重要功能。

"以文会友"娱情诗学观的另一个表现是"以诗为戏"，将诗歌创作作为文士间的游戏之事，诗歌创作呈现出竞技化、游戏化的倾向。在立意、构思、用词上，或戏谑，或求奇求怪，险语迭出；在诗歌形式方面，联句押险韵，长篇唱和次韵，各种杂体诗亦迭相出现。清人贺贻孙《诗筏》云："自元、白及皮、陆诸人以和韵为能事，至宋而始盛，至今踵之。而皮日休、陆龟蒙更有药名、古人名、县名诸诗。又有离合体，谓以字相拆合成文也。有反复体，谓反复读之，皆成文也。有叠韵体，如皮诗所谓'穿烟泉潺湲，触竹犊觳觫'是也。有双声体，皮诗所谓'疏杉低通滩'之类是也。有风人体，皮诗所谓'江上秋风起，从来浪得名。送风犹挂席，苦不会帆情'是也……"② 贺氏概括了古代"以诗为戏"的诗歌创作现象。韩愈《重答张籍书》云："昔者夫子犹有所戏。《诗》不云乎：'善戏谑兮，不为虐兮。'《记》曰：'张而不弛，文武不为也。'恶害于道哉？"③ 韩愈认为"以诗为戏"素有传统，并不违道，有其存在的合理性。欧阳修《礼部唱和诗序》云："所谓群居燕处言谈之文，亦所以宣其底滞而忘其倦怠也。故其为言易而近，择而不精。然绸缪反复，若断若续，而时发于奇怪，杂以恢嘲笑谑，及其至也，往往亦造于精微。夫君子之博取于人者，虽滑稽鄙俚尤或不遗，而况于诗乎。"④ 诗歌恢嘲笑谑，虽为笔墨游戏，亦可以解闷忘倦，满足生命本体的需要。从韩、欧的说辞中可见，"以诗为戏"是人性的需要，可以在游戏中促进群体的融洽和谐，这是古代流行的诗学观念。

三 "群"而可"兴"

"以文会友"的诗歌交往活动中，产生了许多情感真挚动人的诗歌。"劝君更尽一杯酒，西出阳关无故人"，"孤帆远影碧空尽，唯见长江天际

---

① 《元次山集》，世界书局，1992，第37页。
② （清）贺贻孙：《诗筏》，郭绍虞《清诗话续编》，第193页。
③ 《韩昌黎文集校注》，上海古籍出版社，1986，第136页。
④ 《欧阳修全集》卷四十一，中华书局，2001，第597页。

流",曾经感染了多少人。亲人、朋友相濡以沫,情投意合,是士人孜孜以求的"群"的境界,它往往容易触发文士的诗思诗情,概而言之即"群"而可"兴"①,即人与人之间的相契相知是促使审美体验感发、激发创作动力的重要因素。

关于审美体验的感发,古代诗学史上有多种观点。第一,感物说,认为艺术的发生是人的心灵受外物的感荡激发而触发审美体验。《礼记·乐记》、钟嵘《诗品·序》、刘勰《文心雕龙·物色》都阐述了这种观点。第二,山川之感召,《文心雕龙·物色》云:"若乃山林皋壤,实文思之奥府,略语则阙,详说则繁。然屈平所以能洞监风骚之情者,抑亦江山之助乎!"这其实是感物说的一个方面。后来还有不少诗人强调这一观点,如王勃《入蜀纪行诗序》说:"烟霞为朝夕之资,风月得林泉之助。嗟乎!山川之感召多矣,余能无情哉!"② 陆游《偶读旧稿有感》亦云:"挥毫当得江山助,不到潇湘岂有诗。"第三,感于哀乐,缘事而发,这是班固总结汉乐府民歌而提出的诗学主张。这些观点在诗学研究中一直占据着重要地位,然而"群"而可"兴"这一主张古人屡有言及,但似乎不为人所注意,今人也甚少言及,但其对古代诗歌创作的繁荣却具有重要意义。其内涵包括两个方面。

第一,审美体验感发"必须人以成之"。诗人因友朋间志同道合、才艺均敌而激发创作欲望。钟嵘《诗品》提到一个故事:"《谢氏家录》云:康乐每对惠连,辄得佳语。后在永嘉西堂,思诗竟日不就。寤寐间,忽遇惠连,即成'池塘生春草'。故尝云:'此语有神助,非我语也。'"③ 元白酬唱,白居易"爱驱驾文字,穷极声韵",元稹则"戏排旧韵,别创新词"以相敌。④ 陈寅恪说:"(元白)二公之于所极意之作,其经营下笔时,皆有其诗友或诗敌之作品在心目中,仿效改创,从同立异,以求超

① "兴"的内涵相当丰富,本书取其"兴发""兴会"之意,类于今人所谓审美体验,具体参见陶水平教授《王夫之"兴观群怨"的美学阐释》一文,《南昌大学学报》2000年第2期。
② 《王子安集》,上海古籍出版社,1992,第32页。
③ (南朝)钟嵘:《诗品》,人民文学出版社,1980,第46页。
④ 《全唐文》,第6641页。

胜，决非广泛交际率尔酬唱所为也。"① 俞场评《晚秋郾城夜会联句》亦
云："昌黎与东野联句，多以奇峻争高，而此篇独典赡和平，诚各因人而
应之也。亦可见公才大之处矣。"② 这些事例说明，审美体验的感发与交
往对象有着紧密的关联。皮日休《松陵集序》云："词之作，固不能独
善，必须人以成之。"③ 皮氏提出了一个重要的诗学命题。为何如此？钱
锺书认为："盖文人苦独唱之岑寂，乐同声之应和，以资标榜而得陪衬，
故中材下驷，亦许其齐名忝窃。白傅中微之，适所以自增重耳。"④ 这种
看法有一定道理，但似乎有些片面。实际上，主体的审美体验常常容易被
交往对象激活，在面对才力相敌的对手时，交往对象所发出的审美信息及
其所具有的美感兴发感动力量，激发了审美主体调动自己的全部经验、意
志、意识、情感去应对交往对象的挑战，在紧张的交锋中诗思兴发。

第二，友朋交流的情感流荡触发了审美体验的发生。交往宴集、诗酒
酬酢、饯送赠答是文士生命活动的重要组成部分，洋溢于其中的是浓郁的
亲情、友情、欢情，是内在心绪的交融，这种因交往互动而产生的情感氛
围与审美主体内在的情感经验相遇合，进而产生审美体验。晋人郑丰说：
"情欢心至，故作是诗焉。"⑤ 即由交往的情感激荡而产生审美体验和创作
欲望。清初姜宸英《陈集生诗序》对交往场域审美体验的感发有所阐述：

> 文章之道，古人虽谓有得于江山之助者，而朋友往来，意气之所
> 感激，其入人也更深。子所见于三百篇者如"风雨凄凄，鸡鸣不
> 已"，"中心好之，曷饮食之"之类，其言皆至深婉，足以发人之性
> 情而动作者之思。……本之于意气之盛而发之为和平之音，殆近于孔
> 子之所谓可以群者也。⑥

姜宸英认为"朋友往来，意气之所感激，其入人也更深"，友朋亲人交往

① 陈寅恪：《元白诗笺证稿》，三联书店，2001，第309页。
② 钱仲联：《韩昌黎诗系年集释》，上海古籍出版社，1984，第1063页。
③ 《全唐文》，第8352页。
④ 钱锺书：《谈艺录》，中华书局，1984，第171页。
⑤ （清）严可均：《全晋文》，第1154页。
⑥ （清）姜宸英：《湛园集》卷一，《文渊阁四库全书》第1323册，第627页。

互动，交往场域的情绪、气氛与审美主体的审美情感、审美理想、审美心境产生高度的融合，使心灵受到震撼和洗涤，产生美感效应，这种观点是符合"以文会友"的交往实践的。

"群"而可"兴"的诗学观从生命本体活动的角度进行阐发，又具有深厚的民族文化底蕴。群体的欢娱交融是生命本体的重要追求，重视亲情、友情，重视人际交往和群体和谐，这些都是中国人的集体无意识，是生命底层原始的经验。因此，"群"而可"兴"是深层审美经验的感发，具有入人心髓的审美感染力。

第七章

“诗可以群”诗学传统的理论流变

先秦儒家学说建立在礼乐文化基础上，在对礼乐文化的整理、提炼中进行阐释。“诗可以群”诗学观彰显了传统礼乐文化的价值精神，重视《诗》对个人道德合群境界的实现，重视社会的道德整合。这一命题提升了《诗》的价值和权威，使其走向经典化、学术化。后世儒家士人沿着先秦儒家开辟的诗学路径继续前进，将对《诗》的研究与对社会群体关系的建构相结合，促进了《诗经》学的发展繁荣，并不断给“诗可以群”诗学理论注入新的意义。这种发展历程从汉代一直到清代，历久不衰、绵延不绝，形成了政教交往论、道德交往论、情感交往论三种发展流变路径。

第一节 “诗可以群”政教交往论的发展流变

汉代大一统的专制政权需要有统一的思想形态与之相应。在为封建专制政权的合法性进行言说时，儒家思想逐渐占据了主流。先秦的礼乐文化文献“六经”是儒家思想的范本，在汉初的社会思想建构语境中，“六经”在“焚书”之后，又进入了研究的视野，并迅速发展。董仲舒的“大一统”“天人感应”理论，建立了封建专制的思想理论基础，如此，儒家思想上升为官方学说。汉武帝采纳董仲舒建议，罢黜百家，独尊儒术，立五经博士，使经学研究走向繁荣。汉代传《诗》分今文经学齐、鲁、韩三家和古文毛诗经学。汉武帝时，三家诗成为官学，声势盛大。东汉时今文经学逐渐衰弱，古文毛诗经学兴起，至东汉末，儒学大师郑玄以古文经学为宗，兼采今文之说，综合两派，古文、今文逐渐走向融合。关于三家诗,《汉书·艺文志》云:"汉兴,鲁申公为《诗》训故,而齐辕固、燕韩生皆为之传。或取《春秋》,采杂说,咸非其本义。与不得已,鲁最为近之。三家皆列于学官。"《史记·儒林传》记载:"韩生推诗之意而为内外传数万言,其语颇与齐鲁间殊,然其归一也。""申公独以诗经为训以教,无传。"而毛诗一家的解《诗》著作是《毛诗诂训传》,孔颖达云:"诂训者,通古今之异辞,辨物之形貌。"① 汉代鲁、齐、韩、毛四家《诗》,诠释路数各有差别,今文经学用汉代通行的隶书写定,注重阐发微言大义,班固已经指出"咸非其本义"。古文经学用六国文字写成,注重名物训诂,但是也有许多穿凿附会的地方。实际上,汉代经学是对思想的建构,经学的发展是经学家发挥自己政治、道德学说的过程。他们皓首穷经的目的是将《诗经》话语转化为政治话语,将《诗》的政治规范意义具体化,为政治意识形态服务。在汉代经学思想发展的语境中,儒家"诗可以群"的诗学思想具有了新的内涵。

一 "群"的政治交往内涵

先秦时期,"群"多指士人君子的道德融合。荀子"群"的思想更突出群治内涵,注重以礼法规范社会秩序,实现社会整合,这与战国后期社会渴望统一的思想一致。汉代"群"的思想继承了荀子的学说,在大一统的时代,儒家士人积极探索有效的政治统治方式,实现社会思想的整合。汉人常用"群"来解释"君":

君者,群也。(贾谊《新书·大政下》)

王者,民之所往,君者,不失其群者也。故能使万民往之,而得天下之群者,无敌于天下。(董仲舒《春秋繁露·灭国上第七》)

道者何也?曰:君之所道也,君者何也?曰:群也。(《韩诗外传》卷五)

---

① 《毛诗正义》,《十三经注疏》,第 269 页。

　　君，群也，下之所归心。（《白虎通德论·三纲六纪》）

"群"被界定在"君"与"民"之间，具有政治统御的意义。"群"的主导是"君"，"君"的职责是得天下之群，以君权为核心，建立起维护政治统治的意识形态，整合万民。因此，汉代士人的"群"是一个政治概念。作为最高统治者的封建君主，其统治目的就是"群"，这是上天赋予他的使命。

　　在对"群"的思想探索中，儒家士人着重对君权的合法性进行论述。他们将君、臣、民之间的政治序列比附于血缘关系伦理，突出了专制皇权先验的权威。董仲舒是使儒家学说成为国家意识形态的关键人物，其治《春秋》讲大一统，其"天人感应"学说为政治权力、统治秩序找到了宇宙论依据。董仲舒从天人关系的角度来诠释人间秩序，"天者，万物之祖，万物非天不生"。[1] "天者，百神之君也，王者之所最尊也。"[2] 天不仅为自然万物之本原，而且是宇宙所有秩序之终极依据。"君者，元也；君者，原也；君者，权也；君者，温也；君者，群也。"[3] "天子受命于天，诸侯受命于天子，子受命于父，臣妾受命于君，妻受命于夫，诸所受命者，其尊皆天也，虽谓受命于天亦可。"[4] 这些说法赋予君主在人间的绝对权威地位，"君"是社会之始，上下、尊卑等级关系都是天然的。董仲舒还规定了上下、尊卑的等级伦理，即孝敬忠信，"故号为天子者，宜视天如父，事天以孝道也；号为诸侯者，宜谨视所候奉之天子也；号为大夫者，宜厚其忠信，敦其礼义，使善大于匹夫之义，足以化也；士者，事也，民者，瞑也；士不及化，可使守事从上而已"。[5] 董仲舒将等级伦理宗法化，将政治关系比附宗法关系，解决了非血缘关系等级秩序的合理性问题。董仲舒在确定君权的绝对权威时，又以"天"对君权进行节制，"屈民而伸君，屈君而伸天"。[6] 上天会监督君主的统治，以祥瑞或灾异传

---

[1]　（清）苏舆：《春秋繁露义证》，中华书局，1992，第 410 页。
[2]　（清）苏舆：《春秋繁露义证》，第 402 页。
[3]　（清）苏舆：《春秋繁露义证》，第 290 页。
[4]　（清）苏舆：《春秋繁露义证》，第 413 页。
[5]　（清）苏舆：《春秋繁露义证》，第 286 页。
[6]　（清）苏舆：《春秋繁露义证》，第 32 页。

达。上天的本质是仁义,为人君者,其法应该取象于天,依据上天旨意而行事,施行仁义。董仲舒将儒家仁爱思想上升到宇宙论的层次,认为社会统治乃是"仁"的化育,并以此作为君主的专制伦理。

儒家士人通过为君主专制统治的辩护,使其学说从私学上升到官学,促使经学兴起,儒学成为汉代的主流意识形态。儒家士人则凭借其言说成为君民上下沟通的中间人。

二 《诗经》的意识形态权威内涵

儒家士人积极参与汉代大一统的政治和意识形态建构,这种建构首先表现为确立一套思想体系,使之成为政治、社会整合的思想原则,而以《诗经》为代表的先秦文献正是士人进行思想言说的重要资源。为了确立言说的有效性,士人对言说所依据的文本进行了改造,将它们作为绝对真理,赋予它们至高无上的思想权威。将《诗》经典化是先秦儒家的言说传统,孔子以"思无邪"说《诗》,孟子言《诗》为"王者之迹"。荀子将《诗》称为"先王之道",突出了《诗》的政治功能,强化了《诗》的经典地位。汉代士人继承了先秦以来的传统,将《诗》的经典化推向了极致。在他们看来,《诗》《书》《礼》《乐》乃圣人之道、天道之体现,具有无可置疑的正确性。

> 《诗》《书》《礼》《乐》,为得其所,乃天道之所立,大义之所行也。(陆贾《新语·道基》)

> 经所以有五,何?经,常也。有五常之道,故曰五经。《乐》仁,《书》义,《礼》礼,《易》智,《诗》信也。人情有五性,怀五常,不能自成,是以圣人象天五常之道而明之,以教人成其德也。(《白虎通·五经》)

> 六艺者,王教之典籍,先圣所以明天道、正人伦、致至治之成法也。(《汉书·儒林传》)

在汉儒看来，六经之道同归，它们都是由先圣体会天道而立，其中所蕴含的人伦秩序、道德规范是天经地义的。这一论述将人间的统治秩序比附天道，使天道成为统治秩序的终极依据，从而树立政治统治的合法性、权威性，使儒学成为官方的意识形态。在儒家士人的论述中，天道蕴含了道德仁义等伦理价值，"仁之美者在于天。天，仁也。天覆育万物，既化而生之，有养而成之，事功无已，终而复始，凡举归之以奉人。察于天之意，无穷极之仁也"。① 故《诗》所表达的伦理道德也正是天道，陆贾云："《诗》以仁义存亡。"② 贾谊云："《诗》者，志德之理。"③ 董仲舒云："诗书序其志，礼乐纯其美。"④ 这些论述都强调了《诗经》思想的纯正性和政治权威性。

上述言说将儒家伦理道德确定为基本的政治思想，但这毕竟是笼统的，还应该将它具体化，使之有更明确的现实指导意义。为适应这种需要，汉代经学迅速发展起来。在汉代，《诗经》成为政治文本、政治工具，它可以起到社会思想整合的作用。对士人来说，治经又是禄利之途。班固云："自武帝立五经博士，开弟子员，设科射策，劝以官禄，迄于元始，百有余年，传业者浸盛，枝叶蕃滋，一经说至百余万言，大师众至千余人，盖禄利之路使然也。"⑤ 君主通过对士人的诱使，反过来又促进了经学的发展，强化了意识形态的作用。董仲舒说："《诗》为天下法。"在汉代，《诗经》确实成为政治社会生活的一把标尺，它可以被当作谏书，可以用来决狱，可以用于占卜，⑥《诗经》的实用化色彩非常浓厚，它是汉代政治社会生活的规范，从而发挥对政治的干预作用。

---

① （清）苏舆：《春秋繁露义证》，第 329 页。
② （汉）陆贾著，王利器注《新语校注》，中华书局，1986，第 30 页。
③ 阎振益、钟夏：《新书校注》，中华书局，2000，第 327 页。
④ （清）苏舆：《春秋繁露义证》，第 35 页。
⑤ 《汉书·儒林传》。
⑥ 关于以《诗经》为谏书，以《诗经》决狱，《汉书·儒林传》记载："昭帝崩，昌邑王嗣立，以行淫乱废，昌邑群臣皆下狱诛，唯中尉王吉、郎中令龚遂以数谏减死论。式系狱当死，治事使者责问曰：'师何以亡谏书？'式对曰：'臣以诗三百五篇朝夕授王，至于忠臣孝子之篇，未尝不为王反复诵之也；至于危亡失道之君，未尝不流涕为王深陈之也。臣以三百五篇谏，是以亡谏书。'使者以闻，亦得减死论。"关于《诗》用于占卜，《汉书·眭两夏侯京翼李传第四十五》翼奉云："臣奉窃学齐诗，闻五际之要十月之交篇，知日蚀地震之效昭然可明，犹巢居知风，穴处知雨，亦不足多，适所习耳。"

三　君臣上下政治沟通诗学

在经学化的语境中，汉代诗学非常强调诗与政治的密切关系。《毛诗序》是古代诗学中已经具有理论形态的文献，其对诗的理论阐释影响了中国诗学和文学的发展方向。《毛诗序》对诗沟通君臣上下的功用做了充分的言说。主要包括两方面。

（一）风教

《毛诗序》开篇明义："《关雎》，后妃之德也，风之始也，所以风天下而正夫妇也。故用之乡人焉，用之邦国焉。风，风也，教也，风以动之，教以化之。"这种政治教化作用具体体现在"经夫妇，成孝敬，厚人伦，美教化，移风俗"。关于《诗》的功用，先秦时期有很多阐释，但目的都是在道德教育、人格修身层面，如孔子云："《诗》，一言以蔽之，思无邪。"朱熹注为："使人得其情性之正而已。"① 《礼记·经解》也有表述："温柔敦厚，《诗》教也。"孔颖达解释："温，谓颜色温润；柔，谓情性和柔。"② 而"风天下所以正夫妇也"，"风"直接是政治教化的工具，伦理道德直接就成了政治原则，成为评判的政治标准和沟通的准则。"上以风化下"，则是君主以《诗》为国家意识形态来强化自己的政治统治。

（二）美刺

这是臣对君，下对上的沟通。"美"即颂美，《毛诗序》云："颂者，美盛德之形容，以其成功告于神明者也。"孔颖达曰："作颂者美盛德之形容，则天子政教有形容也。可美之形容，正谓道教周备也，故《颂谱》云：'天子之德，光被四表，格于上下，无不覆焘，无不持载。'"③ 孔氏从政教的角度解释"颂美"之义，符合《毛诗序》原意，而通过颂美树立帝王的权威，体现了士人对君权的趋附。清人程廷祚说："夫先王之世，君臣上下有如一体。故君上有令德令誉，则臣下相与诗歌以美之。非贡谀也，实爱其君有是令德令誉而欣豫之情发于不容已也。或于颂美之

---

① （宋）朱熹：《四书章句集注》，第 53 页。
② 《礼记正义》，《十三经注疏》，第 1609 页。
③ 《毛诗正义》，《十三经注疏》，第 271 页。

中，时寓规谏，忠爱之至也。"① 因此，"颂美"体现的是君臣关系比较和谐的状态，士人依附于君权。至于"刺""主文而谲谏"是君臣上下处于不和谐状态下的沟通，是臣子对君王的规谏、批评。它反映了儒家士人力图建立与帝王沟通的渠道，对君权进行约束，以保持自己为帝王师的地位，同时又能够扮演为民请命的角色，以构建儒家士人的政治活动空间，坚持自己的理想和价值。但如此则易使士人与君主的关系处于紧张状态，因此《毛诗序》在沟通技巧上做出调整，提出"主文而谲谏，言之者无罪，闻之者足以戒"。郑玄笺释"主文，主与乐之宫商相应也，谲谏，咏歌依违，不直谏也"。② "主文而谲谏"意为以诗讽谏要注意君臣上下的关系，要做到含蓄委婉、情感不直露。孔颖达做了进一步解释，"依违谲谏，不直言君之过失，故言之者无罪，人君不怒其作主而罪戮之，闻之者足以戒，人君自知其过而悔之"。③ 这是一种迂回地进行君臣上下沟通的方式，是言说者对君权的顾忌和屈从，是君臣上下等级关系森严条件下的无奈选择。"下以风刺上"的沟通技巧，是情志在政治权力压迫下的策略性隐匿，它反映了儒家士人既要积极入世、干预时政，又须忠于皇权的矛盾心态。"主文而谲谏"后来成为诗歌创作的重要原则，影响了中国诗歌的风貌。在君臣上下沟通交流中，本体是"情志"，《毛诗序》云："诗者，志之所之也，在心为志，发言为诗，情动于中而形于言。"又言"吟咏情性，以风其上"。关于"情志"，孔颖达曰："在己为情，情动为志，情志一也。"④ "情志"不是一己的志向情感，而是必须符合群体的伦理道德原则，即"发乎情，止乎礼仪"。《毛诗序》的这一阐释同样也是对君权的妥协屈从。

东汉郑玄对诗的沟通君臣上下关系诗学观做了发挥，他在《六艺论》中云："诗者，弦歌讽喻之声也。自书契之兴，朴略尚质，面称不为谄，目谏不为谤，君臣之接如朋友然，在于恳诚而已。斯道稍衰，奸伪以生，上下相犯。及其制礼，尊君卑臣，君道刚严，臣道柔顺，于是箴谏者希，

---

① （清）程廷祚：《诗论十三》，《青溪集》卷二，金陵丛书本。
② 《毛诗正义》，《十三经注疏》，第 271 页。
③ 《毛诗正义》，《十三经注疏》，第 271 页。
④ 《春秋左传正义》，《十三经注疏》，第 2108 页。

情志不通，故作诗者以诵其美而讥其过。"① 在郑玄看来，在君臣上下的等级秩序尚未确立的时候，是不需要诗的。只有当"君道刚严，臣道柔顺"，等级秩序非常严格，造成"情志不通"之时，诗才顺时而生。郑玄的这种观点虽然似乎过于狭隘，但也真实地反映了汉代士人言说的真实心理和现实目的。

在"诗可以群"的诗学思想中，孔子将《诗》用于君子人格培养，孟子认为《诗》可感发善性，都是在主体之间相对平等的关系语境中产生的。荀子强化《诗》的礼法意义，强化秩序规范。而"风教说""美刺说"是"诗可以群"在汉代的具体表现，是在汉代严格的君臣上下等级关系语境中士人委曲求全的言说。它反映了儒家士人对理想和价值的执着追求，特别是儒学思想在汉武帝后被立为官方意识形态，更激起了他们的雄心。但是正如汉宣帝所云："汉家自有制度，本以霸王道杂之，奈何纯任德教。"(《汉书·元帝纪》) 儒学并未被君王全部接受，以帝王师自诩的士人则伴君如伴虎，一言不合，往往容易遭受杀戮。因此，士人在与君王的沟通中不得不迂回曲折，在维护君王尊严的前提下进行讽谏。整个封建时代，君臣之间的这种紧张关系不断在重演，而士人的这种乌托邦精神也一直在坚守，因此，"风教""美刺"的诗学观念得以不断延续，具有长久的生命力。

第二节 "诗可以群"道德交往论的发展流变

先秦时期，"诗可以群"就包含着道德交往的理论内涵，孔子倡导的"仁""礼"交往就是很高的道德标准，孟子的心性交往强调道德本性，之后逐步形成了"文以载道"的思想。到了宋代，理学家更是高扬道德心性，追求心性之和。

从思想史的发展历程来看，理学是在对汉代章句训诂经学的反拨，对天人感应、谶纬迷信的扬弃，对佛道哲学的批判过程中发展起来的。宋王朝在建立后，需要重建与国家中央集权统治相适应的意识形态，儒家的伦

---

① 《毛诗正义》，《十三经注疏》，第262页。

理道德正是政治稳定的思想资源，在此背景下，儒学走上复兴之路。北宋初期，"宋初三先生"胡瑗、孙复、石介倡导守道、尊王，重振纲纪，推崇韩愈学说。稍后庆历年间范仲淹、欧阳修力主儒家道统，推动诗文革新运动，大力推进儒学的复兴。之后周敦颐、张载、二程、朱熹等致力于发掘儒家思想本体论、人性论内涵，赋予儒家思想更深刻的学理意义。在本体论方面，周敦颐"太极说"、张载"气本论"、二程"天即理"、朱熹"理本气具"说，将自然之天逐渐赋予义理内涵，以之作为人间纲常伦理。在人性论方面，理学诸家强调"性即理"（程颐）、"心统性情"（朱熹），赋予人性以天理的意义，从而强调了道德的绝对性。理学诸家以"四书"为其重要的思想资源，申说天理、人性；同时也十分重视对《诗经》的研究，进行义理阐释。传统的"诗可以群"诗学观在宋代理学语境中，产生新的意义。

一　宋代理学的群体关系思想

（一）群体关系规范的本体论依据

儒学的伦理纲常原则、仁义礼智道德需要进行本体意义的阐释，赋予儒学以人性的意义，才能使其与佛道思想相抗衡。宋代理学的论述从天人关系入手，探索天道的本体意义，并以天道来充实人道，论证儒家伦理道德原则的先验合理性。周敦颐认为宇宙的原初实体是"太极"，"无极而太极，太极动而生阳，动极而静，静而生阴"。① 天人相通的范畴是"诚"，"诚"具有宇宙本体意义，所谓"'大哉乾元，万物资始'，诚之源也"；② 又具有"纯粹至善"的伦理内涵，"乾道变化，各正性命，诚斯立焉，纯粹至善者也"。③ 因此，周敦颐将社会的纲常规范和价值原则化为具有本体意义的"诚"。张载提出"气"一元论，认为"太虚即气"，"气"是万物的本原。还提出了"天人合一"的思想："儒者则因明致诚，因诚致明，故天人合一，致学而可以成圣，得天而未始遗人。"④ "诚"可通乎

---

① 《周敦颐集》，中华书局，1990，第3页。
② 《通书·诚上》，《周敦颐集》，第13页。
③ 《通书·诚上》，《周敦颐集》，第13—14页。
④ 《正蒙·乾称》，《张载集》，中华书局，1978，第65页。

天道、人道，通乎天道即可明乎人道。二程提出了理本论哲学，认为"天下只有一个理"，① "万物皆只是一个天理"。② "理"是世界的本原，人道即为天道。二程对天的理解已经由自然之天过渡到义理之天。将自然界的运行规律与人类社会的伦理道德统一为"理"，"有道有理，天人一也，更不分别"。③ "上下之分，尊卑之义，理之当也，礼之本也"，④ 将人类社会的原则规范上升到具有本体意义的宇宙法则。朱熹继承了二程的本体论学说，提出理为"本"，气为"具"的学说。"天地之间，有理有气。理也者，形而上之道也，生物之本也。气也者，形而下之器也，生物之具也。是以人物之生，必禀此理然后有性；必禀此气然后有形。"⑤ 因此，"合天地万物而言，只是一个理"（《朱子语类》卷一）。这个"理"也自然包括伦理道德原则，"理是仁、义、礼、智、信"（《朱子语类》卷一）。儒家的伦理道德获得了绝对真理的地位。

（二）群体相通的人性论依据

理学诸说认为儒家的伦理道德规范合于天理，这为儒家学说设定了外在的权威，与荀子、董仲舒的思想路径有类似之处，它为社会明确了规范，确定了秩序，以外在的权威维持这种思想秩序的运行。但是，这种外在的强制往往容易造就内在心灵的紧张。理学在解决儒家伦理道德规范如何合乎外在宇宙自然问题的同时，也需要解决其与人的内在心灵世界如何一致的问题，这就需要对人性问题做出合理的言说。关于人性问题，先秦时期存在性善、性恶的论争，这也是理学讨论的重要问题。周敦颐认为人性是刚柔不齐的，圣人的本性是"中"："性者，刚柔善恶，中而已矣。"⑥ 刚柔相济，就能达到"中"。张载提出天地之性与气质之性，"形而后有气质之性，善反之则天地之性存焉"。"人之刚柔缓急，有才与不才，气之偏也。天本参和不偏，养其气，反之本而不偏，则尽性而天矣。"⑦ 天

---

① 《河南程氏遗书》卷十八，《二程集》，中华书局，1981，第 196 页。
② 《河南程氏遗书》卷二上，《二程集》，第 30 页。
③ 《河南程氏遗书》卷二上，《二程集》，第 20 页。
④ 《周易程氏传》卷第一，《二程集》，第 749 页。
⑤ 《答黄道夫》，《朱子文集》中册，商务印书馆，1936，第 216 页。
⑥ 《通书·师第七》，《周敦颐集》第 19 页。
⑦ 《张载集》，第 23 页。

地之性来源于太虚之气，以至善为内涵，是德性的本体；而气质之性是人的具体本性，有刚柔差异。程颢强调："仁义礼智信五者，性也。"① 程颐则提出"性即理"的命题，把性说成形而上之理。程颐指出，"性出于天，才出于气"，"才则有善与不善，性则无不善"。② 朱熹认为心之本体就是性，是未发之中；心之作用便是情，是已发之和。"情之未发者性也，是乃所谓中也，天下之大本也。性之已发者情也，其皆中节则所谓和也。"③ 性和情是体用关系，而心则统贯性情，"心主于身，其所以为体者，性也；所以为用者，情也。是以贯乎动静而无不在焉"。④ 由此可见，理学家们的阐释逻辑是仁义礼智为人内在的至善本性，而本性合于天理，自然与伦理合一，内外结合，内在的心性本原等同于外在的自然本原，这解决了儒家伦理规范的内在心性问题。而理学的另一流派心学则更强调本心，认为心即理，任何人都有先验的道德理性，本身即道德原则的根源，"尊德性而后道问学"。明代的王守仁提出"心外无理"，这就使伦理道德失去了外在天理的约束，面临着崩溃的危险。

（三）民胞物与的群体关系

宋代理学家根据其宇宙观、本体论，对人与人之间的关系进行了新的阐释。张载《西铭》云："乾称父，坤称母；予兹藐焉，乃混然中处。故天地之塞，吾其体；天地之帅，吾其性。民，吾同胞；物，吾与也。"⑤ 根据张载的"气"一元论哲学，宇宙万物皆由气构成，同样人也是由气构成的，天地之心乃人性所出。从本体、心性上看，民众乃同胞，万物是朋友，正如朱熹所解释的："万物皆天地所生，而人独得天地之正气，故人为最灵，故民同胞，物则亦我之侪辈。"⑥ 从这一观点出发，个人对自己的道德义务应有更高的自觉："大君者，吾父母宗子；其大臣，宗子之家相也。尊高年，所以长其长；慈孤弱，所以幼其幼；圣，其合德；

---

① 《河南程氏遗书》卷第二上，《二程集》，第 14 页。
② 《河南程氏遗书》卷第十九，《二程集》，第 252 页。
③ 《太极说》，《朱文公文集》卷六十七，《四部丛刊初编》。
④ 《答何叔京二十九》，《朱文公文集》卷四十。
⑤ 《张载集》，第 62 页。
⑥ （宋）黎靖德编《朱子语类》卷八十，中华书局，1986，第 2520 页。

贤，其秀也。凡天下疲癃、残疾、茕独、鳏寡，皆吾兄弟之颠连而无告者也。"① "民胞物与"的思想将人与人的关系提到了更为本体的高度。程颢就曾指出："《订顽》（即《西铭》）一篇，意极完备，乃仁之体也。"② 受《西铭》影响，程颢接着阐释，提出"浑然与万物同体"的思想：

> 仁者，以天地万物为一体，莫非己也。认得为己，何所不至？若不有诸己，自不与己相干。如手足不仁，气已不贯，皆不属己。③
>
> 学者须先识仁。仁者，浑然与物同体。义、礼、知、信皆仁也。识得此理，以诚敬存之而已，不须防检，不须穷索。若心懈则有防，心苟不懈，何防之有！理有未得，故须穷索；存久自明，安待穷索！④

程颢的学说强调"仁"的本体性，重视"仁"的内心体验，要求在天地万物中感受自己，将他者与自身感受为一体，因此，程氏仁学思想更注重的是一种人生的境界。程颐认为："爱自是情，仁自是性，岂可专以爱为仁？……仁者固博爱，然便以博爱为仁，则不可。"⑤ 这样就将"仁"理念化，客观真理化，强化了人与人之间道德关系的绝对性，而抽离了"爱"的自然情感。二程发扬"仁"的学说，特别重视其对社会秩序的规范整合作用，"仁者，天下之正理，失正理则无序而不和"。⑥ 朱熹也继承这一阐释路径，强调"仁"的形而上学性，"仁者，爱之理，心之德也。……孝弟乃是为仁之本，学者务此，则仁道自此而生也。……盖仁是性也，孝弟是用也，性中只有个仁、义、礼、智四者而已，曷尝有孝弟来。然仁主于爱，爱莫大于爱亲，故孝弟也者，其为仁之本与"。⑦ "仁义

---

① 《张载集》，第 62 页。
② 《河南程氏遗书》卷二上，《二程集》，第 15 页。
③ 《河南程氏遗书》卷二上，《二程集》，第 15 页。
④ 《河南程氏遗书》卷二上，《二程集》，第 17 页。
⑤ 《河南程氏遗书》卷十八，《二程集》，第 182 页。
⑥ 陈荣捷：《近思录详注集评》卷一，华东师范大学出版社，2007，第 12 页。
⑦ （宋）朱熹：《论语集注》，《四书章句集注》，第 48 页。

根于人心之固有，天理之公也。"① 将道德情感与绝对天理结合，大大突出了人的道德属性。而正是由于人的道德属性的必然性，群体才能有序和谐。

二 理学诸家的"诗可以群"诗学观

（一）对《论语》之"诗可以群"的阐释

宋代儒学乃义理之学，通过对道德心性的言说，规范内心世界的秩序，强化心性修养，树立道德人格，以建立道德社会。理学诸家对《论语》之"诗可以群"，有很多训释。

其一，张载释"诗可以群"为"群而思无邪"。② 关于"思无邪"，其内涵应当为"诚"，张载曰："君子以至诚交人。"③ 这与"群而思无邪"的内涵是一致的。"至诚，天性也。"（《正蒙·乾称篇》）"诚，成也，诚为能成性也，如仁人孝子所以成其身。"④ 可见"诚"合于天性，又是最高的道德境界，道德君子之间的交往才能实现"群"。

其二，程门弟子的解释。朱熹《论语精义》辑录了程门弟子的《论语》学内容，包括范祖禹（1041—1098）的《论语说》、吕大临（1042—1090）的《论语解》、谢良佐（1050—1103）的《论语解》、尹焞（1071—1142）的《论语义》，他们对"诗可以群"做了训释：

> 范曰："可以群者，相勉以正也。"
> 吕曰："群居相语以诗则情易达。"
> 谢曰："心平气和，与物无竞，故可以群。"
> 尹曰："心平气和故可以群。"⑤

诸家之说，都强调内心的体验，主张心性交流而合群。

---

① （宋）朱熹：《孟子集注》卷一，《四书章句集注》，第 202 页。
② 《正蒙·乐器篇》，《张载集》，第 55 页。
③ 《横渠易说》，《张载集》，第 99 页。
④ 《横渠易说·系辞上》，《张载集》，第 192 页。
⑤ （宋）朱熹：《论语精义》卷九，《文渊阁四库全书》第 198 册，第 375—376 页。

其三，朱熹《论语集注》释为"和而不流"。朱熹释《论语》"君子矜而不争，群而不党"时亦云："和以处众曰群。"① 可见朱熹强调的是"和"。朱熹的门生辅广进一步解释"和而不流"："群居之道虽止于和，和而无节以至于流，则又失己。诗之言虽发乎情性而温厚和平，然止乎礼义而未尝流失，故可以群。"② 在朱熹看来，"和"是指向主体内心世界的，"喜、怒、哀、乐，情也。其未发，则性也，无所偏倚，故谓之中。发皆中节，情之正也，无所乖戾，故谓之和"。③ 在对"礼之用，和为贵"进行解释时，朱熹亦云："礼者，天理之节文，人事之仪则也。和者，从容不迫之意。盖礼之为体虽严，而皆出于自然之理，故其为用，必从容而不迫，乃为可贵。"④ 可见，"和"是已发之情，发皆中节，合于天性。这是对仁义道德与自然之理相一致的深入体悟而达到的心灵的自由、愉悦状态。南宋的张栻《癸巳论语解》释"诗可以群"为"和平而无邪，故可以群"，这与"和而不流"意思接近。

诸家注释都是对"诗可以群"进行义理的诠释，这也是宋学的特点。理学诸子的阐释是建立在他们的本体论、心性论基础上的，他们将群体的整合诉诸内心，并通过内在的道德涵养，将道德自律作为人生境界的追求，在超越外在规范的基础上达到内心的平和无邪。个体的情性"正"、温厚和平，才能达成群体之和。"诗可以群"诗学思想追求心性之和，通过《诗》的交流，参悟天理，通乎人性，实现"和而不流"的群体和谐状态。

（二）宋代理学家《诗经》学的"诗可以群"诗学思想

《诗》是宋代理学家进行思想建构的重要资源，张载、二程及其弟子、朱熹等都有对《诗经》的阐释，他们的诗学主张往往就蕴藏在其对《诗经》的阐释中。《诗》何以"可以群"，何以能"和而不流"，这关涉到理学家们对《诗》的本体的认识，也关涉到对《诗》所体现的道德伦理纲常的认识。

1. 张载的"诗可以群"思想

在张载看来，《诗》与《书》、《易》、《礼》、《春秋》都是圣人文章，

① （宋）朱熹：《论语集注·卫灵公第十五》，《四书章句集注》，第166页。
② （宋）赵顺孙：《论语纂疏》卷九，《文渊阁四库全书》第201册，第467页。
③ （宋）朱熹：《四书章句集注》，第18页。
④ （宋）朱熹：《四书章句集注》，第51页。

都是蕴含义理的，他在《经学理窟》中说："圣人文章无定体，《诗》《书》《易》《礼》《春秋》，只随义理如此而言。"① 张载从义理出发解诗，批评先儒解诗不合义理的行为："灵台，民始附也，先儒指以为文王受命之年，此极害义理。又如司马迁称文王自羑里归，与太公行阴德以倾纣天下，如此则文王是乱臣贼子也。惟董仲舒以为文王闵悼纣之不道，故至于日昃不暇食；至于韩退之亦能识圣人，作羑里操有'臣罪当诛兮，天王圣明'之语。文王之于纣，事之极尽道矣，先儒解经如此，君臣之道且不明，何有义理哉？"② 从张载的批评可知，其所谓的义理包含着君臣之道等儒家的伦理道德规范，它本出于性，"仁义礼智，人之道也，亦可谓性"。③ 而"心能尽性"。④ 义理合于天理，天理则是"能悦诸心，能通天下之志之理也。能使天下悦且通，则天下必归焉"。⑤ 义理的实质是"众人之心同一"，"天无心，心都在人之心。一人私见固不足尽，至于众人之心同一则却是义理，总之则却是天。故曰天曰帝者，皆民之情然也"。⑥ 张载的这一观点表明，义理是"诗可以群"的内在基础。以"义理"为内核，张载对《诗经》进行诠释：

> 甘棠初能使民不忍去，中能使民不忍伤，卒能使民知心敬而不渎之以拜，非善教浸明，能取是于民哉？"振振"，劝使勉也；"归哉归哉"，序其情也。
>
> 蓼萧、裳华"有誉处兮"，皆谓君接己温厚，则下情得伸，谗毁不入，而美名可存也。
>
> "鄂不韡韡"，兄弟之见不致文于初，本诸诚也。
>
> 狼跋，美周公不失其圣，卒能感人心于和平也。⑦

---

① 《经学理窟·诗书》，《张载集》，第 255 页。
② 《经学理窟·诗书》，《张载集》，第 257—258 页。
③ 《张子语录中》，《张载集》，第 324 页。
④ 《正蒙·诚明篇》，《张载集》，第 22 页。
⑤ 《正蒙·诚明篇》，《张载集》，第 23 页。
⑥ 《经学理窟·诗书》，《张载集》，第 256 页。
⑦ 《正蒙·乐器》，《张载集》，第 56—57 页。

张载在阐释中提到的"不忍""情""温厚""诚""和平"等范畴，其实都是义理的具体表现，它们都是至善的、同一的众人之心，是群体共通的内心世界。

因此，学诗用诗只有发明义理，澄明本心，才能乐道行道，合群乐群。"义理之学，亦须深沈方有造，非浅易轻浮之可得也。"如何才能探得义理，张载推崇孟子的"以意逆志"之方法，"古之能知诗者，惟孟子为以意逆志也。夫诗之志至平易，不必为艰险求之，今以艰险求诗，则已丧其本心，何由见诗人之志！"① 因为读者之心与作者之心在本原上是一致的，读者以本心探求自可见诗人之志。张载将这种方法进一步归纳为"心解"，"诵诗虽多，若不心解而行之，虽授之以政则不达，使于四方，言语亦不能，如此则虽诵之多奚以为？"②

2. 二程的"诗可以群"诗学思想

二程重视《诗经》的道德教化作用，"三百，三千中所择，不特合于雅颂之音，亦是择其合于教化者取之"。③《程氏经说·诗解》在解说《关雎》时说："天下之治，正家为先。天下之家治，则天下治矣。'二南'，正家之道也，陈后妃夫人大夫妻之德，推之士庶之家。故使邦国至于乡党皆用之，自朝廷至于委巷，莫不讴吟讽诵，所以风化天下。"④ 程氏解诗也注重阐发义理，"孔子删诗，岂只取合于雅颂之音而已，亦是谓合此义理也。……若不合义理，孔子必不取也"。⑤ 程氏强调以义理去推索圣人之旨，《诗》体现了传统的礼乐精神，蕴含义理，"礼只是一个序，乐只是一个和。只此两字，含蓄多少义理"。⑥ 由此可知，二程所言之义理也是社会的伦理道德原则，不过，二程将义理上升到更具本体意义的"道"。"《诗》《书》载道之文，《春秋》圣人之用。"⑦"汉儒如毛苌、董仲

① 《经学理窟·诗书》，《张载集》，第 256 页。
② 《经学理窟·语录上》，《张载集》，第 309 页。
③ 《程式遗书》，《二程集》，第 28 页。
④ 《程氏经说·诗解》，《二程集》，第 1046 页。
⑤ 《河南程氏遗书》，《二程集》，第 41 页。
⑥ 《河南程氏遗书》，《二程集》，第 225 页。
⑦ 《河南程氏遗书》，《二程集》，第 19 页。

舒，最得圣贤之意，然见道不甚分明。"① 这种人伦之道合于天道，正所谓
"诗言天命"。②《诗》所以"可以群"的核心因素是"道"。正因为如此，
程氏提出"作文害道"的观点，批评"今之为文者"，专务章句，悦人耳
目，类于俳优，以致玩物而害于道。与此观点类似，其认为用功作诗也只
是道闲言语。

循理而行，合于天道便是"诚"，"诚者，理之实然，致一而不可易
也。天下万古，人心物理，皆所同然，有一无二，虽前圣后圣，若合符
节，是乃所谓诚，诚即天道也"。③"思无邪，诚也。"④"诗者……其发于
诚，感之深，至于不知手之舞，足之蹈，故其入于人也深，至可以动天
地，感鬼神。"⑤《诗》之所以可以垂世立教，在于它发自内在的诚心，
故能感发人。"诚"的已发状态是情性，修养情性，便能见道。学《诗》
是一种道德的陶冶，程氏云："'兴于诗'者，吟咏情性，涵畅道德之中
而韵动之，有'吾与点'之气象。"⑥ 通过审美的方式，感悟道德，达到
人生境界的超越。

3. 朱熹的"诗可以群"诗学思想

朱熹"诗可以群"的诗学思想蕴藏在《诗集传》《论语集注》《朱子
语类》等典籍文献之中。朱熹将"诗可以群"释为"和而不流"，是从个
体的内在心性而言的，意味着"群"是人与人之间基于情性的相通而达
到的群体和谐。朱熹认为《诗》的本体是情性，《诗》是情性的产物，这
就奠定了通过学《诗》用《诗》达到"和而不流"境界的可能性。关于
《诗》的本体问题，朱熹在《诗集传》的序言中有详细的阐述：

> 人生而静，天之性也。感于物而动，性之欲也。夫既有欲矣，则
> 不能无思。既有思矣，则不能无言。既有言矣，则言之所不能尽，而
> 发于咨嗟咏叹之余者，必有自然之音响节奏而不能已焉。此《诗》

① 《河南程氏遗书》，《二程集》，第 7 页。
② 《河南程氏遗书》，《二程集》，第 78 页。
③ 《河南程氏经说·中庸解》，《二程集》，第 1160 页。
④ 《河南程氏遗书》，《二程集》，第 106 页。
⑤ 《程氏经说·诗解》，《二程集》，第 1046 页。
⑥ 《程氏外书》，《二程集》，第 366 页。

之所以作也。

> 《诗》者，人心之感物，而形于言之余也。心之所感有邪正，故
> 言之所形有是非。

即《诗》为思之言，心之感，是内在的心性活动的产物。具体而言，朱熹认为：

> 凡《诗》之所谓风者，多出于里巷歌谣之作，所谓男女相与咏
> 歌，各言其情者也。惟《周南》《召南》亲被文王之化以成德，而人
> 皆有以得其性情之正……自邶而下，则其国之治乱不同，人之贤否亦
> 异，其所感而发者，有邪正是非之不齐，而所谓先王之风者，于此焉
> 变矣。若夫《雅》《颂》之篇，则皆成周之世朝廷郊庙乐歌之辞，其
> 语和而庄，其义宽而密，其作者往往圣人之徒，固所以为万师法程而
> 不可易者也。至于《雅》之变者，亦皆一时贤人君子，闵时病俗之
> 所为，而圣人取之，其忠厚恻怛之心，陈善闭邪之意，尤非后世能言
> 之士所能及之。此诗之为经，所以人事浃于天下，天道备于上，而无
> 一理之不具也。

> 正大雅，会朝之乐，受厘陈戒之辞也。故或欢欣和说，以尽群下
> 之情；或恭敬齐庄，以发先王之德。

在《论语集注》中朱熹亦云："诗以理情性"，[①] "诗本性情"。[②] 二程也提及"吟咏情性，涵畅道德"，但是对其观点未详细展开论述。朱熹认为《国风》中《周南》《召南》被文王之化以成德，得性情之正，其他各国之风则性情有正邪是非之别。《雅》《颂》为贤人君子、圣人之徒所作，亦表现性情之正。"二南"、《雅》、《颂》等表现的情感合于天道、义理，则情感为正，而郑卫之风惑于人欲，遮蔽天性，则情感为邪。

朱熹的性情论发展了李翱诸人的观念。朱熹认为，性即理，性是未

---

① （宋）朱熹：《论语集注》，《四书章句集注》，第 97 页。
② （宋）朱熹：《论语集注》，《四书章句集注》，第 104 页。

发，情是已发，性为体，情为用。未发之性禀受天地之气，为天命之性，是纯粹至善的；已发之情为气质之性，所禀之气有昏明厚薄之不同，故情则有善有不善，有正有邪。朱熹的"诗本性情"论是在其性情哲学论的基础上发展的，诗发于心，表现的是已发之情，因气质禀受的刚柔、善恶、清浊不同，故诗所表现的情感有善恶正邪之别。朱熹认为《诗经》虽为圣人教化的经典文本，但就诗义而言，并非每一诗篇都是"思无邪"的，朱熹云："只是思无邪一句好，不是一部诗皆思无邪。"① "《桑中》《溱洧》之类，皆是淫奔之人所作，非诗人作此以讥刺其人也。"② 因此，《诗》三百篇是从接受的角度，能使人"思无邪"，"三百篇之义，大概只要使人'思无邪'。若只就事上无邪，未见得实如何。惟是'思无邪'，方得。思在人最深，思主心上"。③ "善者可以感发人之善心，恶者可以惩创人之逸志，其用归于使人得其情性之正而已。"④ 基于其性情哲学和"诗本性情"的诗学本体论，朱熹以性情解诗，对于郑卫之风中的男女情感之作，朱熹认为是"男女相与咏歌，各言其情者也"。⑤ 这似乎是突出其文学性。但是朱熹对男女相与咏歌之诗持批判的态度，称之为"淫诗"，因其表达的情感是邪僻的，圣人存此，乃以此从反面得性情之正。基于同样的理由，朱熹反对诗序：

> 《诗小序》全不可信。如何定知是美刺那人？诗人亦有意思偶然而作者。又，其《序》与《诗》全不相合。《诗》词理甚顺，平易易看，不如序所云。⑥
>
> "温柔敦厚"，诗之教也。使篇篇皆是讥刺人，安得"温柔敦厚"！⑦

---

① （宋）黎靖德编《朱子语类》卷八十，第 2065 页。
② （宋）黎靖德编《朱子语类》卷二十三，第 539 页。
③ （宋）黎靖德编《朱子语类》卷二十三，第 538 页。
④ （宋）朱熹：《论语集注》，《四书章句集注》，第 104 页。
⑤ （宋）朱熹：《诗集传》，第 2 页。
⑥ （宋）黎靖德编《朱子语类》卷八十，第 2074 页。
⑦ （宋）黎靖德编《朱子语类》卷八十，第 1049 页。

因论诗，历言小序大无义理，皆是后人杜撰，先后增益凑合而作。①

对于《诗》，以情性解之则可通晓诗义，从正反两方面发明义理，假使篇篇讥刺，则不合温柔敦厚，无以得性情之正。要达到"诗可以群"，首先是《诗》必须具有性情修养的功能。朱子强调《诗》的变化气质之功用，修正气质之性中的不善、邪僻之性，加强内在心性的修养，使气质之性趋于天命之性：

自天之生此民，而莫不赋之以仁义礼智之性，叙之以君臣、父子、兄弟、夫妇、朋友之伦，则天下之理，固已无不具于一人之身矣。但以人自有生而有血气之身，则不能无气质之偏以拘之于前，而又有物欲之私以蔽之于后，所以不能皆知其性，以至于乱其伦理而陷于邪僻也。是以古之圣王设为学校，以教天下之人，使自王世子、王子、公侯卿大夫元士之嫡子，以至庶人之子，皆以八岁而入小学，十有五岁而入大学，必皆有以去其气质之偏、物欲之蔽，以复其性，以尽其伦而后已焉。②

变化气质，得性情之正之所以可能，在于仁、义、礼、智等天下之理固已具备于人，而通过学《诗》用《诗》则可以使人的本性澄明，达到"和而不流"的群体和谐境界。

如何才能变化气质，实现"和而不流"的境界呢？朱熹云："玩其理以养心焉，则亦可以得学诗之本矣。"③ 所谓"玩其理以养心"是一种涵养的功夫，它摒弃现实功利，以审美还原的方式，用心体会，直达心之本体，实现道德的超越。具体而言，朱熹认为应"本之'二南'以求其端，参之列国以尽其变，正之于《雅》以大其规，和之于《颂》以要其止，此学《诗》之大旨也。于是乎，章句以纲之，训诂以纪之，讽咏以昌之，

---

① （宋）黎靖德编《朱子语类》卷八十，第 2075 页。
② （宋）朱熹：《经筵讲义》，《晦庵集》卷十五，《文渊阁四库全书》第 1143 册，第 250 页。
③ （宋）朱熹：《诗集传》，第 2 页。

涵濡以体之，察之情性隐微之间，审之言行枢机之始，则修身及家，平均天下之道，其亦不待他求，而得之于此矣"。① 通过熟读涵咏，玩味义理，"自然和气从胸中流出"，② "和而不流"的道德交往境界经由心性涵咏而实现。

第三节 "诗可以群"情感交往论发展流变

"诗可以群"的交往诗学向来重视情感交流作用，《毛诗序》云："诗者，志之所之也，在心为志，发言为诗，情动于中而形于言，言之不足，故嗟叹之，嗟叹之不足，故永歌之，永歌之不足，不知手之舞之，足之蹈之也。"从中可见，情感处于诗歌交往的本体地位。但是，在"诗可以群"的诗学理论发展过程中，情感的本体地位受到政治本体、道德本体的影响，同时个体情感和群体情感也在不同时期于审美交往中先后占据主要地位。从礼乐文化视野和儒家诗学思想来看，群体情感交往是克服政教交往、道德交往流弊的一种发展方向。

一 情感交往观念的发展历程

"诗可以群"的交往传统，强调情感的相通性。孔子的"仁爱"交流首先就是基于伦理情感的交流，在先秦时期儒家的思想中，情感交流遵循的是"发乎情，止乎礼义"的原则，情感受到礼义的约束，怨而不怒，哀而不伤。到了汉代，情感与政治相通的观念受到强化，"声音之道，与政通也"（《礼记·乐记》）。魏晋以降，"诗缘情"诗学观兴起，主张诗歌表现内心情感，强调诗歌的审美特征，诗的群体情感交往功能削弱，个体情志的交流功能得到强化。自唐代韩愈至宋明时期道学家则主张情和性相通，以性制情，排斥自然的情感欲求，以绝对的道德理性制约人的外在感性。

明代后期重新倡导"情"，李贽倡导"童心说"，汤显祖提出"情在

---

① （宋）朱熹：《诗集传》序言，中华书局，1958。
② （宋）黎靖德编《朱子语类》卷八十，第 2086 页。

理亡",公安派主张"独抒性灵",冯梦龙强调"天地若无情,不生一切物","我欲立情教,教诲诸众生"(《情史类略·序》),"六经皆以情教也"(《情史类略·序》)。① 这种对真实情感的强调和重视是对理学性情观的颠覆,它打破了理性对情感的规训,追求真情、至情,反对封建的伦理纲常对人的自然本性的压抑,突破了儒家的诗学观。在坚持真情、至情为诗之本体的基础上,他们对儒家的"兴观群怨"说有新的发挥。徐渭《答许口北》云:

> 公之选诗,可谓一归于正,复得其大矣。此事更无他端,即公所谓可兴、可观、可群、可怨,一诀尽之矣。试取所选者读之,果能如冷水浇背,陡然一惊,便是兴观群怨之品。如其不然,便不是矣。②

"冷水浇背,陡然一惊"是指文学作品情感真实强烈,能够振聋发聩,催人警醒,情感真挚就能兴观群怨。李贽在评述传奇《红拂》时,亦突出其兴观群怨之功用。其在《杂述·红拂》中云:

> 乐昌破镜重圆,红拂智眼无双,虬髯弃家入海,越公并遣双妓,其皆可师可法,可敬可美。孰谓传奇不可以兴,不可以观,不可以群,不可以怨?饮食宴乐之间,起义动慨多矣。③

李贽将兴观群怨诗学观的应用范围扩展到传奇,由正统文学到俗文学,注重作品真情对人的情感作用。由此可见,徐渭、李贽反对虚伪、僵化、压制人性的道德伦理纲常,但是晚明对"情"的高扬又走入了"欲"的歧途。

经历了明末清初激烈的社会动荡,儒家士人进行反思,开始摒弃理学心性之道,批判其脱离现实,主张发挥儒家的经世精神,关注实务,留心政事,对现实社会做出切实的思想言说。在对儒家"六经"的研究中,

---

① (明)冯梦龙:《情史》,岳麓书社,2003,第1页。
② 《答许口北》,《徐渭集》卷十七,中华书局,1983,第482页。
③ (明)李贽:《杂述·红拂》,《焚书 续焚书》卷四,中华书局,1975,第194页。

反对宋人义理之说，学习汉儒的实证之学，主张通经致用。顾炎武说："近世号为通经者，大都口耳之学，无得于心。既无心得，尚安望其致用哉！"① 黄宗羲、王夫之都是清初经世实学思想的代表人物，他们对"诗可以群"的阐释都强调群体之情、群体价值的交往，赋予"诗可以群"这一诗学传统以审美交往的内涵。

二 黄宗羲的"诗可以群"诗学观

黄宗羲（1610—1695），字太冲，号南雷，尊称为南雷先生，晚年自称梨洲老人，学者称梨洲先生，明末清初著名的学者、思想家。清军入关后，黄宗羲曾组织和参加过反清斗争，长达数年之久，经历了严峻的时代考验和斗争锻炼，对历史、社会有着深刻的体验和认识。黄宗羲博学多才，其学术"远绍宋学，嗣轨阳明"，② 得明末大儒刘宗周之传，于经学、史学等多方面都有创见。他批判了理学的空疏和王学末流的空谈，推动了经世实学思潮的发展。黄宗羲的诗学观点反映了那个时代的现实要求，蕴含了强烈的社会责任感和历史使命感，其中关于"诗可以群"的论述是其诗学主张的重要组成部分。

（一）"诗可以群"与"万古之性情"

黄宗羲在《马雪航诗序》中涉及"兴观群怨"的论述：

> 诗以道性情，夫人而能言之。然自古以来，诗之美者多矣，而知性者何其少也。盖有一时之性情，有万古之性情。夫吴歈越唱，怨女逐臣，触景感物，言乎其所不得不言，此一时之性情也。孔子删之，以合乎"兴、观、群、怨""思无邪"之旨，此万古之性情也。吾人诵法孔子，苟其言诗，亦必当以孔子之性情为性情。如徒逐逐于怨女逐臣，逮其天机之自露，则一偏一曲，其为性情亦末矣。③

---

① 《亭林文集余集》卷一《与任钧衡》，《清代诗文集记稿》，上海古籍出版社，2010，第106页。
② 钱穆：《中国近三百年学术史》，商务印书馆，1997，第1页。
③ 《黄梨洲文集》，中华书局，2009，第363页。

黄宗羲认为诗道"万古之性情",因而"可以群"。"诗以道性情"是一种传统的诗学本体论观点。汉儒所言性情受政治约束,魏晋南北朝之"诗缘情"是一己的才气、感情。宋儒所言性情受天理制约,排斥人欲,排斥自然情感。晚明的思想解放、个体觉醒潮流宣扬本心、真心,肯定自然的情感欲求,黄宗羲承接这股潮流,但其情感观指向大众群体,将"性情"分"一时之性情"和"万古之性情"。"一时之性情"乃是因个体的生活体验而产生的悲乐忧愁之情,只是一人一时、一偏一曲之私情。只有情感深厚诚挚,超越一己私情,超越时空,成为人类社会普遍的情感,具有恒久的社会价值,才能成为"万古之性情",如他在《诗历题辞》说:"诗之道甚大,一人之性情,天下之治乱,皆所藏纳。"① 这样才合乎"兴、观、群、怨"之功用。"万古之性情"可从两方面理解。

第一,"万古之性情"是"情至之情"。黄宗羲诗学重视"情"的本体性,主张"文以情至","今古之情无尽,而一人之情有至有不至。凡情之至者,其文无有不至也"。② 从情感本体出发,黄宗羲区分了"情至之情"和"不及情之情"。"古之人情与物相游而不能相舍,不但忠臣之事其君,孝子之事其亲,思妇劳人结不可解;即风云月露,草木虫鱼,无一非真意之流通,故无溢言曼辞以入章句,无谄笑柔色以资应酬。"此是为"情至之情"。"习心幻结,俄顷销亡"则为"不及情之情"。③ 黄宗羲强调诗歌要情感真挚,如此才能流传,否则会迅速消亡。黄宗羲指出了"常人之诗"和"诗人之诗"的区别:"常人之诗"其性情"汩没于纷华污惑之往来,浮而易动,声调者浮物也,故能挟之而去,是非无性情也。其性情不过如是而止,若是者不可谓之诗人"。"诗人萃天地之清气,以月露风云花鸟为其性情,其景与意不可分也。月露风云花鸟之在天地间,俄顷灭没,而诗人能结之不散。"④ 诗人、常人都未尝没有月露风云花鸟之咏,然能灌注性情,乃为诗人之诗。综合黄宗羲所论,情至乃为万古之性情之一重要因素,情至之情,能超越自我,贯彻古今成为万古之性情。

① 《诗历题辞》,《黄梨洲文集》,第387页。
② 《明文案序上》,《黄梨洲文集》,第388页。
③ 《黄孚先诗序》,《黄梨洲文集》,第343页。
④ 《景州诗集序》,《黄梨洲文集》,第338页。

基于此，黄宗羲对"温柔敦厚"之说做了新的阐释：

> 今之论诗者，谁不言本于性情？顾非烹炼使银铜铅铁之尽去，则性情不出。彼以为温柔敦厚之诗教，必委蛇颓堕，有怀而不吐，将相趋于厌厌无气而后已。若是，则四时之发敛寒暑，必发敛乃为温柔敦厚，寒暑则非矣。人之喜怒哀乐，必喜乐乃为温柔敦厚，怒哀则非矣。其人之为诗者，亦必闲散放荡，岩居川观，无所事事而后可。亦必茗碗熏炉，法书名画，位置雅洁，入其室者，萧然如睹云林海岳之风而后可。然吾观夫子所删，非无《考槃》《丘中》之什厕于其间，而讽之令人低徊而不能去者，必于变风变雅归焉。盖其疾恶思古，指事陈情，不异薰风之南来，履冰之中骨，怒则掣电流虹，哀则凄楚蕴结，激扬以抵和平，方可谓之温柔敦厚也。①

黄宗羲认为传统的"温柔敦厚"观是表面性的、肤浅的，没有表现真性情，显得非常狭隘，这是对传统诗教说的批判。黄宗羲要求诗须真实地展现喜怒哀乐，才是温柔敦厚，这赋予"诗可以群"的诗学思想新的意义。

第二，万古之性情是具有深厚历史内涵的，是社会大众普遍的情感。黄宗羲言情重"性"，《马雪航诗序》云：

> 故言诗者不可以不知性。夫性岂易知也？先儒之言性者，大略以镜为喻：百色妖露，镜体澄然，其澄然不动者为性，此以空寂言性。而吾人应物处事，如此则安，不如此则不安，若是乎有物于中，此安不安之处，乃是性也。镜是无情之物，不可为喻。又以人物同出一原，天之生物有参差，则恶亦不可不谓之性，遂以疑物者疑及于人。夫人与万物并立于天地，亦与万物各受一性，如姜桂之性辛，稼穑之性甘，鸟之性飞，兽之性走，或寒或热，或有毒无毒，古今之言性者，未有及于本草者也。故万物有万性，类同则性同。人之性则为不忍，亦犹万物所赋之专一也。物尚不与物同，而况同人于物乎？程子

---

① 《万贞一诗序》，《黄梨洲文集》，第362页。

言"性即理也",差为近之。然当其澄然在中,满腔子皆恻隐之心,无有条理可见,感之而为四端,方可言理,理即"率性之为道"也,宁可竟指道为性乎?①

黄宗羲反对孤立、静止地讨论性的问题,把性看作澄然不动的空寂之镜。他认为性是实在的,在人们应物处事时"如此则安"。"万物有万性,类同则性同",人之性则为不忍。黄宗羲继承了孟子的性善说,但不像程朱理学一样将性和情对立,将性客观真理化,而是把性情当作一体,不可分离,情中见性。其《孟子师说》云:"心即是气之聚于人者,而性即是理之聚于人者。理气是一,则心性不得是二,心性是一,则性情又不得是二。"② 即理气是一、心性是一、性情是一。"性、情二字,无处可容分析。性之于情,犹理之于气。非情亦何从见性?"③ 因此,在黄宗羲看来,"吴、楚之色泽,中原之风骨,燕、赵之悲歌慷慨",这些情感的生动展现,充盈天地之间,乃是本性的显现。综合黄宗羲性情论可知,情感要具有普遍的意义,诗人须关注"天道之显晦,人事之治否,世变之污隆,物理之盛衰",④ 表现"众情",而不要专注一己之穷饿愁思。这种超越一己之私、对同类深切关爱之情就是黄宗羲所言"孔子之性情"。黄宗羲以"孔子之性情为性情",在肯定自然情感欲望的同时,又对晚明心学造成的道德失落进行纠偏,其学说有遮蔽个体情感的嫌疑。但是以"万古之性情"而"可以群"绝非汉儒、宋儒"诗可以群"理论的回归。黄宗羲的"万古之性情"基于其民本思想,关注的是大众群体的喜怒哀乐,表现大众的普遍情感。黄宗羲之说保持了儒家士人治国平天下的济世传统,又反对狭隘的教化学说。黄宗羲之"群"落在大众情感上,显示了其思想的进步性。

(二)"善于风人答赠者,可以群也"

黄宗羲还从新的角度对"兴观群怨"做了新的阐释,其《汪扶晨诗序》云:

---

① 《马雪航诗序》,《黄梨洲文集》,第363页。
② 《明儒学案·师说》,《黄宗羲全集》第7册,浙江古籍出版社,1993,第18页。
③ 《明儒学案》卷十九,《黄宗羲全集》第7册,第519页。
④ 《朱人远墓志铭》,《黄梨洲文集》,第247页。

　　昔吾夫子以兴观群怨论诗。孔安国曰："兴，引譬连类。"凡景物相感，以彼言此，皆谓之兴，后世咏怀、游览、咏物之类是也。郑康成曰："观风俗之盛衰。"凡论世采风，皆谓之观，后世吊古、咏史、行旅、祖德、郊庙之类是也。孔曰："群居相切磋。"群是人之相聚，后世公宴、赠答、送别之类皆是也。孔曰："怨刺上政。"怨亦不必专指上政，后世哀伤、挽歌、遣谪、讽谕皆是也。盖古今事物之变虽纷若，而以此四者为统宗。……古之以诗名者，未有能离此四者。然其情各有至处，其意句就境中宣出者，可以兴也；言在耳目，赠寄八荒者，可以观也；善于风人答赠者，可以群也；凄戾为骚之苗裔者，可以怨也。①

　　过去对孔子"兴观群怨"的论述都是从诗歌的功用论的角度进行阐释，揭示诗教意义的。黄宗羲跳出了传统的窠臼，将"兴观群怨"对应于不同的诗类，如"群是人之相聚，后世公宴、赠答、送别之类皆是也"。虽然并非只有公宴、赠答、送别之类的作品"可以群"，这样的归类显得有些狭隘，但其确实指出了这些作品的共同点，即"风人赠答"。在中国古代诗歌发展史上，因士人之间的交往而创作的公宴、赠答、唱和、送别等作品占据了诗歌作品相当大的比重（前一章提到），这类作品往往被斥为应酬之作，没有价值，黄宗羲的论述是对这些诗歌作品价值的确认。"风人赠答"须情感真挚，才"可以群"。他赞扬友人汪扶晨"海内名流，无一不交"，汪氏"古诗富健，律诗妥帖，名章迥句，时时奔会。而其清茶浊酒，临水送归，山阳闻笛，一往情深。宜乎资良友之冥福，梓故人之遗书，为世所称也。若栗亭者，其亦可以群矣。慨自《伐木》既废，五交之外，复有泛交。暴集之客，出门遂忘姓氏；讲席之人，在途即分车笠。故其为诗，排比雕虫，都无意好，要皆刻薄者之所为也"。② 黄宗羲称许汪氏之诗一往情深，故"可以群矣"，而斥责交往中虚情假意的刻薄者，其诗也只能是"排比雕虫，都无意好"。黄宗羲之说强调交流情感的真挚

---

　　① 《汪扶晨诗序》，《黄梨洲文集》，第357页。
　　② 《汪扶晨诗序》，《黄梨洲文集》，第358页。

性，进一步丰富了"诗可以群"的诗学美学内蕴。

三 王夫之"诗可以群"诗学观

明末清初的王夫之经历了天崩地解的时代，曾参加过一段反清复明的火热斗争，失败后自三十六岁开始潜心著述近四十年，他治学广博，涉及经学、史学、诗选评、诸子佛老、诗文杂剧等领域。总体而言，王夫之治学偏重经学，如钱穆所云："船山则理趣甚深，持论甚卓，不徒近三百年所未有，即列之宋明诸儒，其博大闳括，幽微精警，盖无多让。"① 王夫之著述丰硕，据《船山遗书》，有《易经》5 种，《春秋》4 种，《尚书》3 种，《诗》3 种，《礼记》1 种，《四书》5 种，《张子正蒙注》等著作。关于《诗经》有《诗经稗疏》（附《考异》《叶韵辨》）和《诗广传》，《诗绎》中还有部分解释《诗经》的诗话性文字。王夫之对儒家传统思想文化进行了全面的反思、批判、整合，对儒家的道统、礼教、理欲、理气、道器、心性、虚实等问题做出了新的解答，他"倡导自然主义与理性主义的内在统一，谋求务实主义与理想主义的完美结合"，② 将儒学引上了新的发展路径。

（一）出其情以相示，可以群矣

"群"是儒家学说的重要课题，要规范和实现社会的和谐有序，须解决个体与群体的关系问题。群体的合和以群体规范为原则，而个体则多受感性欲望的支配，因此情与理的对立和冲突在儒家士人的思想中似乎是永恒的。儒家思想对"情"非常警惕，主张以理性原则来节制"情"。

王夫之对"诗可以群"进行了新的阐释，其《四书训义》卷四十二云："出其情以相示，可以群矣。"③ 这句话具有丰富的意涵，它揭示出交往的本体是情感。王夫之认为人与人之间的交往是情感的交往，真正的沟通是情感的交流，社会的和谐有赖于群体各成员之间情感的沟通，如果情感沟通不畅，就会产生怨怒和离心倾向，即"上不知下，下怨其上；下不知上，上怒其下。怒以报怨，怨以益怒，始于不相知，而上下

---

① 钱穆：《中国近三百年学术史》，第 106 页。
② 陶水平：《文化整合语境中的王夫之诗学》，《齐鲁学刊》2000 年第 6 期。
③ 《四书训义》卷四十二，《船山全书》第七册，岳麓书社，1996，第 915 页。

之交绝矣"。① 如果没有切实的情感沟通，则"怨不知所以怨，怒不知所以怒，无已而被之以恶名。下恶死耳，下怨劳耳，而上名之曰奸。上恶危耳，上恶亡耳，而下名之曰私。奸私之名，显于相谪，则民日死而不见死，国日危而不见危"。② 王夫之宣扬"诗达情"，社会群体成员之间都应以情相示，以情沟通：

> 君子与君子言，情无嫌于相示也；君子与小人言，非情而无以感之也。小人与君子言，不能自匿其情也。将欲与之言，因其情而尽之。不得其情，不可尽也。匡其情而正之，苟且非其情，非所匡也。言之而欲其听，不以其情，嫌于不相知而置之也。言之而为可听，不自以其情，彼将谓我之有别情而相媚也。故曰"诗达情"。③

王夫之认为，无论君子与君子、君子与小人、小人与君子，都必须以情感进行交流对话，这样才能化解怨怒，实现社会的稳定和谐。

王夫之"诗可以群"的性情交流观与以往儒家思想的交往观强调政治、道德原则，排斥情感因素不同，这是他的创造性见解。"情"是王夫之哲学中为调和天理人欲对立而提出的重要范畴。程朱理学有天命之性和气质之性、性与情、天理和人欲、道心和人心等若干对立的人性论范畴，其特点是将儒家的道德法则绝对化，压制人的感性欲望，其后果是道德原则脱离现实而日益空疏僵化，失去了社会的整合作用，并最终走向崩溃。王夫之推崇张载"气本论"的唯物主义哲学，对程朱陆王之学进行纠偏，对"性""情""欲"的内涵及三者之间的关系进行了新的界定。王夫之认为"人物之生，皆氤氲一气之伸聚"，④ "气之化而人生焉，人生而性成焉。……就气化之成于人身实有其当然者曰性"。⑤ 因此，性是"生之理""气之理"，性不能离开气而存在，"原于天而顺乎道，凝于形气，而

---

① （清）王夫之：《诗广传》，第34—35页。
② （清）王夫之：《诗广传》，第35页。
③ （清）王夫之：《诗广传》，第43页。
④ 《张子正蒙注》，《船山全书》第十二册，第44页。
⑤ 《读四书大全说》，《船山全书》第六册，第1110页。

五常百行之理无不可知，无不可能，于此言之则谓之性"。① 王夫之对
"情"也进行了规定，他说："情者，阴阳之几也；物者，天地之产也。
阴阳之几动于心，天地之产应于外。故外有物，内可有其情也。内有情，
外必有物矣。"② 船山认为情为阴阳之几，合于性，受外物感发而生，是
主客体相互作用的产物。因此，就情性关系而言，"情者，性之端也。循
情可以定性也"。③ "性自行于情之中，而非性之生情，亦非性之感物而动
则化而为情也。"④ 是故"天理、人情，元无二致"。⑤ 基于气本论的哲学
主张，王夫之并不排斥"人欲"，即人的自然属性或情感欲求，"饮食、
男女，人之大欲共焉者也"。⑥ "情之始有者，则甘食悦色"⑦，情之初始，
则为人欲。他认为释氏"离欲而别为理"，是"废人之大伦矣"。⑧ 因此
"随处见人欲，即随处见天理"。⑨ 王夫之反对将天理与人欲二者割裂的观
点，认为："圣人有欲，其欲即天之理。天无欲，其理即人之欲。学者有
理有欲。理尽，则合人之欲；欲推，即合天之理。于此可见，人欲之各
得，即天理之大同。天理之大同，无人欲之或异。治民有道，此道也。"⑩
综而言之，性、情、欲三者的关系是"情上受性，下受欲"。⑪ 而情是君
子、小人都具有的，是人类心灵沟通的前提。情融合了性与欲，使群体的
道德原则落到了实处，欲合于性，在肯定自然情感的同时又进行了适当的
节制。由此看来，王夫之肯定人的情感属性，倡导"性情"之说，目的
并非展现个人才性气质，彰显个体的生命存在，而是从社会和谐的需要出
发强调情感沟通。王夫之是从哲学、伦理学的角度来阐释性、情、欲的，
经过他的改造，"情"合于群体道德又契合自然心灵，因而具有了"可以

① 《张子正蒙注》，《船山全书》第十二册，第33页。
② （清）王夫之：《诗广传》，第43页。
③ （清）王夫之：《诗广传》，第43页。
④ 《读四书大全说·孟子》，《船山全书》第六册，第1066页。
⑤ 《读四书大全说·孟子》，《船山全书》第六册，第896页。
⑥ （清）王夫之：《诗广传》，第67页。
⑦ 《读四书大全说·孟子》，《船山全书》第六册，第1066页。
⑧ 《读四书大全说·孟子》，《船山全书》第六册，第911页。
⑨ 《读四书大全说·孟子》，《船山全书》第六册，第912页。
⑩ 《读四书大全说·论语》，《船山全书》第六册，第639页。
⑪ （清）王夫之：《诗广传》，第23页。

群"的本质属性。

"群"是情感的交流这一点，决定了诗的本体是"性情"。作为儒家思想家，王夫之的诗学本体论是依据其社会学说的需要来界定的。王夫之的学说解决了理性与感性的对立问题，将人与人之间的沟通确定为性情交流，这样其诗学本体论自然就呼之欲出了。他说：

> 诗以道性情，道性之情也。性中尽有天德、王道、事功、节义、礼乐文章，却分派与《易》《礼》《书》《春秋》去，彼不能代诗而言性之情，诗亦不能代彼也。①

王夫之把表现天理、王道等非审美的、情感的内容排除在诗歌之外，还原诗歌表现情感的特质。从"诗道性情"的诗学本体出发，王夫之的"诗可以群"诗学观突出了交流的审美性和主体性，也彰显了诗歌的审美交往特性，这是对儒家"诗可以群"诗学观的总结和提升。

（二）诗之为教相求于性情

上文已述，王夫之"诗可以群"的诗学观是从属于其伦理学说、社会学说的，体现了王夫之的文化理想。这一理想的实现有赖于诗教，王夫之云："诗之为教相求于性情。"② 即诗教是对人的性情进行调和、归正，化解矛盾，以实现社会的良性运行，这是王夫之对传统"诗教"的审美化改造，凸显了"诗"的审美交往特性。

概括而言，先秦儒家的诗教观为"礼教"，汉儒的诗教观为"政教"，宋儒的诗教观为"理教"。而王夫之的诗教思想则可归结为"情教"。晚明冯梦龙曾提出"情教"一词，不过冯氏所言之"情"不受道德之性的约束，偏向自然的情欲，与王夫之强调性情的思想不同。王夫之认为诗歌对人的情感具有归正作用，"得其温柔正直之致，则可以群"。③ 王夫之主张经由情感的交流、陶染而达到理想的人格境界。王夫之在诗歌选评中大力宣扬"情教"的诗学主张，他说：

---

① 《明诗评选》卷四，《船山全书》第十四册，第 1440 页。
② 《古诗评选》卷四，《船山全书》第十四册第 677 页。
③ 《四书笺解》，《船山全书》第六册，第 259 页。

长言咏叹，以写缠绵悱恻之情，诗本教也。①

《十九首》该情一切，群、怨俱宜，诗教良然，不以言著。②

王夫之反对理性的说教，主张以真实的审美情感来动人心灵，以审美交往陶冶性情，实现心灵的沟通，达到群体性情的贞正。

王夫之的"情教"观并未脱离儒家传统思想，他认为"王道本乎人情"，③ 并提出了"治情"观点。王夫之总结了三代之治道，提出"夏尚忠，忠以用性；殷尚质，质以用才；周尚文，文以用情"。④ 他还特别指出"周以情王，以情亡，情之不可恃久矣。是以君子莫慎乎治情"。⑤ 王夫之将周代的礼乐制度和文化归结为"治情"，将情感的融洽和谐提到社会治理的首要地位，这是一种创造性的见解，充满了理想色彩。王夫之《诗广传》卷二云："使人乐有其身，而后吾之身安，使人乐有其家，而后吾之家固，使人乐用其情，而后其情向我也不浅，进而导之以道则王，即此而用之则霸，虽无道犹足以霸，而况于以道而王者乎？"⑥ 王夫之宣扬儒家王道思想，概言之为乐身、乐家、乐情、导之以道，即满足基本的物质追求和自然欲求，保持个人情感和社会情绪的平和，这样则可以为"霸"，再导之以道就是王道。可见王夫之的治情之说既回应了社会大众的利益和情感欲求，又不脱离儒家的道德色彩，其实是具有空想性质的审美调和。

在王夫之的"性情"观中，由于性显、性隐的区别，"情"是有贞淫之别的，他说："贞亦情也，淫亦情也。情受于性，性其藏也，乃迨其为情，而情亦自为藏矣。藏者必性生，而情乃生欲，故情上受性，下授欲。"⑦ 在性、情、欲三个层次上，不同的人是有差别的，这也决定了

---

① （清）王夫之：《夕堂永日绪论内编》，《姜斋诗话笺注》，人民文学出版社，1981，第88页。
② 《古诗评选》卷四，《船山全书》第十四册，第644页。
③ 《四书训义》卷二十六，《船山全书》第八册，第90页。
④ （清）王夫之：《诗广传》，第1页。
⑤ （清）王夫之：《诗广传》，第35页。
⑥ （清）王夫之：《诗广传》，第55页。
⑦ （清）王夫之：《诗广传》，第23页。

"情教"的必要。"圣人尽心而君子尽情",① 小人则往往易淫于欲。

那么如何"治情"呢？王夫之云："欲治不道之情者，莫若以舒也。"即应该对"情"进行疏导、调和，勿使情滞。王夫之在《诗广传》中屡次强调这一观念，"其能舒也，则其喜也平，其怒也理，虽或不惠，末之很矣。……是故欲治不道之情者，莫若以舒也。舒者，所以沮其血之躁化，而俾气畅其清微，以与神相邂逅者也"。② "万有之情，不顺之则不动；百昌之气，不动之则不振；积习因循之染，不振之则不新。人情隐，而为达之，天道埋，而为疏之。"③ 王夫之的"治情"观是从沟通社会上下，调和矛盾，化解冲突出发，着眼于矛盾的起点——心和情——进行沟通调和，化解"不道之情"，这充分显示了他"情教"观的审美超越性。

船山的"情教"说具有重要的理论意义和现实意义，"礼别异，乐和同"一直是儒家士人的政治理想，在礼乐文化产生初期，两者是融合在一起的，但是之后儒家士人的学说在确立发展的过程中往往重视"礼别异"的理性节制原则，而弱化了"乐和同"的情感协调原则，这种情况一直持续到道德崩溃、情欲张扬的晚明时期。王夫之虽然坚守儒家的伦理道德，但是他彰显"性情"，认为要承认人们的自然欲望和情感，并将其约束在一定社会框架内，社会矛盾的化解重在情感的协调、沟通，这是儒家教化观的重大转向和突破。

（三）"兴观群怨"整体中的"诗可以群"

王夫之将"兴、观、群、怨"作为一个整体，对于"诗可以群"的内涵，应当从其对"兴观群怨"的整体阐释中分析。

王夫之在其经学著作《四书笺解》和《四书训义》中都提到"兴观群怨"：

> 《诗》之泳游以体情，可以兴矣；褒刺以立义，可以观矣；出其情以相示，可以群矣；含其情不尽于言，可以怨矣；其相亲以柔也，

---

① （清）王夫之：《诗广传》，第 8 页。
② （清）王夫之：《诗广传》，第 94 页。
③ （清）王夫之：《诗广传》，第 152 页。

迩之事父者道在也；其相协以肃也，远之事君者道在也。①

兴观群怨，非涵泳玩索，岂有可焉乎。得其扬扢鼓舞之意，则"可以兴"；得其推荐至隐之深，则"可以观"；得其温柔正直之致，则"可以群"；得其悱恻缠绵之情，则"可以怨"。得其和柔肫笃之极致，则"可以事父"，得其恺弟诚挚之至意，则"可以事君"。②

王夫之阐释《四书》两次论及"兴观群怨"都是从其哲学伦理学的立场进行诠释的，前者强调的是达到"兴观群怨"的情感表现方式，是对艺术作品的情感要求，后者强调"兴观群怨"的情感陶冶效果，是从接受的角度而言的。两者都拖着一条事父、事君的尾巴，显示王夫之学说不脱离儒家之道，以"群"为旨归，经由涵泳玩索，情中显性，归正性情，实现儒家的社会理想。

而在王夫之的诗学著作《姜斋诗话》中，"兴观群怨"是其诗学批评的重要范畴：

"《诗》可以兴，可以观，可以群，可以怨。"尽矣。辨汉、魏、唐、宋之雅俗得失以此，读《三百篇》者必此也。……出于四情之外，以生起四情；游于四情之中，情无所窒。③
兴、观、群、怨，诗尽于是矣。④
蛮触之争，要于兴、观、群、怨，丝毫未有当也。⑤
曲写心灵，动人兴、观、群、怨。⑥

王夫之从诗学美学的角度论及"兴观群怨"，将之归为"四情"，由此对"兴观群怨"的阐释转化到另外一个角度，即不是从传统的功利论角度进行阐释，而是转向从本体论的角度赋予其新的内涵，这是王夫之对"兴

---

① 《四书训义》，《船山全书》第七册，第915页。
② 《四书笺解》，《船山全书》第六册，第259页。
③ （清）王夫之：《姜斋诗话笺注》，第4页。
④ （清）王夫之：《姜斋诗话笺注》，第41页。
⑤ （清）王夫之：《姜斋诗话笺注》，第104页。
⑥ （清）王夫之：《姜斋诗话笺注》，第104页。

观群怨"诗学观新的发明和审美超越。王夫之常用"兴观群怨"来对历代诗歌进行点评,如他评杜甫《野望》诗说:"如此作自是野望绝佳写景诗,只咏得现量分明,则以之怡神,以之寄怨,无所不可,方是摄兴、观、群、怨于一炉,锤为风雅之合调。"① 评阮籍《咏怀》之《开秋兆凉气》说:"唯此宵宵摇摇之中,有一切真情在内,可兴,可观,可群,可怨,是以有取于诗。然因此而诗,则又往往缘景,缘事,缘已往,缘未来,终年苦吟而不能自道。以追光蹑影之笔,写通天尽人之怀,是诗家正法眼藏。"② 这种批评多从诗歌审美的角度进行评述,诗歌应表现杳渺幽深,摄人心魄的审美风貌。陶水平评价说:"船山的'兴观群怨'说有着严格的语境界限和独特的语义内涵,即在哲学伦理学的语境下,他是通过'以群节怨'来规范'兴观群怨';而在美学诗学的语境中则又通过'兴'或'宵宵摇摇'的意象或意境使'兴观群怨'变得空灵而不质实,抽象而不具体。"③ 这一评价充分把握了其复杂丰富的内涵,是很有见地的。如果说经学角度的阐释突出的是"诗可以群"的功利论,从情中显性,以归正性情,那么美学诗学角度的阐释则突出了"诗可以群"的审美性和超越性,由此可以看出追求道德和审美的圆融是王夫之"诗可以群"诗学观的目标。

王夫之强调"兴观群怨"四者是相互联结,密切联系的,他说:

> 其可兴者即其可观,劝善之中而是非著;可群者即其可怨,得之乐则失之哀,失之哀则得之愈乐。事父即可事君,无己之情一也;事君即以事父,不懈之敬均也。鸟兽草木并育不害,万物之情统于合矣。小子学之,可以兴观者,即可以群怨,哀乐之外无是非。可以兴观群怨者,即可以事君父。④

"可以"云者,随所以而皆可也。于所兴而可观,其兴也深;于所观而可兴,其观也审。以其群者而怨,怨愈不忘;以其怨者而群,

---

① 《唐诗评选》,《船山全书》第十四册,第 1019 页。
② 《古诗评选》,《船山全书》第十四册,第 681 页。
③ 陶水平:《船山诗学研究》,中国社会科学出版社,2001,第 72 页。
④ 《四书训义》,《船山全书》第七册,第 915 页。

群乃益挚。出于四情之外，以生起四情；游于四情之中，情无所窒。作者用一致之思，读者各以其情而自得。故《关雎》，兴也；康王晏朝，而即为冰鉴。"讦谟定命，远猷辰告"，观也；谢安欣赏，而增其遐心。人情之游也无涯，而各以其情遇，斯所贵于有诗。是帮延年不如康乐，而宋、唐之所繇升降也。谢叠山、虞道园之说诗，井画而根掘之，恶足知此？①

王夫之从哲学伦理学和美学诗学的双重立场进行阐释，"群"是情感交流的终极目的，"怨"须受"群"节制，表达群体之"怨"，以"怨"的情感来"群"，"群"则越显真挚。从诗学角度看，"兴"是基础，是"观""群""怨"的前提。王夫之说："经生家析《鹿鸣》《嘉鱼》为群，《柏舟》《小弁》为怨，小人一往之喜怒耳，何足以言诗？'可以'云者，随所'以'而皆'可'也。《诗》三百篇而下，唯《十九首》能然。李杜亦仿佛遇之，然其能俾人随触而皆可，亦不数数也。"② 王夫之认为"群"并非仅仅表现人们的欢聚、愉悦，其他情感形式也"可以群"，以此扩大"诗可以群"情感交流的内涵。

　　王夫之的"诗可以群"诗学观，以"情"为本体，倡导情感交流，体现王夫之对诗歌特质的深刻认识。同时王夫之始终不忘其言说的文化立场和社会意义，对情感不能完全放弃约束。王夫之认为解决两者矛盾的途径唯有审美，将"诗可以群"这一儒家根本的诗学理论命题充分审美化。

---

① （清）王夫之：《姜斋诗话笺注·诗绎》，第4—5页。
② （清）王夫之：《夕堂永日绪论内编》，《姜斋诗话笺注》，第41页。

"诗可以群"审美交往传统的
理论概括和当代意义

　　本书通过对"诗可以群"的源头的追溯，探索其具体的历史形态，研究儒家"诗可以群"的理论建构、发展演变及理论实践，从而勾勒出"诗可以群"诗学观的理论系统及深刻内涵。在此基础上，应该做进一步深入思考，追问"诗可以群"的哲学美学基础，探索其本体论内涵，并在当代的语境中去思考"诗可以群"诗学理论对当代审美交往理论建设的意义。

一　"诗可以群"审美交往诗学的理论基础和本体特征

（一）"诗可以群"诗学理论的原生形态

　　原生的理论必定诞生于丰厚的历史文化积淀之中，"诗可以群"诗学理论的文本是《诗》，它是礼乐文化的载体。从上古巫舞交流到三代礼乐交往是"诗可以群"的初始形态，这是理论的发源点。

　　歌咏所兴，虽说是情志的抒发，但群体的沟通交流才是其最重要的功能。正如前面的论述，群体交流经历了群而舞、群而乐、群而诗的形态演变过程。原始巫舞是群体性的歌舞通神活动，它以歌舞、祝词与神灵沟通，通过神秘的仪式、狂热的宣泄激起浓厚的情感体验，抒发群体的希望和祈愿，唤起群体的族群意识和情感认同。巫舞交流充满了神秘色彩，宗教体验胜过审美体验，以天命鬼神的威势来实现群体的融合。

　　随着巫术祭祀的典礼化、人文化、权力化，人神交流中蕴含了深厚的社会关系内容。原始巫舞转化为祭祀歌舞，用于协调人伦关系，整合社会群体，并逐步孕育出礼乐文化。周代制礼作乐，礼乐用之于邦国，用之于乡人，协调群体关系。"礼"是对群体关系的仪式行为规定，"乐"是对群体关系的审美展现。礼乐不仅是一种制度形态，更是一种审美的社会交往形态，它以感性、形象的仪式进行交流，呈现为"威仪""音声""诗语"三者合一的综合形态，而以"乐"为统称。"乐"的表演突出愉悦和乐，它以象征、隐喻的方式表现贵贱亲疏的等级关系，促进宗法群体关系的融合。礼乐交流既是政治仪式活动，又是乡人之间的日常仪式活动，表现了周人审美的生命存在。《诗》是礼乐文化的载体，礼乐用诗制度促进了《诗》的创作、采集、编定、整理，表现了仪式诗学、讽谏诗学观念。诗作为仪式乐歌或由乐工歌唱，或用乐器演奏，或由公卿列士赋诗，礼乐仪式是诗歌的重要内容，礼乐交流活动决定了诗的意义的生成。《诗》用于群体交流，表现了父子、兄弟、夫妇、君臣、朋友等多种交往情感类型，它既是人伦关系和政治关系的综合体，又是群体共同的价值、信仰、文化、心理的结合体，由此成为后世诗歌情感表现的主要类型。

春秋时期礼乐文化嬗变，"礼"的仪式流于僵化，言说功能衰弱，在礼义彰显的语境下，诗义的言说交流兴起，它以《诗》为文本，用于辞令的交流沟通，在仪式活动中赋诗酬酢，文雅含蓄，语含机锋。赋诗活动必须遵循"歌诗必类"的"礼"的原则，采用断章取义的意义提取方式，实现彼此的交流。

因此，"诗可以群"是上古至三代的礼乐文化语境中古人生命活动方式的高度概括和提炼。《诗》以审美方式调和群体关系，从而将政治审美化、伦理审美化、社会生活审美化，这也使《诗》更广泛地深入人的生命活动之中。

（二）"诗可以群"诗学理论的哲学美学基础

"诗可以群"诗学理论首先应置于传统的天人关系中去考察。在古人对宇宙天地的观察体悟中，形成了天、地、人三个维度，人孕育于天地万物，介于天地之间，是万物之精灵，可以接续天地，沟通人神。《易经·系辞下传》："古者包牺之王天下也，仰则观象于天，俯则观法于地，观鸟兽之文，与地之宜，近取诸身，远取诸物，于是始作八卦，以通神明之德，以类万物之情。"人之文乃象法天地而能沟通神明万物。《国语·楚语》《尚书·吕刑》等文献记载的颛顼命重、黎绝地天通的故事也是这种天人关系观念的反映，原始巫舞是沟通人神的重要方式，人们在乐舞营造的惚兮恍兮的神秘境界中上天入地，在沟通人神中求得人类群体情感的释放。

天人关系规范着人类社会的伦理关系，是群体交往关系的规范。《易经·系辞下传》云："《易》之为书也，广大悉备，有天道焉，有人道焉，有地道焉。兼三才而两之，故六。"天道、人道、地道关联同构，天道、地道即天地自然的运行规律，为天地之文；人道即人类社会的运行规律，为人之文。圣人知天道、地道并仿效之而发明人道，是为礼乐秩序。关于天地之道与人道之间的关系，《易经》云：

> 天尊地卑，乾坤定矣。卑高以陈，贵贱位矣。（《周易·系辞上传》）
>
> 有天地，然后有万物；有万物，然后有男女；有男女，然后有夫妇；有夫妇，然后有父子；有父子然后有君臣；有君臣，然后有上下；有上下，然后礼仪有所错。（《周易·序卦传》）

天地有尊卑高下，人类也有贵贱亲疏，社会的群体秩序有了天道自然的意义，在人的等级差异基础上追求群体的和谐，并以审美的方式实现人道与天道的统一，这是"诗可以群"的伦理学基础。

天人关系孕育了儒家人性论，是为人与人之间可以相通的依据，构成了"诗可以群"的人性论基础。人乃天地之化育，在人性上是相通的。孔子说："性相近，习相远也。"（《论语·阳货》）人之为人，因其有仁爱之心，"克己复礼"，推以"忠恕"，可以实现人与人之间的仁爱交流，恢复礼乐秩序。孟子倡性善之说，认为人皆有良心，可以为尧舜，应以礼乐修养去除遮蔽，实现仁爱社会。荀子主性恶之论，强调人的欲望无穷，要以圣人之道加以节制，化性起伪，才能实现"群居和一"的理想。《诗》为圣人之道，可以节人之性情。宋明理学将人性归之于天理、诚心，强化了人的道德自律性，促进了人内心世界的雅化，将"诗可以群"内在心性化。

"诗可以群"诗学理论还建立在"和"的哲学美学基础上。在传统的天人哲学中，"和"是宇宙自然的本质，表现为天地之和。人在与天地自然的沟通交流中，追求神人以和、天人和谐。与天人之和相对应的是人伦之和，《尚书·尧典》云："克明俊德，以亲九族。九族既睦，平章百姓。百姓昭明，协和万邦。黎民于变时雍。"周代礼乐文化追求"人道亲亲"（《礼记·大传》）。这都是追求人伦及社会关系的和谐。孔子云："中庸之为德也，其至矣乎！民鲜久矣。"（《论语·雍也》）提出中庸美学，子思《中庸》加以演绎："喜怒哀乐之未发谓之中，发而皆中节谓之和。中也者，天下之大本也；和也者，天下之达道也。节谓之和。中也者，天下之大本也；和也者，天下之达道也。"孟子也说："诚者，天之道也；思诚者，人之道也。"（《孟子·离娄上》）提出了心性之和哲学思想。荀子强调秩序之和，主张以先王之道，节人之欲而归于中，实现群体和谐。汉代以"天人感应"为基础，倡导政治秩序之和。宋明理学对心性之和加以发挥，强调"和而不同"。"和"以审美的形态展现，如"乐而不淫，哀而不伤"。"诗可以群"的实现方式是礼乐之和，《礼记·乐记》云："乐者，天地之和也。礼者，天地之序也。""乐"由心生，是情感的释放，"礼"以节情，使情感归于中道，和而不流。礼宜乐和，这就是"诗可以群"诗学所追求的境界。

（三）"诗可以群"诗学理论的本体内涵

"诗可以群"诗学理论就其本体内涵而言，一直处于情感与理性的矛盾纠葛之中，即情感的沟通交流必须受理性的引导、节制。从前文的论述可知，原始巫舞是群体的情感宣泄，但受到神性的压抑。周代的典礼奏乐，演奏的规模俨然大型的艺术演出，充满了娱乐欢快的气氛，但这种演唱对应着一套严格的等级尊卑规则，并非情感的无限制流荡。春秋时期的赋诗引诗活动，必须遵循"歌诗必类"的原则，否则便会受到批评斥责。在礼乐文化语境中的诗乐活动，是群体的歌诗奏乐，不是一己的情感抒发，故须受群体规范（也就是"礼"）的节制。

在儒家学派的"诗可以群"诗学理论言说中，情感与理性的关系一直是其着力探讨的问题。在儒家的"诗可以群"诗学理论中，其本体范畴有"情""志""性""理""道"等。孔子明确提出"诗可以群"的理论命题，建构了儒家的群体交往交流诗学，交流的核心内容是"礼"，"礼"的内涵实质是"仁"，它不是抽象的道德规范，而是道德化的情感。"思无邪"即"仁"的情感，是《诗》的内在本体。"诗可以群"是道德与情感的统一，要求人在情感体验中涵咏仁爱道德，实现群体的和合。孔子后学编定的《孔子诗论》直言"《诗》亡隐志，乐亡隐情"，以"情"为《诗》的本体，大大彰显了诗的抒情言志功能，但《孔子诗论》还主张"以色喻礼"，情感的表达要合乎礼义规范。孟子认为《诗》的本体为仁义之性，这是人的本性，群体交流是仁义心性的交流，孟子实际强调了交流的理性意义，限制了感性交流。荀子认为"情"是人的感性欲望，必须加以节制；主张"隆礼义而杀《诗》《书》"，《诗》的本体为礼义法度，为先王之道，应以之调节人的情感，实现群体整合。荀子的群体交流诗学观强化了理性对情感的约束控制。在汉代经学语境中"诗可以群"的交流诗学主要内容为《诗大序》主张的"风教""美刺"，表现为政治交流。《诗》"发乎情，止乎礼义"，情受到政治原则的压制。宋代理学宣扬道德心性交流，心性同于天理或道，其以抽象天理压制人的自然情感。清初实学对理学进行了反驳，承认"情"的合理性。黄宗羲提出诗应道"万古之性情"，强调情感的普遍意义，寄托了其民本思想。王夫之强调情感交流，其本体是"情"，主张"出其情以相示"，"诗道性情"。他将"群"作为"四情"之一，与"兴""观""怨"为一整体，通过涵咏体味，情中显性，以审美之途来归正性情，实现儒家的社会理想。黄宗羲、王夫之都以"情"作为交流的本体，将"诗可以群"的命题审美化，但黄宗羲之"万古之性情"说，王夫之之"性情"说始终还带着儒家理性观念的约束。

情感与理性的关系在传统的礼乐文化中就已经生成了。乐生于人心，人心之动，物使之然，人的内心世界与外在自然世界同构。礼乐是人之内心的外在显现，"乐也者，情之不可变者也。礼也者，理之不可易者也。乐统同，礼辨异。礼乐之说，管乎人情矣"（《礼记·乐记》）。"凡礼之大体，体天地，法四时，则阴阳，顺人情，故谓之礼。"（《礼记·丧服四制》）因此，"乐"是情感的展现，"礼"是规范情感展现的方式，因此，"礼"具有理性，但也具有情感属性。儒家"诗可以群"诗学理论是在礼乐文化的基础上发展的，它始终坚持社会视角，以"群"为目标指向，因此，坚持理性观念，但同时也重视人的感性生命存在，提倡在审美的交流中实现其社会理想。

（四）"诗可以群"诗学理论的功用观

儒家"诗可以群"诗学理论的功用可概括为"群"。从社会整体的角度而言，"群"指社会的整合或群体情感的融合。对个体的意义而言，"群"是指个体的群体性品格的养成。在上古时代，原始巫舞活动是群体情感的宣泄，表现了群体的信仰和认同，这是氏族、部落群体的融合。周代礼乐通过名物度数、典礼节文、歌诗奏乐等审美的形式表现了宗法等级关系。春秋时期人们在"礼"的原则下进行赋诗交流，实现交流主体间心志的沟通。在礼乐文化影响下，后世诗歌交往成为礼俗，是文人士子习惯的交往行为方式。

儒家学派始终重视"群"的功能，孔子强调君子之"群"，道德之"群"，它以个体的道德成人，即人的合群性品格的养成为前提。孔子提倡"诗可以群"，就是要以诗性审美的方式实现群体的道德融合。《孔子诗论》凸显了情感融合，孟子、荀子则从内外不同的角度发展了礼义道德之"群"。在汉代经学视野中，"诗可以群"诗学理论突出的是沟通上下的政治之"群"；宋代理学家们强化道德心性交流之"群"；在清初实学语境下黄宗羲、王夫之则倡导情感交融之"群"。"群"包括政治之"群"、道德之"群"、情感之"群"三种形态，它以感性的、审美的方式实现，这正是"诗可以群"诗学理论的重要特征，也是中国文化的重要特点。

儒家"诗可以群"诗学理论具有深厚的礼乐文化传统和儒学传统，发展为"百姓日用而不知"的行为习惯、思维定式，在古代产生了重要的影响。就其文学影响而言，诗歌交往成为一种普遍的行为方式，深入社会交往的方方面面，各种群体性的诗歌交往活动频繁，造就了诗歌的普及、诗人队伍的庞大，给群体关系蒙上了一层审美化色彩。它影响了诗歌的文体、风格、创作思潮、流派。各种交往诗歌文体不断产生，宴会诗、应制诗、赠答诗、唱和诗、联句诗等诗歌文体不断涌现，用于士人的交往和娱乐；应酬性创作非常突出，产生了大量的应酬性诗歌，在审美的交流中表现了人与人之间的交往情感；在诗歌交往中形成了诗歌流派，如元稹、白居易诗歌酬唱形成的元白体，韩愈、孟郊联句之作发扬的联句体。诗歌交往还形成了歌诗为礼、缘情放言、"群"而可"兴"等诗学观念。

二 "诗可以群"审美交往传统的价值和意义

"兴观群怨"说是儒家诗学理论的元命题，蕴含着孔子对礼乐文化价值精神的深刻领悟，以及对《诗》的审美功能和特点的精到理解。

就"诗可以群"来说，它随着历史的演进而不断发展转化。"诗可以群"，以文会友，歌诗酬酢，这是古人诗性的生存方式，它以审美来实现自我，协调社会关系，促进群体的和谐及社会的融合。它在后世发展为一种世俗的、日常的生活方式，似乎成为一种隐性文化，不被注视，自然而然，却影响着人们的生活态度、行为习惯乃至群体氛围、社会风气等。孔子建构了"诗可以群"诗学理论，后世儒家学者对"诗可以群"有着丰富的阐释。他们对人的审美存在进行了充分的设计和论述，使之成为古人的价值信念。

（一）"诗可以群"审美交往传统的价值

"诗可以群"可以阐释为中国古代儒家的交往诗学理论，它蕴含着重要的精神价值。

第一，关注群体的社会性生命存在。在传统的天人关系中，人是天地万物之化育，不是孤零零地存在于这个世界，而是可以与天地沟通交流，受天地万物哺育的。外在的自然不是与人相对立的客体，而是与人类相亲和的。同样，人类社会的运行之道，与天地自然之道同构，人与人之间也是亲和关系。人生于斯，不能独立存在，必然与他人之间发生联系，而存在于父子、君臣、夫妇、兄弟、朋友的人际关系网络中，这个网络富含亲情、友情而富有亲和力，人通过对自己与他人关系的确认，获得情感的栖息，生命的栖息。因此，无论群体的政治整合，还是社会关系交往，都显得温情脉脉。礼乐交往是群体关系的全方面展现，涉及吉、凶、宾、嘉、军五种礼乐制度，达于丧、祭、乡、射、冠、婚、朝、聘等多种礼乐交流形式。即使在礼乐文化衰弱之后，诗歌交流、以文会友仍是重要的行为方式，表现人际的和谐关系。儒家"诗可以群"的理论建构、扩展、流变，都以"群"为其旨归。从"诗可以群"诗学的实践形态和理论阐释中，都体现出其对人类群体的深刻关怀。

第二，注重社会化人格培育，在群体关系中肯定人的本质。要实现群体的和谐交流，前提是人的社会化人格的养成，在培养人的群体性品格的基础上才能使人合群。同时人际的审美交往也是一种自我完善、自我实现的重要方式。《尚书·舜典》说："命汝典乐，教胄子，直而温，宽而栗，刚而无虐，简而无傲。"《周礼·春官》云："以乐德教国子：中和、只庸、孝友。以乐语教国子：兴道、讽诵、言语。以乐舞教国子，舞《云门》《大卷》《大咸》《大韶》《大夏》《大濩》《大武》。"这种诗乐舞的交流教化使人脱离自然，成为有礼乐修养、有文化的人，这样才能融入群体。孔子说"仁者，爱人"，孟子云"仁者，人也"，都是强调在群体交流中人才能成人，"仁"是人之为人的内在属性，仁义道德是人的根本。孔子倡导君子之"群"，强调交流主体的道德修养是"群"的关键。同时孔子也认为要尊重他人的主体道德人格，"己欲立而立人，己欲达而达人"，"己所不欲，勿施于人"，这些是孔子"忠恕"之道的内容。儒家思想所宣扬的修身、齐家、治国、平天下，便是对道德精神境界的追求。因此，"诗可以群"追求通过个体修身实现社会关系理想，这既是个体精神境界的达成，又是社会之群的实现。

第三，追求美善合一的生存境界。"诗可以群"的诗学观重视群体情志、道德的交流，又强调以审美的方式展现。这种美善合一的理想生存境界有其历史语境。周代尚文，礼乐交流便是其生动、鲜明的事例。周代典礼活动繁饰礼乐，在群体的诗乐欣赏中，接受礼乐所蕴含的社会秩序内容，实现群体的融合，这是周人诗性把握世界的方式，也是美善合一的典型生命存在。春秋时期行人聘问歌咏，"赋诗言志"，含蓄雅致。在此基础上，孔子提出了"诗可以群"的诗学命题，"群"是善的追求，"诗"是美的文本。孔子对美善合一的生存境界进行了系统的设计。其一，交流主体应具有文质彬彬的君子品格，"文胜质则野，质胜文则史，文质彬彬，然后君子"（《论语·雍也》）。"文"是指外在的礼乐文饰，属于审美的范畴，内在之"质"需要外在之文才能得到较好的展现。其二，群体交流的文本须尽善尽美。"子谓《韶》'尽美矣，又尽善也。'谓《武》

'尽美矣，未尽善也。'"（《论语·八佾》）"《诗》三百，一言以蔽之，曰：'思无邪'。"在孔子看来《诗》文本符合尽善尽美的标准。交往的方式是"以文会友，以友辅仁"，以审美实现善的群体关系追求。美善合一的追求促进了审美之"文"的发展兴盛，造就了文质彬彬的士人君子和别具温情的群体关系。

（二）"诗可以群"审美交往诗学的当代意义

"诗可以群"诗学理论所蕴含的诗学观念、价值精神、社会功用，与当代文学理论既有异质，更有同构，对中国当代文学理论建设具有重要的借鉴意义。

第一，文学理论建设应面向大众，关注普通大众的生命存在。文学理论不能只是面向几个理论家的话语，不应只是少数人可以读懂的生僻词句，它要放宽视野，注视丰富多彩的审美世界，关注流行艺术、通俗艺术、大众艺术，关注大众的审美存在。

第二，要坚持文学理论的价值引导。"诗可以群"的诗学理论赋予文学重要的责任，即文学要发挥实现自我、和谐群体、融合社会的作用。当然，这些有其时代的限制，并非要全盘接受。但是，传统文化赋予我们这样一个信念，即个体的生命自由离不开群体的亲和融洽。从这个意义上说，文学理论应当继续承担起社会责任，引导大众文化走向健康的轨道，引导大众走向审美的生活方式。

第三，"诗可以群"可以与西方文论话语进行对话，揭示两者的异同及其内在的文化原因，并立足于中国具体的当代社会文化语境，建构当代的文学理论。

"诗可以群"的古典儒家交往诗学理论在当下文化语境中仍然具有积极的实践意义，可以与当下审美文化实践进行对话。

首先，以审美交往构建审美的生存境界。周代的礼乐文化交流，通过钟鼓琴瑟、诗乐演奏，展现了审美的生命活动，春秋赋诗观志，酬酢讽诵，高雅别致。自魏晋以来，诗歌交往活动逐渐频繁，文人宴会、家族文学赏会、文学交游兴起，唐宋以来，诗歌交往的范围继续扩大，诗歌交往逐渐成为日常的审美交往活动，朋友宾客间的拜迎接送，文士之间的日常聚会，甚至贺喜吊丧都离不开诗歌，展现了古人诗意的生存方式。在当今社会，审美交往可以让人重新找回失落的审美生存境界。

其次，以审美交往构建审美的人际关系和社会关系。中国古代儒家交往诗学的目的在于"群"，其精神实质为"和"，即通过诗歌交往，进行情感交流，促进人与人之间的情感和合。白居易《祭微之文》："金石胶漆，未足为喻，死生契阔者三十载，歌诗唱和者九百章。"① 当今社会人与人之间可以通过审美交往，在人际关系中完善自我，仁爱他人，实现社会群体关系的和谐融洽。

---

① 《全唐文》，第 6967 页。

参考文献

一 古籍

1.《十三经注疏》，上海古籍出版社，1997。

2.（清）孙诒让：《周礼正义》，中华书局，1987。

3.（清）胡培翚：《仪礼正义》，影印南京图书馆藏清木犀香馆刻本。

4.（清）孙希旦：《礼记集解》，中华书局，1989。

5.（清）凌廷堪：《礼经释例》，中华书局，1985。

6.（清）王聘珍：《大戴礼记解诂》，中华书局，1983。

7.（清）邵懿辰：《礼经通论》，顾颉刚主编《古籍考辨丛刊》第二集，社会科学文献出版社，2009。

8.（宋）李樗、黄櫄：《毛诗李黄集解》，《文渊阁四库全书》第71册，上海古籍出版社，1987。

9.（清）王先谦：《诗三家义集疏》，中华书局，1987。

10.（宋）朱熹：《诗集传》，中华书局，1958。

11.（清）惠周惕：《诗说》，《皇清经解》本。

12.（清）陈奂：《诗毛氏传注疏》，商务印书馆，1930。

13.（清）马瑞辰：《毛诗传笺通释》，中华书局，1989。

14.（清）姚际恒：《诗经通论》，中华书局，1958。

15.（清）方玉润：《诗经原始》，中华书局，1986。

16. 杨伯峻：《春秋左传注》，中华书局，1981。

17.（宋）朱熹：《四书章句集注》，中华书局，1983。

18.（宋）赵顺孙：《论语纂疏》，《文渊阁四库全书》，上海古籍出版社，1987。

19. 程树德：《论语集释》，中华书局，1990。

20. 杨伯峻：《论语译注》，中华书局，2004。

21. 杨树达：《论语疏证》，上海古籍出版社，1986。

22.（清）戴震：《孟子字义疏证》，中华书局，1961。

23.（清）焦循：《孟子正义》，中华书局，1987。

24.（汉）伏胜撰，郑玄注，（清）陈寿祺辑校《尚书大传》，商务印书馆，1937。

25.《张载集》，中华书局，1978。

26.《周敦颐集》，中华书局，1990。

27.《二程集》，中华书局，1981。

28.《朱子文集》，商务印书馆，1936。

29.（宋）黎靖德编《朱子语类》，中华书局，1986。

30.（清）陈立：《白虎通疏证》，中华书局，2005。

31.（清）皮锡瑞：《经学通论》，中华书局，1954。

32.（清）皮锡瑞：《经学历史》，中华书局，1959。

33.（清）陈澧：《东塾读书记》，三联书店，1998。

34.（清）阮元：《研经室集》，中华书局，1993。

35.（清）卢文弨辑《逸周书》，清卢氏刊本影印，北京直隶书局，1923。

36. 方诗铭、王修龄：《古本竹书纪年辑证》，上海古籍出版社，1981。

37. 上海师范大学古籍整理组校点《国语》，上海古籍出版社，1978。

38.（清）董增龄：《国语正义》，巴蜀书社，1985。

39.（汉）刘向集录《战国策》，上海古籍出版社，1985。

40.《史记》，中华书局，1959。

41.《汉书》，中华书局，1962。

42.（南朝宋）范晔：《后汉书》，中华书局，1965。

43.（晋）陈寿、裴松之：《三国志》，中华书局，1982。

44.（唐）房玄龄等：《晋书》，中华书局，1974。

45.（南朝梁）沈约：《宋书》，中华书局，1974。

46.（南朝梁）萧子显：《南齐书》，中华书局，1983。

47.（唐）李延寿：《南史》，中华书局，1975。

48.（唐）姚思廉：《梁书》，中华书局，1977。

49.（唐）刘知几著，张振佩笺注《史通笺注》，贵州人民出版社，1985。

50.（后晋）刘昫：《旧唐书》，中华书局，2002。

51.（宋）欧阳修、宋祁：《新唐书》，中华书局，1975。

52.（唐）杜佑：《通典》，中华书局，1982。

53.（宋）郑樵：《通志》，中华书局，1987。

54.（清）章学诚：《文史通义》，中华书局，1994。

55.高明：《帛书老子校注》，中华书局，1996。

56.吴毓江：《墨子校注》，中华书局，1993。

57.（清）郭庆藩：《庄子集释》，中华书局，1961。

58.黎翔凤撰，梁运华整理《管子校注》，中华书局，2004。

59.吴则虞：《晏子春秋集释》，中华书局，1962。

60.蒋礼鸿：《商君书锥指》，中华书局，1986。

61.（清）王先慎撰《韩非子集解》，中华书局，1998。

62.（清）王先谦：《荀子集解》，中华书局，1988。

63.许维遹：《吕氏春秋集释》，中国书店，1985。

64.（汉）宋衷注《世本八种》，商务印书馆，1957。

65.（汉）陆贾著，王利器注《新语校注》，中华书局，1986。

66.吴云、李春台校注《贾谊集校注》，中州古籍出版社，1989。

67.刘梦溪主编《中国现代学术经典·廖平蒙文通卷》，河北教育出版社，1996。

68.（汉）刘安编，何宁撰《淮南子集释》，中华书局，1998。

69.（汉）贾谊：《新书校注》，中华书局，2000。

70.（清）苏舆：《春秋繁露义证》，中华书局，1992。

71.袁珂校注《山海经校注》，上海古籍出版社，1980。

72.（秦）孔鲋：《孔丛子》，《丛书集成初编》，商务印书馆，1936。

73. （清）陈士珂辑《孔子家语疏证》，上海书店，1987。

74. （清）孙星衍等：《孔子集语校补》，齐鲁书社，1998。

75. （宋）王应麟著，（清）翁元圻等注《困学纪闻》，上海古籍出版社，2008。

76. （清）段玉裁：《说文解字注》（影印经韵楼藏版），上海古籍出版社，1988。

77. （清）程廷祚：《青溪集》，《文渊阁四库全书》，上海古籍出版社，1987。

78. （清）黄宗羲：《南雷文定》，《续修四库全书》（1394—1397），集部·别集类。

79. 《黄宗羲全集》，浙江古籍出版社，1992。

80. 《黄梨洲文集》，中华书局，2009。

81. 《船山全书》，岳麓书社，1996。

82. （清）王夫之：《诗广传》，中华书局，1964。

83. （清）劳孝舆：《春秋诗话》，中华书局，1985。

84. 《戴震文集》，中华书局，1990。

85. 王国维：《观堂集林》，河北教育出版社，2003。

86. （清）严可均校辑《全上古三代秦汉三国六朝文》，中华书局，1999。

87. 逯钦立：《先秦汉魏晋南北朝诗》，中华书局，1983。

88. （梁）萧统编，（唐）李善注《文选》，上海古籍出版社，1986。

89. （唐）欧阳询撰《艺文类聚》，上海古籍出版社，1982。

90. （唐）计有功：《唐诗纪事》，中华书局，1965。

91. 《全唐文》，中华书局，2000。

92. 《全唐诗》，上海古籍出版社，1986。

93. （唐）韩愈：《韩昌黎文集校注》，上海古籍出版社，1986。

94. 《全宋诗》，北京大学出版社，1998。

95. 曾枣庄、刘琳主编《全宋文》，巴蜀书社，1988。

96. （清）何文焕：《历代诗话》，中华书局，1981。

97. 丁福保：《历代诗话续编》，中华书局，1983。

98. 郭绍虞：《清诗话续编》，上海古籍出版社，1983。

99.（南朝宋）刘义庆撰《世说新语》，上海古籍出版社，1982。

100. 范文澜注《文心雕龙注》，人民文学出版社，1958。

101.（南朝梁）钟嵘：《诗品》，上海古籍出版社，1980。

102.（明）胡应麟：《诗薮》，上海古籍出版社，1958。

103.（明）胡震亨：《唐音癸签》，上海古籍出版社，1981。

104.（清）王士禛：《带经堂诗话》，人民文学出版社，1963。

105.（清）赵翼：《瓯北诗话》，人民文学出版社，1963。

106.（清）翁方纲：《石洲诗话》，人民文学出版社，1981。

107.（清）王夫之：《姜斋诗话笺注》，人民文学出版社，1981。

108.（清）刘熙载：《艺概》，上海古籍出版社，1978。

109.（清）吴淇：《六朝选诗定论》，广陵书社，2009。

二 历史考古文献

1. 陈梦家：《殷虚卜辞综述》，科学出版社，1956。

2. 郭沫若：《青铜时代》，科学出版社，1957。

3. 郭沫若：《甲骨文字研究》，《郭沫若全集·考古篇》，科学出版社，1982。

4. 李孝定编述《甲骨文集释》，台湾"中央研究院"历史考古所，1970。

5. 于省吾：《甲骨文字诂林》，中华书局，1996。

6. 张光直：《中国青铜时代》（初集、二集），三联书店，1983、1990。

7. 张光直：《商代文明》，北京工艺美术出版社，1999。

8. 杨树达：《积微居金文说》，科学出版社，1952。

9. 杨树达：《积微居小学述林》，中华书局，1983。

10. 刘雨：《金文论集》，紫禁城出版社，2008。

11. 邹衡：《夏商周考古学论文集》，文物出版社，1980。

12. 俞伟超：《先秦两汉考古学论文集》，文物出版社，1985。

13. 张亚初、刘雨：《西周金文官制研究》，中华书局，1986。

14. 陈全方：《周原与周代文化》，上海人民出版社，1988。

15. 李学勤：《东周与秦代文明》，文物出版社，1991。

16. 李学勤：《走出疑古时代》，辽宁大学出版社，1997。

17. 夏商周断代工程专家组：《夏商周断代工程 1996—2000 年阶段成果报告》简本，世界图书出版公司，2000。

18. 马承源主编《上海博物馆藏战国楚竹书》，上海古籍出版社，2001。

19. 上海大学古代文明研究中心、清华大学思想文化研究所编《上博馆藏战国楚竹书研究》，上海书店出版社，2002。

20. 刘剑：《郭店楚简校释》，福建人民出版社，2005。

三　研究论著

1. 梁启超：《志三代宗教礼学》，《国史研究六篇》（第二版），中华书局，1947。

2. 李安宅：《〈仪礼〉与〈礼记〉之社会学的研究》，上海人民出版社，2005。

3. 刘师培：《经学教科书》，上海古籍出版社，2006。

4. 闻一多：《神话与诗》，上海人民出版社，2006。

5. 顾颉刚：《古史辨》，上海古籍出版社，1982。

6. 胡朴安：《诗经学》，商务印书馆，1931。

7. 朱光潜：《乐的精神与礼的精神——儒家思想系统的基础》，《朱光潜学术文化随笔》，中国青年出版社，1998。

8. 朱自清：《诗言志辩》，《朱自清说诗》，上海古籍出版社，1998。

9. 梁启超：《中国近三百年学术史》，天津古籍出版社，2004。

10. 钱穆：《中国近三百年学术史》，商务印书馆，1997。

11. 钱锺书：《诗可以怨》，《钱钟书论学文选》（第 6 册），花城出版社，1990。

12. 钱锺书：《宋诗选注》，三联书店，2002。

13. 陈子展：《诗经直解》，复旦大学出版社，1983。

14. 赵光贤：《周代社会辨析》，人民出版社，1980。

15. 杨宽：《古史新探》，中华书局，1965。

16. 杨向奎：《宗周社会与礼乐文明》，人民出版社，1992。

17. 晁福林：《夏商西周的社会变迁》，北京师范大学出版社，1996。

18. 晁福林：《先秦社会形态研究》，北京师范大学出版社，2003。

19. 谢维扬：《周代家庭形态》，中国社会科学出版社，1990。

20. 钱宗范：《周代宗法制度研究》，广西师范大学出版社，1989。

21. 巴新生：《西周伦理形态研究》，天津古籍出版社，1997。

22. 张广志：《西周史与西周文明》，上海科学技术文献出版社，2007。

23. 钱穆：《中国学术思想史论丛第一册·周公与中国文化》，安徽教育出版社，2004。

24. 陈来：《古代宗教与伦理——儒家思想的根源》，三联书店，1996。

25. 陈来：《古代思想文化的世界——春秋时代的宗教、伦理与社会思想》，三联书店，2002。

26. 杨华：《先秦礼乐文化》，湖北教育出版社，1997。

27. 钱玄：《三礼通论》，南京师范大学出版社，1996。

28. 邹昌林：《中国礼文化》，社会科学文献出版社，2000。

29. 金尚理：《礼宜乐和的文化理想》，巴蜀书社，2002。

30. 张岩：《从部落文明到礼乐制度》，上海三联书店，2004。

31. 高亨：《文史述林》，清华大学出版社，2004。

32. 王昆吾：《中国早期艺术与宗教》，东方出版中心，1998。

33. 蒋孔阳：《先秦音乐美学思想论稿》，人民文学出版社，1986。

34. 杨荫浏：《中国古代音乐史稿》，山东文艺出版社，1981。

35. 朱谦之：《中国音乐文学史》，北京大学出版社，1989。

36. 刘芹：《中国古代舞蹈》，商务印书馆，1991。

37. 修海林：《古乐的沉浮——中国古代音乐文化的历史考察》，山东文艺出版社，1997。

38. 陈元锋：《乐官文化与文学——先秦诗歌史的文化巡礼》，山东教育出版社，1999。

39. 谢濂：《钟与鼓——诗经中的套语及其创作方式》，四川人民出版社，1990。

40. 李山：《诗经的文化精神》，东方出版社，1997。

41. 夏静：《礼乐文化与中国文论早期形态研究》，中华书局，2007。

42. 周策纵：《古巫医与"六诗"考——中国浪漫文学探源》，上海古籍出版社，2009。

43. 叶舒宪：《诗经的文化阐释》，湖北人民出版社，1994。

44. 雒启坤：《〈诗经〉散论》，商务印书馆，2002。

45. 李春青：《诗与意识形态》，北京大学出版社，2005。

46. 马银琴：《两周诗史》，社会科学文献出版社，2006。

47. 韩高年：《礼俗仪式与先秦诗歌演变》，中华书局，2006。

48. 彭锋：《诗可以兴——古代宗教、伦理、哲学与艺术的美学阐释》，安徽教育出版社，2003。

49. 傅道彬：《诗可以观——礼乐文化与周代诗学精神》，中华书局，2010。

50. 王秀臣：《三礼用诗考论》，中国社会科学出版社，2007。

51. 杨隽：《典乐制度与周代诗学观念》，中国社会科学出版社，2009。

52. 江林：《〈诗经〉与宗周礼乐文明》，上海古籍出版社，2010。

53. 翁礼明：《礼乐文化与诗学话语》，巴蜀书社，2007。

54. 顾德融、朱顺龙：《春秋史》，上海人民出版社，2001。

55. 董治安：《先秦文献与先秦文学》，齐鲁书社，1994。

56. 于民：《春秋前审美观念的发展》，中华书局，1984。

57. 傅修延：《先秦叙事研究：关于中国叙事传统的形成》，东方出版社，1999。

58. 赵逵夫：《先秦文学编年史》，商务印书馆，2010。

59. 徐正英：《先唐文学与文学思想考论》，上海古籍出版社，2005。

60. 饶龙隼：《先秦诸子与中国文学》，百花州文艺出版社，2002。

61. 沈立岩：《先秦语言活动之形态观念及其文学意义》，人民出版社，2005。

62. 钟肇鹏：《孔子研究》，中国社会科学出版社，1983。

63. 匡亚明：《孔子评传》，齐鲁书社，1985。

64. 萧兵：《孔子诗论的文化推绎》，湖北人民出版社，2006。

65. 蔡先金等：《孔子诗学研究》，齐鲁书社，2006。

66. 洪湛侯：《诗经学史》，中华书局，2002。

67. 鲁洪生：《诗经学概论》，辽海出版社，1998。

68. 朱金发：《先秦诗经学》，学苑出版社，2007。

69. 刘立志：《汉代〈诗经〉学史论》，中华书局，2007。

70. 夏传才：《20世纪诗经学》，学苑出版社，2000。

71. 张启成：《诗经研究史论稿》，贵州人民出版社，2003。

72. 林叶连：《中国历代诗经学》，台湾学生书局，1993。

73. 刘松来：《两汉经学与中国文学》，百花州文艺出版社，2001。

74. 许总：《宋明理学与中国文学》，百花州文艺出版社，1999。

75. 陈来：《宋明理学》，华东师范大学出版社，2004。

76. 唐明贵：《论语学史》，中国社会科学出版社，2009。

77. 马一浮：《复性书院讲录》，山东人民出版社，1998。

78. 张蕙慧：《儒家乐教思想研究》，台湾文史哲出版社，1985。

79. 张毅：《儒家文艺美学——从原始儒家到现代新儒家》，南开大学出版社，2004。

80. 王齐彦：《儒家群己观研究》，中国社会科学出版社，2006。

81. 李凯：《儒家元典与中国诗学》，中国社会科学出版社，2002。

82. 陈桐生：《礼化诗学——诗教论的生成轨迹》，学苑出版社，2009。

83. 俞志慧：《君子儒与诗教——先秦儒家文学思想考论》，三联书店，2005。

84. 梅加玲：《汉魏六朝文学新论——拟代与赠答篇》，北京大学出版社，2004。

85. 赵以武：《唱和诗研究》，甘肃文化出版社，1997。

86. 贾晋华：《唐代集会总集与诗人群研究》，北京大学出版社，2001。

87. 欧阳光：《宋元诗社研究丛稿》，广东高等教育出版社，1996。

88. 郭英德：《中国古代文人集团与文学风貌》，北京师范大学出版社，1998。

89. 李泽厚：《美的历程》，文物出版社，1981。

90. 李泽厚、刘纲纪：《中国美学史》第一卷，中国社会科学出版社，1984。

91. 李泽厚：《华夏美学》，广西师范大学出版社，2001。

92. 叶朗：《中国美学史大纲》，上海人民出版社，2006。

93. 朱立元：《天人合一——中华审美文化之魂》，上海文艺出版社，1998。

94. 袁济喜：《和——审美理想之维》，百花州文艺出版社，2001。

95. 徐复观：《中国艺术精神》，春风文艺出版社，1987。

96. 〔日〕今道友信：《东方的美学》，蒋寅等译，三联书店，1991。

97. 余英时：《士与中国文化》，上海人民出版社，1987。

98. 冯友兰：《中国哲学史》，华东师范大学出版社，2000。

99. 〔德〕马克斯·韦伯：《儒教与道教》，王容芬译，商务印书馆，1999。

100. 吕思勉：《中国制度史》，上海教育出版社，1985。

101. 柳诒徵：《中国文化史》，上海古籍出版社，2001。

102. 侯外庐：《中国思想通史》，人民出版社，1992。

103. 葛兆光：《中国思想史》，复旦大学出版社，2001。

104. 吴诗驰：《中国原始艺术》，紫禁城出版社，1996。

105. 刘士林：《中国诗性文化》，江苏人民出版社，1999。

106. 罗根泽：《中国文学批评史》，古典文学出版社，1957。

107. 朱东润：《中国文学批评史大纲》，古典文学出版社，1957。

108. 郭绍虞：《中国文学批评史》，中华书局，1961。

109. 敏泽：《中国文学理论批评史》，人民文学出版社，1981。

110. 王运熙、顾易生：《中国文学批评史》，上海古籍出版社，2002。

111. 蔡钟翔等：《中国文学理论史》，北京出版社，1987。

112. 孙立：《中国文学批评文献学》，广东人民出版社，2000。

113. 徐复观：《中国文学精神》，上海书店出版社，2006。

114. 童庆炳：《中国古代文论的现代意义》，北京师范大学出版社，2001。

115. 陶水平：《船山诗学研究》，中国社会科学出版社，2001。

116. 〔德〕格罗塞：《艺术的起源》，蔡慕晖译，商务印书馆，1996。

117. 王震中：《中国文明起源的比较研究》，陕西人民出版社，1994。

四 期刊论文

1. 陆晓光：《孔子"诗可以群"的历史意蕴》，《华东师范大学学报》1988 年第 6 期。

2. 贾晋华：《"诗可以群"——中国传统诗歌普及化轨迹描述》，《江海学刊》1989 年第 4 期。

3. 孙明君：《诗可以群——中国古代友情诗探论》，《社会科学辑刊》1999 年第 4 期。

4. 吴承学、何志军：《诗可以群——从魏晋南北朝诗歌创作形态考察其文学观念》，《中国社会科学》2001 年第 5 期。

5. 周裕锴：《诗可以群：略谈元祐体诗歌的交际性》，《社会科学研究》2001 年第 5 期。

6. 傅道彬：《乡人、乡乐与"诗可以群"的理论意义》，《中国社会科学》2006 年第 2 期。

7. 左尚鸿：《孔子"〈诗〉可以群"的人类学阐释》，《学术论坛》2006 年第 5 期。

8. 邓乔彬：《进士文化与诗可以群》，《文学评论》2006 年第 4 期。

9. 武汉强：《"诗可以群"的诗学理论与先秦时期的文学活动》，《兰州交通大学学报》2007 年第 2 期。

10. 毛宣国：《诗可以兴、可以观、可以群、可以怨——孔子诗论的解释学意味》，《中国文学研究》2003 年第 4 期。

11. 陈梦家：《商代的神话与巫术》，《燕京学报》第 20 期，1936 年。

12. 高亨：《周颂考释》上，《中华文史论丛》1963 年第四辑。

13. 许维遹：《飨礼考》，《清华学报》，1947 年。

14. 李春青：《论先秦"赋诗"、"引诗"的文化意蕴》，《齐鲁学刊》2003 年第 6 期。

15. 马银琴：《论孔子的诗教主张及其思想渊源》，《文学评论》2004 年第 5 期。

16. 陈桐生：《孔子师徒的文学传播》，《江西师范大学学报》（哲学社会科学版）2010 年第 2 期。

17. 陈昭瑛：《孔子诗乐美学中的整体性概念》，《江海学刊》2002 年第 2 期。

18. 朱安群：《当今向孔子借鉴什么？——兼探孔子思想与〈周易〉的关系》，《江西师范大学学报》（哲学社会科学版）2010 年第 6 期。

19. 张节末、杨辉：《"移风易俗"：中国古代的审美意识形态命题》，《浙江大学学报》（人文社会科学版）2004 年第 5 期。

20. 钱志熙：《从群体诗学到个体诗学——前期诗史发展的一种基本规律》，《文学遗产》2005 年第 2 期。

21. 陶水平：《王夫之"兴观群怨"说的美学阐释》，《南昌大学学报》（社会科学版）2000 年第 2 期。

22. 陶水平：《文艺美学"现代性"问题之反思》，《东方》2000 年第 6 期。

23. 赵辉：《歌与诗的起源及原始功能异同》，《武汉大学学报》（人文科学版）2009 年第 6 期。

24. 迟成勇：《中华原始文化：民族精神的逻辑起点》，《江西师范大学学报》（哲学社会科学版）2009 年第 2 期。

25. 王佺：《唐代文人执贽干谒现象研究》，《北京大学学报》（哲学社会科学版）2010 年第 2 期。

后　记

　　《诗可以群——中国古代礼乐文化语境中的审美交往诗学研究》终于付梓出版，我颇感喜悦和感动。书稿原本早该面世，种种原因，延宕数年，今得如愿，欣慰满怀。

　　本书是在我的博士学位论文基础上修改而成的，2007 年，我有幸忝列陶水平先生师门，成为一名博士生，进入学术殿堂。先生纯真方正，待人热忱，令人敬佩；先生涉猎古今中西，博而能约，见识精睿，令吾叹服。跟随先生，领悟为人为学真谛，何尝不是人生幸事。先生要求严格，使我不敢松懈，自然受益良多。先生讲课旁征博引，思维活跃，富有学术敏锐性。对于我的博士学位论文，从选题、设计、写作，再到修改，先生总是悉心点拨，切中肯綮。博士毕业之后，先生还时常提醒、不断督促，让我感动不已，如今且将本书的出版当作对师恩的回报。

　　本书的出版，还要感谢北京师范大学文艺学研究中心的童庆炳教授（已逝）、李春青教授，复旦大学中文系的朱立元教授，华中师范大学文学院的胡亚敏教授，湖南师范大学文学院的张文初教授，他们对我的博士学位论文给予充分肯定，并提出了宝贵的修改意见，这是对我极大的鼓舞和鞭策，在此表示诚挚的感谢！

　　由于禀性驽钝，用力不够，书中提出的观点难免会有争论，希望拙作的出版能引发争辩和进一步的思考。真诚希望能得到同仁和专家的批评指教，以促使我继续努力探索！

本书的最终出版，要感谢江西师范大学文学院提供的资助。社会科学文献出版社杨春花编辑做了大量细致的工作，这里一并致谢。

2022 年 10 月 23 日于南昌

图书在版编目（CIP）数据

诗可以群：中国古代礼乐文化语境中的审美交往诗
学研究 / 刘衍军著. -- 北京：社会科学文献出版社，
2022.12

ISBN 978-7-5228-1277-9

Ⅰ. ①诗… Ⅱ. ①刘… Ⅲ. ①古典诗歌-诗歌研究-
中国 Ⅳ. ①I207.22

中国版本图书馆 CIP 数据核字（2022）第 254626 号

诗可以群

—— 中国古代礼乐文化语境中的审美交往诗学研究

著　　者 / 刘衍军

出 版 人 / 王利民
组稿编辑 / 宋月华
责任编辑 / 李建廷
文稿编辑 / 张静阳
责任印制 / 王京美

出　　版 / 社会科学文献出版社 · 人文分社（010）59367215
　　　　　　地址：北京市北三环中路甲 29 号院华龙大厦　邮编：100029
　　　　　　网址：www.ssap.com.cn
发　　行 / 社会科学文献出版社（010）59367028
印　　装 / 三河市尚艺印装有限公司

规　　格 / 开　本：787mm×1092mm　1/16
　　　　　　印　张：15.25　字　数：245 千字
版　　次 / 2022 年 12 月第 1 版　2022 年 12 月第 1 次印刷
书　　号 / ISBN 978-7-5228-1277-9
定　　价 / 128.00 元

读者服务电话：4008918866